浅墨素笺内蒙古

高雁萍 著

故乡是一把折扇

内蒙古人民出版社

图书在版编目(CIP)数据

故乡是一把折扇 / 高雁萍著. -- 呼和浩特：内蒙古人民出版社, 2024.6
(浅墨素笺内蒙古)
ISBN 978-7-204-17411-9

Ⅰ.①故… Ⅱ.①高… Ⅲ.①散文集-中国-当代 Ⅳ.①I267

中国国家版本馆 CIP 数据核字(2023)第 012135 号

浅墨素笺内蒙古
故乡是一把折扇

作　　者	高雁萍
策　　划	张桂梅
责任编辑	郝　乐
封面设计	琥珀视觉
出版发行	内蒙古人民出版社
地　　址	呼和浩特市新城区中山东路 8 号波士名人国际 B 座 5 楼
网　　址	http://www.impph.cn
印　　刷	内蒙古爱信达教育印务有限责任公司
开　　本	890mm×1240mm　1/32
印　　张	9.375
字　　数	200 千
版　　次	2024 年 6 月第 1 版
印　　次	2024 年 6 月第 1 次印刷
书　　号	ISBN 978-7-204-17411-9
定　　价	36.00 元

如发现印装质量问题，请与我社联系。联系电话：(0471)3946120

自　序

　　桥靠村与归化城的年龄差不多,有四百岁左右了。
　　我长到对这个村子开始有记忆时,尽管她早已和城市毗邻而居,但仍然是个自然村。村里的房子大都是土坯房,每家有用砖头瓦块垒起的不规则矮院墙,大都无院门,人和家禽家畜可以随便出入。很多人家的院里或院外,有属于自己的树,也许是榆,也许是杨,也许是海棠或樱桃。有葡萄树的人家也不少,到八月十五中秋节,可以去买葡萄供月,看对哪串,主人就给你剪哪串。
　　村里的路很随意,好像因为王姓一片、杜姓一片、薛姓一片、康姓一片、周姓一片的居住格局,彼此间空出的那些细条地,自然就成了路。我二姑父一门高姓,全部住在城壕沿一带。村路上有牛车,有马车,有羊倌儿赶着的羊群,有边哼哼边慢腾腾走来走去的猪和到处找食的鸡。行人都扛着铁锹或锄头,有时也拿镰刀,不是要去出工,就是刚收工回来。
　　每天傍晚炊烟升起时,是村里最热闹的时候。所有小孩儿,不分男女,满血复活,蹦着高到处乱跑,撺得满村鸡飞狗叫。女人们边做饭边隔着墙头东拉西扯地闲聊，左邻右舍的男人去街上的水井担水，总得凑在井台边一起抽根烟才回来，有时耽误了女人舀水下锅，会挨一顿劈头盖脸的骂。那时候我家早已打了洋井，印象中并没有我爸去担水的一幕。

村子不算大，也不算小，有学校，有果园，有磨坊，有小工厂，有木匠房，有豆腐房，有幼儿园，有诊疗所，有供销社……马车发展成手扶拖拉机时，盖起了车库大院。我出生以前，村上还有龙王庙。村小学最早设在龙王庙里，我妈二年级时就在龙王庙正殿内隔出的"教室"上课，悄悄捅破用纸糊成的隔扇，能清楚地看到正殿墙上惟妙惟肖的壁画。直到我妈小学毕业去内师大附中上初中，村小学依然在龙王庙内，只不过已盖起了教室。

早先，我认为村子里最能挣钱的地方不是菜地，也不是果园，而是车马店。车马店紧傍着大马路，离内蒙古人民医院近，全区各地来看病的人都喜欢住在那儿。店钱便宜不说，还能用自己带来的土豆、莜面做饭，免去了进城没粮票的麻烦，所以永远都满客。渐渐地，小工厂发展成机械厂，每年秋后分红，工分总要高出三个生产队和其他村办企业很多。

村子里走出去很多有出息的人。教授、干部、搞音乐的，说起来都是村子的光荣。

一年又一年，社会在发展，村子也在发展。在村党支部书记王学勤的率领下，村里相继盖起招待所、影剧院、饭庄、饭店、养兔场、绒毛厂、溶解乙炔气厂……乡镇企业如火如荼，社员生活芝麻开花，叫一路之隔的城里人艳羡不已。村里土坯房变成砖瓦房,泥土路变成水泥路,压水井变成了自来水,门头上的小喇叭变成录音机、黑白电视机。再后来,收入一年高过一年,人们又忙着开始改善居住环境,或者翻盖老房子,或者新批宅基地盖起新房子,并陆续买回彩电、冰箱、冰柜、摩托车、小汽车等,同时把多余的房子出租给外来人口。此时,村子早已被高高低低的楼房包围。因为发展的局限和外来人口的剧增,桥靠成了地地道道的城中村。

村子真的老了,老得萎靡,老得不修边幅。

老了的村子有自己的想法。人黑夜要睡觉,村子不睡,睁大眼睛四处看,早看出了自己和周围环境的极度不协调。但村子很有城府,始终不说,守口如瓶。

我在这个村子出生,又在这个村子上了学,上完中学还回村劳动过几个月。村子里的一切,我了如指掌,闭上眼也能说出哪条路上住着哪几户人家。可忽然有一天,我们必须和村子说再见了。

那天,我拉着小狗点点,跟在最后一辆搬家的汽车后面,从拆迁废墟上走过。点点因为搬新家兴奋得又蹦又跳,我呢,回望早已不在的村子,满眼都是不舍。

目 录

故乡是一把折扇……………………………………001
我爷爷……………………………………………014
大队书记王学勤…………………………………019
桥靠小学…………………………………………023
三分钱的元旦联欢会……………………………036
业余剧团…………………………………………039
磨坊小记…………………………………………048
毛掸子……………………………………………052
砖茶和水烟………………………………………056
打月饼·过中秋…………………………………059
粮票………………………………………………064
布票………………………………………………068

电报和长途电话……………………………… 072

惊蛰梨……………………………………… 075

小年………………………………………… 079

十指节……………………………………… 083

闹元宵……………………………………… 086

马和马车…………………………………… 091

手戳儿……………………………………… 096

糖葫芦……………………………………… 099

水晶爷爷…………………………………… 102

剥树皮……………………………………… 105

卖草………………………………………… 108

毛毽儿……………………………………… 111

压岁钱…………………………………… 115

躺在炕上看电影………………………… 118

洋井……………………………………… 120

擆蛋鸡…………………………………… 124

喂猪……………………………………… 127

黄豆……………………………………… 135

磨粉子…………………………………… 140

大黄·赛虎·点点……………………… 143

姥姥的小脚……………………………… 150

打坐腔…………………………………… 155

扁担……………………………………… 158

打打杀杀的童年………………………… 161

腾格勒……………………………… 165

小卖部……………………………… 168

瓜子花生糖………………………… 172

旧时年滋味………………………… 176

墙上流年…………………………… 181

爆米花……………………………… 184

城壕沿儿…………………………… 188

葡萄架……………………………… 192

农村大炕…………………………… 196

旺火………………………………… 201

冬储………………………………… 204

清明………………………………… 208

泡泡糖……………………………… 212

钩榆钱儿………………………… 215

节气大雪………………………… 218

办事宴…………………………… 222

在桥靠租房……………………… 226

盖房与搬家……………………… 230

山药土豆马铃薯………………… 240

摊花儿…………………………… 246

压粉条…………………………… 249

糖菜干儿………………………… 252

烧山药…………………………… 255

那些自行车……………………… 258

端午凉粉儿……………………………… 265

大瓜子儿……………………………… 268

贴对子………………………………… 272

乡间味道……………………………… 276

凉糕和粽子…………………………… 279

拜年吃请……………………………… 283

故乡是一把折扇

从来没有想过，我们世代生活的桥靠村，会在日升日落400年后的2004年，消失在了社会发展和城市改造的洪流中。回首往事，我想当一个记录者，将故乡这把已被历史合拢的折扇慢慢打开，把折叠的记忆变成文字，留给后来人。

16世纪中叶，阿拉坦汗率土默特部驻牧土默川平原，为发展农业，接纳了很多从内地出来躲避饥荒和战乱的汉人。这些人大多来自晋西北。桥靠村的先人可能当年也被阿拉坦汗收留并安排在扎达盖河以东居住。他们垦荒种植，繁衍生息，慢慢形成村落。因为村子离河上的桥近，像给孩子起名儿一样，他们给自己的村庄起了一个形象又好听的名字——桥靠。另一种说法是，村子所在地为蒙古族贵族朝库尔台吉的封地，以人名命名村名，后来，蒙古语朝库尔演化为汉语桥靠儿。《古丰识略》中对桥靠的记载是"桥扣尔"。

随着时间的流逝，桥靠村慢慢发展、壮大。每一个太阳升起的日子，男人们在田间劳作；女人们在矮墙或篱栅围起的农家小院里喂养着猪狗鸡鸭；在碧波荡漾的扎达盖河边，孩子们有的捞鱼，有的嬉戏扑蝴蝶。傍晚，牛马的蹄音踩碎了村子的宁静，幸福的一天在袅袅炊烟中接近尾声。

1697年，康熙皇帝第三次御驾亲征噶尔丹凯旋，在得到皇太后的首肯后，开始着手筹办四公主与喀尔喀蒙古土谢图汗察珲多尔济之孙敦多布多尔济的婚事。负有监国重任的和硕恪靖公主出嫁后，希望久居之所既要离京城近，又不能离喀尔喀太远。很快，在康熙皇帝的主持下，于交通便利、商业繁华的归化城修建一座公主府的计划被提上议程。康熙四十二年（1703）开始勘察选址、绘制图样、准备物料、募集工匠、选派监工，直至破土修建，历时三年竣工。

依据传说，像现在的拆迁，桥靠村给公主府腾地方已成必然。如果真是这样，在遥远的300多年前，不知道我们的祖辈用了多长时间，又是怎样一步一回头地离开故土，从归化城北迁到后来的绥远城南，完成第二次定居。但是有一点可以肯定，当时的桥靠村已规模了得，否则，朝廷不会把6000亩土地划拨给它。

绥远城位于归化城东北方向，两城相距2.5千米，桥靠村新址选在乾隆四年竣工的绥远城南门外护城河以南，村名依然叫桥靠。我姥爷家的祖宅就在南门外吊桥边，宽大的四合院，房前是村里人进城的小路和自家菜地，院后是护城河。门前菜地里有一口八卦井，吃水浇园全靠它。

我出生时，这一带的城墙已彻底拆掉，承熏门外的吊桥也已变成石板桥，行人车马都从桥上过，桥下是水流清浅的护城河。20世纪80年代修路时，石板桥与护城河一并消失，原来的朝阳路变成现在的昭乌达路。2019年修昭乌达路高架桥时，挖开满都海公园东门外路段原来石板桥的位置，沥青路面下，竟然埋有原先桥上的青石条。

桥靠村属于绥远城城界村，行政上归绥远城管理，城与村只隔着一座城门、一条护城河。中华人民共和国成立前，桥靠村东与徐家沙梁村、黑兰不塔村接壤，西与东瓦窑村相邻，南与大台什村交界，北面紧挨新城村。1950年归绥市人民政府成立，辖区划分为6个区，桥靠村属于第五区。1955年呼和浩特市郊区设立巧报乡，桥靠村隶属巧报乡。后来巧报乡改称巧报公社，再后又改为巧报镇。2000年呼和浩特市重新进行区划，桥靠村属赛罕区巧报镇管辖，直至2004年拆迁结束、2011年"村改居"，桥靠村成为隶属昭乌达路街道的桥靠社区。此后再无桥靠村。

从传说中的完成整村搬迁，一直到中华人民共和国成立，村子的格局基本没有什么变化，但随着后来城市的发展和城区的不断向外扩张，桥靠村的原始格局被打破。1952年8月15日，内蒙古畜牧兽医学院（内蒙古农业大学的前身）筹备委员会成立，决定在绥远城南门外桥靠村村民居住地以南建校。1957年内蒙古大学建成，桥靠村晾羊盘消失。从1958年创建内蒙古林学院（今内蒙古农业大学）开始，各方征地的步子越迈越快，内蒙古电影制片厂、内蒙古石油化学工业局、内蒙古医院、解放军4928部队、内蒙古生产建设兵团等从四面八方包抄而来，桥靠村一步一步从城界村走向城中村。

最初，国家每征用一亩耕地，根据土地的好赖，所给补偿是小麦或谷子，每亩三斗，连续给三年。现在看起来9斗麦子或9斗谷子换一亩耕地有些不可思议，但在当时应该是比较合理的。后来，为解决土地减少与人口增多的矛盾，国家再征用土地时，开始采取占地带人与现金补偿相结合的办法，内蒙古饭店、草原研究所、化纤厂、华建、大板厂、内蒙古医院、内蒙古林业厅、内蒙古社会科学院等企事业单位，都有桥靠村的占地工。

我的第一个奶奶去世后，爷爷又娶了新城满族大户人家的女子做媳妇。新奶奶娘家人看爷爷忠厚老实、吃苦耐劳，便赠送了几十亩上好水地，具体位置在如今的乌兰察布东街路北、内蒙古林业科学院及内蒙古农业大学院内。1958年建立人民公社时，我爷爷带头响应国家号召，把土地、骡马和准备盖新房的大批木料砖石，全部拿出来入了社，大队用这些材料盖起了急需的温室。

1959年，桥靠村办起"吃饭不花钱"的人民公社大食堂，社员家里再不用生火做饭，一日三餐都由大食堂供应。我妈回忆说，那时我姥姥家养着一口猪，贡献给大食堂后，满以为打饭时大师傅能多给打几块儿肉，结果连肉汤都不多给。

有资料显示，"吃饭不限量、吃菜不重样"的大食堂时期，全国90%的农村人在食堂吃饭。但谁能料到，由于旱灾和其他自然灾害，1959年全国粮食大减产，1960年的风、涝、旱灾使情况雪上加霜，食堂饭菜由荤变素、由稠变稀，一天不如一天，最终寅吃卯粮，难以为继，桥靠村人民公社大食堂和全国其他340多万个大食堂一样，勉强支撑一段时间后，解散了。

打我记事起，村西头和市区只隔着一条马路。马路这边是种着各种蔬菜的菜地，马路那边是内蒙古大学的围墙。站在我家院子里，一抬头就能看见内蒙古医院的楼房。出村往东、往南走，除了林学院和轮胎翻修厂，大部分是菜地和没有开垦的小片荒滩。

那时，村里居住区被分为五个部分，分别叫南营子、西园子、当营子、后营子和城壕沿儿。村子分为三个生产队，南营子是二队，西园子是一队，后营子是三队。当营子建有大队部、戏台、诊疗所、供销社、磨坊、车库、菜窖、木匠房。村小学是一所戴帽中学，建在南营子东南，我们上中学不用出大队，一直念到七年级毕业。后来还增加了幼儿园。我问表弟的儿子乐乐每天在幼儿园玩儿什么，他说捉天牛。

土地归集体所有，劳动采取工分制，三个生产队里队长官儿最大，他们上面还有大队党支部书记，大队党支部书记归巧报公社领导，这就是典型的"三级所有，队为基础"的社会主义经济组织。三个生产队独立经营，自负盈亏，我记得那时一队效益最好，年底分红时工分最高，三队好像是最差的。

桥靠村是蔬菜大队，早在 1956 年，村里每年种什么菜，每种菜种多少亩，什么时候摘豆角下黄瓜，菜要卖到哪里，全部由市蔬菜公司安排。那时进城，时常能看到南街马路边儿不是因供不应求人们排队买菜，就是因供过于求一堆堆萝卜、柿子无人问津的场景。看着被马车拉走倒掉的那些蔬菜，心里真的很不是滋味。

在我上小学时，现在的兴安南路是一条人迹罕至的沙石路，路的两边是整齐的白杨树，树的两边就是村里的菜地，有些菜地被围在打板墙内。现在中国地质调查局呼和浩特自然资源综合调查中心所在的位置，原来是村里一个非常大的大沙坑。沙坑里长着各种各样的野草，可以喂羊，也可以喂猪，有一种开小黄花的草，兔子最爱吃。那时，孩子们下午放学回家，把书包往炕上一扔，从笼里抓个馒头，胳肢窝夹条麻袋（有时还要拉上羊）就出门了。麻袋有两个用处，一是装草，二是下雨当雨披。

放羊拔草的地方很多，天气好去离家很远的麻密红，天气不好去东场面附近的小沙坑，大多时候是直奔村边的大沙坑。至于作业，晚饭后一会儿就可以搞定，从来没因为没写作业挨过骂。

沙坑里的草像沙子一样干净，羊低着头各吃各的，我们也不闲着，满沙坑乱跑，找一些可以下肚的东西，马奶子、酸溜溜，见啥吃啥。如果是春天，还有好吃的辣麻麻。实在找不到可吃的东西，就去沙坑边上的菜地里偷生产队的小葱吃。其实我们想偷黄瓜和西红柿，但那些地里都有看地老汉把守着，根本没胆子下手。

整个夏天，我们小孩儿去得最多的地方是机井房一带。抽水机在地下一两米处的小房房里，一条碗口粗的塑料管子不停歇地把水"突突突"吐到地上高高的水泥池子里。水泥池子下面有出水口，水顺着垄沟流入远处纵横相连的一块块菜地。我们双手在水泥池子里凉快够了，就去看大人们浇地。水池里有时泡着扎成小把的马莲，用来绑黄瓜和西红柿，也可以用来捆韭菜、菠菜、莴笋等。用过的马莲成为垃圾，在灰土堆里很快沤烂还田，对环境毫无影响，可惜现在被各种化学产品替代，它们是环境的敌人。

三队离村口最近的机井位置大概在如今的老干部活动中心。这个地方曾有一个还是两个砖砌的圆形带顶掩体，应该是日本人侵占归绥后所建。离机井不远处，是三队的温室，那是育秧的地方。黄瓜、柿子、青椒、茄子、牛心菜不能直接播种，都得先育秧。等秧子在温室里长出几片真叶，天气也暖和了，不会有倒春寒了，和其他生产队一样，技术员一声令下，女人们就拿着栽铲去铲秧子。秧子铲好，一个挨一个挤放到担秧子专用的筐里。地里有专门负责墩秧子的，他们用栽铲在菜畦里按一定距离挖好坑，把温室送来的秧苗带着斗形土疙瘩种进去。等一片地都种好，就开机井一畦一畦浇透水，这个环节就算结束了。后来村里也尝试过拔秧子的新技术，但只限于西红柿和辣椒，其他这样做不利于返秧。

种地绝对是技术活。每个生产队都有技术员，什么时候育秧，什么时候栽秧，什么时候浇大粪，什么时候撒化肥，如何轮种、套种，每个技术员都心中有数。如果安排得当，有些地块可以一年三熟，不仅种植品种更加丰富，上市时间会适当延长，收入也会有所增加。我叫三大爷的蔺三娃是三队的技术员。那时黄瓜、柿子、青椒都是自留种，为掌握出苗率，每年一过春节，三大爷家炕头上就会出现好几个用于观察的大花盆，这才是敬业精神。20 世纪六七十年代，有个口号叫"菜农不吃商品粮"，虽然每月可以拿着粮本儿去粮站买米买面，但村里还是响应号召，每年要种一茬小麦，六月份抢收小麦后就地抢种白菜，在白菜垄道上或畦埂上间种辣辣换、青萝卜。秋天，收获的白菜一部分分给社员冬储，一部分按计划交给蔬菜公司，一部分供应市里的院校机关企事业单位给职工做福利。

那时我们虽然少有玩具，但拥有玩耍的自由，整天村南村北跑来跑去，长到七八岁上了小学，就可以跟着大人们去地里帮工，拣些菜叶以便喂猪和鸡。这是个辛苦活儿，得早起，上学之前到地里帮大人们拔萝卜、拧莴笋，用马莲捆小白菜，用镰刀割菠菜。好处是一早晨下来，不仅猪和鸡有了吃的，我们还会趁队长不注意，假装不小心让萝卜、白菜、莴笋拦腰而断，堂而皇之装进各自的麻袋，中午放学回家，它们早已变成加了粉条的烩菜和清爽的凉拌菜。

1976 年唐山大地震时，公社要求每个大队的每个小队搭建一个防震棚。我们三队的防震棚就搭在饲养院大门外水井东面马家门前的空地上。四个角竖着圆木桩子，上面扯着白色塑料布，风一吹，上下鼓胀，我怀疑如果地震来临，这个弱不禁风的塑料大棚究竟能起多大作用。所幸地震再没发生，那个防震棚倒成了我们的游戏场。每天中午吃过饭，一大帮小孩儿聚到可以把人烘成肉干儿的塑料大棚下，跑来跑去玩儿得特开心。里面究竟有多热？就是大汗出了一身又一身，气紧脸通红，头发粘在脑门儿上。实在热得受不了了，我们就跑出去，坐在饲养院后墙下的阴凉地儿凉快一会儿，汗一落又钻进去，乐此不疲。

村里大部分是汉族，少数民族有蒙古族、满族、回族。我家本来是满族，但20世纪70年代后期更换新户口本时，可能是抄写的人写顺手了，把我家也写成了汉族。当时我在上小学，不知道后来的高考少数民族可以加分，所以没当回事。我姐和我高中毕业准备参加高考时，为了能享受正当的分数照顾，我拿着户口本，先从大队开上证明，又到公社开上证明，再到民政局更改，偏偏赶上业务冻结，一拖再拖，最后就当起了汉族。

我高中毕业后回村里参加劳动，一天只给2工分儿，属最低一等。为什么比我年龄小的能挣4分儿或5分儿？我想不通，就去问队长张二娃。队长说：熬着吧，熬够年头就可以挣高工分了。不过没劳动几天，因为学历高，队长派我去登记后营子我们三队范围内临时住户的信息，这样，我舒服了一个多月。大白菜收获的时候，我又扛起铁锹重返田间。冬天来临时，我通过招工进入呼和浩特市乳品厂，成为麦乳精车间一名包装工。

虽然是蔬菜大队，但为了方便生产、搞活经济，桥靠村很早就办起了铁匠炉，也叫烘炉。最初缺乏原料，所用盘条和焦炭都是我爸通过关系从市政公司解决的。后来发展成小工厂，进一步发展成在呼和浩特非常有名气的桥靠机械厂。从最初的钉马掌、打制小型农具和生活用具，发展到可以生产铸铁饼铛和洋井头，直至技术含量极高的电子产品。随着产品的研发与更新，桥靠机械厂在20世纪80年代进入鼎盛时期，产品一度热销华北、西北等地。其出品的日光灯架、镇流器是原电子工业部在全国集体测试中仅有的两个优秀奖得主之一。没记错的话，桥靠机械厂还生产过一种甜菜播种机，当时引起轰动。

桥靠车马店是很多人的怀念。当时的车马店开在西园子张子明家院子里，最初是土房，后来改造成砖瓦房，一出坐东朝西的大门就是朝阳路，往北走不多远是内蒙古医院。那时人们不富裕，从全区各地来内蒙古医院看病的家属大都背着山药、莜面、胡麻油，他们就近住在桥靠车马店里，利用食堂免费提供的锅灶自己做饭吃，既省钱又方便。当年物价低，赶大车的车倌儿和其他运输车辆的司机条件好，吃一顿食堂供应的饭菜只需半斤粮票八毛钱，住一晚单间收费一块，如果住大炕通铺，一人仅需五毛钱。经济实惠的桥靠车马店成了内蒙古医院陪床人员的专用招待所。后来，因有碍市容被要求迁回村里，位置在桥靠西街路南。

随着国家政策的放开，桥靠村开始了大规模的乡镇企业建设，1979年，能容纳500人开会的桥靠招待所建成，一跃成为当时知名度非常高的招待所。那时我爷爷还健在，管理着桥靠木工组。为了方便维修招待所的桌椅板凳，大队把原本在车库院儿里的木工房搬到招待所内，爷爷去劳动就得从后营子走到西园子边儿上，比原来远多了。后来爷爷想了个办法，就是每天早上让永恒哥用自行车来接，中午在招待所吃饭休息，晚上再坐自行车回家。爷爷坐自行车，必须他先坐上去永恒哥才能骑。行进中，爷爷的身子总是习惯性向后仰着，永恒哥却努力向前，中途还要拐好几个弯儿，没有一定的默契，那车子根本无法保持平衡。

1980年，桥靠影剧院建成，按当年的规模，在市里排第三位。电影院的座椅架由桥靠机械厂制作完成。加工木头扶手请了毫沁营的木匠马九子，他是我妈的九舅，我们的九姥舅（方言，姥姥的兄弟）。油漆工是村里的张来喜大爷。

桥靠养兔场也在这一年建成并投入生产。我大爷李根子是五保户，当年被安排在养兔场下夜，直到1986年去世。那时下雨天大爷中午不能回家来，我和姐姐或妹妹还打着雨伞去送过饭。养兔场后来改成桥靠绒毛厂，承揽洗毛梳绒业务，一直维持到2002年。

1987年，桥华饭店和呼和浩特市溶解乙炔气厂相继落成并投入使用。桥华饭店成了村里的新地标，乙炔气厂的建成也填补了呼和浩特工业领域的一项空白。

后来还有种菜的"四季青"。我结婚时没有房子，在桥靠当租房客，眼看就要生孩子了，想吃黄瓜，但1992年的初夏，呼和浩特市场不像现在时时有新鲜黄瓜供应，在桥靠饭庄上班的房东大嫂跟我说，"四季青"大棚里有黄瓜。我骑上自行车去买，后营子的二奎嫂嫂领我进棚里摘头茬黄瓜，每斤8毛钱。

发展乡镇企业的同时，桥靠村的耕地荒滩被一块块征用。从20世纪80年代开始，内蒙古饭店、内蒙古社会科学院、内蒙古老干部局、内蒙古工商学校、武警黄金十一支队（现中国地质调查局呼和浩特自然资源综合调查中心）、呼和浩特市第三十五中学、呼和浩特市煤气公司、草原研究所、内蒙古审计局、内蒙古统计局、呼和浩特市税务局、呼和浩特市土地管理局等单位如雨后春笋出现在桥靠村周边，最初的6000亩土地已所剩无几，一个典型的城中村出现了。以内蒙古医院为例，从1965年医院新址建设开始到1991年，先后累计占用桥靠村土地达170多亩。但这不是最多的，内蒙古电影制片厂才是大户。

村民集中居住的380多亩土地上，为满足日益增加的租房需求，也为了挣房租，除我们高家大院儿外，全村其他人家的院子里能盖房的地方全部盖房，都成为天井状。一个常住人口2000多的村子，暂住人口多达2万多。如火如荼的乡镇企业却由于种种原因开始走下坡路，对于被市区包裹起来的这片小天地，改造似乎成为必然。

从2000年开始，为配合城市整体建设，经过谈判，桥靠村与巨华集团签订协议，前者出土地770亩，后者负责开发建设住宅和办公楼，用于安置全体村民。2003年非典时期，拆迁暂停，村子封闭管理，村口设有检查站，人手一张出入证，那是我们与村子最后的直接联系。疫情过后，拆迁继续，到2004年6月4日，最后几个院落被拆除，我们祖祖辈辈生活的村落就此彻底从呼和浩特地图上消失。

一个村庄的记忆很多，有些可以忽略不计，有些却成了一生的怀念。

到村东头东场面分麦子、看露天电影，在大队院儿里看攒绳子、看戏、看杂技表演，拿着麻袋去地里分菜、捡萝卜，到磨坊里排队推米、磨面，在校园里踢毛毽儿、跳皮筋、抓嘎儿、打沙包，在大菜窖顶上追逐奔跑，顶着大风看崩爆米花，看外乡人练气功、变戏法、吞针、耍猴、吃灯泡，往羊圈里送羊，去招待所食堂参加事宴坐席，周末在桥华饭店跳舞，八月十五在当营子路上排队烤月饼，正月十五敲锣打鼓扭秧歌踩街……这一切，都已珍藏在一把随时可以打开的折扇里。

现在，虽然村庄已不复存在，但只要在网上搜索"国西乐室"加"桥靠"，就可以听到一首歌曲《可爱的桥靠我的家》。这首歌曲的词作者是我姥爷贾瑞和我爸高尚荣，作曲是赵鹏，编曲和混音是祁国西，他们都是桥靠人。

我爷爷

我爷爷叫高交运，农民出身。

不知道为什么，爷爷被抱给奶妈喂养一段时间后，亲妈干脆不要他了，被永远留在奶妈家，随奶大（爹）姓高，成了奶妈的儿子。有个算命先生和爷爷的奶妈说过，她老后，正经能指望上的不是亲儿子，是这个奶儿子。大人们讲，爷爷的奶哥哥从不下地劳动，单靠每年秋天去野地里抽些龙须栽扫帚卖点儿钱维持生活，老太太到底还是我爷爷给养老送终的。但这不是算命先生算得准，而是爷爷的善良天性使然。

爷爷的奶哥哥叫高润虎，我们叫他大爷爷。虽然住在一个院儿里，但因为当时年龄小，我对他没有太多印象，只记得他挺精干，心态好，结交了很多十几岁的后生，有时还把他们领回家来。那些后生说普通话，是城里人。闲时，大爷爷就去新城南街鼓楼那儿七六的货摊儿跟前儿坐着，喝茶聊天，卖他的手工扫帚，日子过得十分安逸。

我爷爷没念过书，但这丝毫不影响他日后成为一个手艺高超的好木匠。为了生活，爷爷十四岁就背起工具箱，跟着老木匠去学徒了。学徒很辛苦，出再远的门儿都靠两条腿走。学徒期间管饭不给钱，帮师傅做饭洗衣打扫卫生，什么都干，天天还得早起给师傅倒夜壶。腊月底得给师傅包好一正月吃的饺子，徒弟们只初一能吃上一顿。

当年爷爷一定是个听话又爱动脑筋学习的小徒弟，否则技术不会那么精湛，不会成为村里数得上的手艺人，也不会拥有那个中华全国总工会颁发的会员证。我家至今保存着爷爷当年画出的一些画样和木雕件，那流畅的线条，如果不说，还以为是有美术功底的人完成的。爷爷一出徒就忙着走村串户去给人家盖房割（打）家具。1949年后，村里成立木匠房，爷爷就不揽外面的活了，开始在木匠房劳动，负责维修各个生产队的农具和牛车、马车的木马槽，也给村小学修理弄坏的桌椅板凳。我上小学时就跟同学一起往木匠房送过掉了腿儿的板凳。

爷爷的工具箱用木板制成，里面装着锯子、凿子、斧子、钻子、尺子、木锉、推刨、墨盒、胶锅及各种刨刃儿。那个工具箱非常沉，我们必须把大部分东西掏出去，才能把它从凉房拖到院子里，在别人的帮助下，提起来挎到肩膀上。那时我们只把爷爷的工具箱当玩具，并没有意识到爷爷的童年与我们的童年有什么不同。

一生看淡钱财、从不计较得失的爷爷，总是力所能及地帮助有困难的人家，对亲戚们就更不用说了。小到柴米油盐，大到婚丧嫁娶、起房盖屋，爷爷总是帮了这个又帮那个，从不求回报。爷爷常说，钱挣回来就为花，只要办正事，能帮助别人渡过难关，谁花都一样。

其实我们和爷爷没有血缘关系。我爸本应姓王，在他即将出生时，我们的亲奶奶身体每况愈下，家境也非常不好，日子过得捉襟见肘。也许她预料到自己将不久于人世，为了给即将出生的孩子一条出路，便和后来养育了我爸的爷爷约定，如果生下是个男孩儿，就由爷爷抱养，这就是我们姓高的由来。

我爸的生父叫王义成，据说曾经跟随冯玉祥，解甲归田后不善农活，只靠担担子卖菜挣几个小钱，根本养活不了一家人。爷爷从王家抱养我爸的同时，默默承受本不属于自己的负担——先后给三个大爷娶了媳妇，还出钱出力帮他们盖房。给二大爷盖新房时，为了赶工期，爷爷劳动回来吃完午饭顾不上歇晌就去工地上修整椽檩木柱，对待他们有时都胜过对待自己的儿子。有一年秋天队里发菜钱，每人 20 块，为了帮助二大爷，爷爷把我家该领的 100 块全部给了二大爷，帮他买了一口大白猪。其实那时我家也需要一口猪。

爷爷有一颗菩萨心，凡事总爱替他人着想，村里成立农会时，爷爷被推举为首任主席，还出席了归绥市第一届政治协商会议，可见爷爷在村里的威望有多高。1952 年，爷爷自愿加入绥远省归绥市中苏友好协会，那张贴有爷爷 49 岁时照片的小小会员证，我一直视若珍宝。

安徽省桐城市的六尺巷是两家各礼让三尺而形成的。桥靠村的高家巷，长 50 米，宽 7 米，本是爷爷当年和院内土地一并购买的，但一直供巷子里所有本该朝南、朝北、朝东走的周家、蔺家、王家使用。直到桥靠村整体拆迁，这块本该属于我家的土地，我们又像爷爷当年入社那样贡献给村集体，没拿一分补偿。

爷爷身上有农民的淳朴和善良，勇于担当，乐于助人，不光对老木匠们好，对徒弟们也好，教他们手艺，也教他们怎样做人。家长把孩子交到爷爷手里，真是一百个放心。爷爷罹患重病后，木匠房的老木匠和小木匠时时来家看望，都盼着爷爷能快点儿好起来。患病期间，虽然我们隐瞒病情，但爷爷有预感，他像讲故事一样说："老天爷给每个人安排的吃喝是有定量的，只要吃喝完了，就得走了。"

因为爷爷年龄太大，医院不建议做手术，让保守治疗。我们请村里诊疗所的大夫来给爷爷输液，也买回西药，抓了中药，但都无疗效。奇怪的是，爷爷从来不说难受。1984 年秋高气爽的时节，依照爷爷的心愿，我们去了趟城南昭君坟。那时因为进食困难，爷爷的身体已十分虚弱，但因为有一个美好的愿望支撑着，爷爷竟然一步一步登上了三十多米高的墓顶。

最后一个生日来临之前，已经无法进食的爷爷坐在炕上，看外甥女在厨房里给他捏寿桃，看徒弟们在院子里给他打寿材。我宁愿相信这样做了，可以延长爷爷的寿命。

寿材打好，爷爷被搀扶到院子里，用手抚摸厚厚的棺材板，低头看里面时，我终于忍不住哭了，这是爷爷将来在另一个世界的家啊。

这一年的 11 月 8 日下午 5 点 43 分 6 秒，爷爷安详驾鹤西去，享年 78 岁。

大队书记王学勤

　　1990年秋,刘世远先生采写的《王学勤和他的伙伴们》陆续由呼和浩特人民广播电台全文播出。第二年,此文获内蒙古自治区第二届报告文学二等奖。

　　王学勤是谁?刘世远先生在文中交代:"他既有农民的朴实,又有企业家的气度……他就是呼市郊区巧报乡桥靠村农牧工商联合公司总经理,大名鼎鼎的农民企业家王学勤。"

　　王学勤是我爸的亲二哥,我叫二大爷。

　　正如他的名字,二大爷从小勤奋吃苦、聪明好学,且极具领导力和号召力,中华人民共和国成立初期是桥靠村儿童团团长,1953年入团,1954年入党,1956年和二大娘结婚后,已是村党支部副书记的他又积极报名参军。二大娘和二大爷同年入团、同年入党,两人心心相印,都是村里的骨干。对二大爷参军的选择,二大娘不仅双手赞成,还带着我爸去部队探亲,让他没有后顾之忧。1972年起,二大娘一直是大队会计,兢兢业业,直到退休。2021年,已有67年党龄的二大娘荣获"光荣在党50年"纪念章。

1959年服役期满，24岁的二大爷谢绝了所在部队内蒙古骑兵五师的提干挽留，毅然回到村里，想一心一意搞农村建设。但不久，上级组织部门分配他去火药库搞保卫工作的通知就到了。拖吧，拖一拖也许就不用去了。可拖了没多长时间，上级又来了通知，这次是让二大爷去农机修配厂当车工。这回二大爷眼睛一亮，被"农机"两字吸引住了。谁知道车工才学了三个月，又是一纸调令，二大爷被调到呼市蔬菜公司保卫科当科长。同样没干多长时间，因为二大爷始终惦记着村子的发展，左思右想，还是选择了退职返乡务农。

　　二大爷返乡时，虽然村子已由高级农业社改为桥靠大队，但因国家正处在"三年困难时期"，不光社员生活不好，集体也很穷。二大爷边用排子车一趟一趟往地里拉大粪，边暗暗为村子想出路。入团、入党、参军、坐办公室、退职回村拉大粪，这一切，村里的老书记云富贵早看在眼里、记在心上，放心地让他挑起了党支部书记的重任。

　　1965年9月，呼市郊区第二批农村"四清"工作开始，由部队干部、法院干警、党政机关领导等四十多人组成的"四清"工作队进驻巧报公社桥靠大队，并被分派到各个生产队，开展"清工分、清账目、清仓库、清财务"工作，看看有没有贪污盗窃、投机倒把的。工作队遍地开花，矛头对准了大队党支部书记王学勤。查来查去，实在没查出什么问题，就把我爷爷出钱给买的那口大白猪当成资本主义尾巴给割掉了。

运动结束，一切步入正轨，二大爷经过深思熟虑，感觉光靠土里刨食不行，必须两条腿走路，一边发展农业生产，一边发展社队企业，提高社员收入，也为村集体积累财富。

说干就干，把村西头靠路迎街的几间闲房拾掇成桥靠村车马大店，把铁匠炉升级为机械厂，他想方设法从外面引进技术人才，给各个生产队建育苗温室，一步紧跟一步，桥靠村的发展之路从此越走越宽，机械厂很快就发展成全村的顶梁柱。1978年年终算账，集体收入高达80多万元，全村人均收入超过200元，这在当时算很高了。

这山望见那山高的王学勤根本不满足于已有的成绩。1979年后，桥靠村相继建起桥靠招待所、桥靠影剧院、桥靠养兔场、桥华饭店（与内蒙古第一建筑工程公司第五工程处合建）、桥靠五金商店、桥靠饭庄、"四季青"等，溶解乙炔气厂也为桥靠村成为远近闻名的"亿元村"起到了十分重要的作用。

在村子的发展上，我爸也是二大爷的好帮手。

我爸虽然在城里上班，但不忘自己是桥靠人，又是大队党支部书记的亲弟弟，村里一遇到困难，他就想方设法帮助解决，而且还都是义务的，不挣工分，也不拿奖励。1980年国庆节，因工期所迫，桥靠影剧院急着要盖楼板封顶，却无论如何联系不到吊车，因为人都放假了。又是我爸出马，找到他在华建工作的好朋友岳新华，千方百计找来吊车，按计划给影剧院把楼板盖上封了顶。

从最初的举步维艰,到后来的安居乐业,王学勤几十年辛苦付出,为他20世纪90年代末退养后桥靠村的继续发展打下了坚实的基础,也让这个并不算大的村子,在村改居多年后,说起来依然很有名气。

桥靠小学

1972年9月，背起我妈亲手缝制、上面绣有"好好学习、天天向上"八个毛体红字的军绿色书包，我兴高采烈地迈入桥靠小学大门，用好奇和兴奋的双眼翻开我学校生涯的第一页。

桥靠小学最初设在村西北龙王庙里，是初级小学的标准，只有四个年级。我爸就是在此毕业，又升到新城关帝庙小学，也就是当时的十二完小，完成了五到六年级的学业。到我们上学时，桥靠小学已经是村东南正规的学校了。

过去上学没有分片儿的说法，都是就近入学，学校周边新桥靠、轮胎翻修厂、排子房、煤场等处的小孩儿也可以报名来我们学校上学，无形中给我们创造了学习普通话的条件和机会。内蒙古电影制片厂和林学院因为当年和桥靠村一起合办小学，他们的子弟也都在桥靠小学念书。制片厂院儿的图门、海珍、陈松、陈岩、李丽芳、毕小路等同学的名字，我现在都还记得。蒙古族男高音歌唱家拉苏荣先生那时住在离学校不远的乌兰牧骑宿舍，他的妹妹莎仁陶格斯从老家来到呼和浩特，也成了我的同班同学。

桥靠小学是一所戴帽中学，承担着全村社员子弟从一年级到七年级的教学任务。老师除公办、民办两种编制外，还有临时代课的。我妈就曾给学校休产假的关英和齐翠艳两位老师代过课。后来，因为工作能力强，多年在家操持家务的我妈，1976年被正式吸纳为村小学民办教师。公办老师来自五湖四海，说着南腔北调的普通话；民办老师从村里选拔，课上课下基本都说此地话，也就是方言。我的班主任王秀莲老师那时很年轻，她率先用普通话念课文，用普通话点名提问，对我们影响很大。王老师做事很要样，要求也非常严，每学期发了新书，要求学生必须包书皮儿，新本子必须用电光纸糊过两角和横脊才能用。上课不许交头接耳，不能吃东西。我同桌偷偷吃玉米，老师发现后，过来扇了他一课本。

戴帽中学是时代的产物，是"文革"中城郊接合部农村教育的特有现象，是"上初中不出大队，上高中不出公社"的教育口号的落实。大概在1980年，经有关部门决定撤销了戴帽中学，而此前的1979年，我已七年级毕业，并考上了不用出公社的呼市郊区二十九中高中部。

桥靠小学在村子西南，东面紧临被我们称作东汽路的战备路，就是今天的兴安南路，路东是内蒙古林学院，路两边有泄洪沟。一出教室，南面是顺着战备路下来的一个东高西低的大斜坡，斜坡南面正对教室的高台地是村里的南场面，但那时打谷碾麦削糖菜，基本在村东头的东场面和来学校路上必经的南营子小场面，闲着的南场面成了我们上体育课和自由活动的场地。有一年夏天在南场面上体育课，因为天太热我中暑了，两眼一黑腿一软，差点儿倒在地上。

顺着东汽路下来的斜坡也是校园的一部分，比教室低，是我们课间做广播体操和活动的地方。顺着路走出形同虚设的校门，往西走不了多远，丁字路口向右一拐，就上了回村的南北大路。如果不右拐继续朝西走，左边是菜地，建了电影制片厂家属区，再往前走，路南有铁路苗圃，右边是二队的菜地和排子房。排子房前面的一块空地后来成了村里人盖房挖土脱坯的场所。我家1979年盖新房也在这里挖了半个月土。要是一直顺着苗圃北面那条小路走下去，尽头就是今天的昭乌达路。

从学校回村里的大路很有意思，路两边都是围在打板墙内的高高的菜地，唯独我们脚下的路笔直而平坦，像人工挖低取平裁直一般。学校后面是二队的菜地，地里有几个长着高大柳树的坟堆，坟堆间是一条弯弯曲曲的小路，那是我们上学时最愿意抄的近道儿。不过，打雷下雨时谁也不敢走那条道，大人说怕遭雷劈。从这条路出去，是二队的牛圈。这片菜地后来被呼市煤气公司占去，先立起一个大绿罐子，后来又立起一个大绿罐子，堪称当年这一带的地标性建筑。

除前后两排共四栋坐北朝南的教室外，学校还有一间用来堆放杂物的西库房。在四栋房子形成的小十字场地上，有七八棵高大的白杨树，有一个供全校师生喝水的洋井。洋井旁立着的木头柱子上，吊有一节亮铮铮的钢轨。这节钢轨在每一任下夜老汉小斧头的敲打下，用极富穿透力和扩散力的声音，年复一年，准确无误地报着上课、下课时间。教室背后，有一个特别规矩的小操场，那是和外校进行篮球比赛的场所。小操场东面有一处露天运动场，安装有单杠、双杠、高低杠，还有一个跳远用的沙坑。每天下午放学后，无论冬夏，我们都不急着回家，得在单、双杠上玩儿够了再说。或者三个一群、五个一伙，在校园里打打沙包，跳跳皮筋儿、踢踢毛毽儿、抓抓嘎儿、抽抽毛猴、背背石子儿。一个用水湿透后吹鼓的帽子，我们也能当皮球踢得热血沸腾。有天放学后，我妹妹和她几个同学一起在校门口踢毛毽儿，书包围着大门垛子摆成一圈儿，结果有个淘气的男同学悄悄给点了一把火，我爸去上海出差买回的高级海绵铅笔盒被烧化，书包和书本烧得不成样子。她说当时很害怕不敢回家，怕挨打。实际挨没挨打，现在连她自己也想不起来了。

　　那时学校门口经常有做小买卖的光顾。老头们胳膊上挎着的小竹篮里，有切成菱形块儿的糖片儿，有包成小包的酸枣面儿，有小卷儿果丹皮，有糖枣、米花球，也有应季的酸毛杏、面果果。篮子里的东西，便宜的1分钱两个，贵的2分钱一个，记忆中很少有卖3分5分的东西。夏天最受欢迎的是卖冰棍儿的。小豆冰棍儿3分一根，牛奶冰棍儿4分一根，课间十分钟买个冰棍儿能挤死人。其实很多上去挤的都是起哄的，他们手里根本没有钱，帮助要好的同学买上了，也许能让他们咬一口解解馋。

我念书的七年当中，桥靠小学没有完整的围墙，虽然有个标标准准的铁大门，却是聋子的耳朵。每天，只要放学的铃声敲响，教室门敞开，老师端着教案、粉笔盒在前，桌子板凳的碰撞声在后，教室里瞬间不见一人。

回家的路有好几条，不管从哪儿走，都是十几二十分钟的路程。那时路上人少车少，社会治安特别好，一年级小孩儿都用不着接送。早晨醒来，穿好衣服跳下地，洗脸梳头的工夫，就有同学推门进来站在地上等你。背起书包，从笼里抓个馒头或窝头，相跟着边走边吃边叫人，上学的队伍越走越大。

我们那苴人小学课业非常轻松，除语文算术有点儿象征性的作业外，剩下的全是不留作业的副课——音乐、图画、描红、珠算、体育、生物、历史、政治、农基，还有活动课。学校有一架脚踏风琴，平常放在全校唯一的办公室里，哪个班要上音乐课，就去几个力气大的，把它搬到教室里，下课后再搬回办公室，遇上别的班上音乐课，就来人直接搬走了。教音乐的吴老师来自电影制片厂，后来被调到市里的小学，我们的音乐老师换成村里的武秀玲。她嗓子特别好，人也特别好，是村剧团的成员。

我最喜欢上的课是被我们戏称为拾粪课的农基课。每周一节，自备小铁桶，不用老师管，想去哪儿捡去哪儿捡，纯属放羊课。捡到的牛粪马粪，先交到学校，攒多了队里派马车拉走，送到地里，绝对是有机肥。

1970年代运输工具以马车为主，耕地拉车还离不了牛，随便你走到哪里，满眼都是捡不完的牛粪片子马粪蛋儿。有时任务完成得早，我们会结伴跑回村儿里，目的很明确地去同学家串个门儿，得到一块儿干咸菜或半个窝窝头，吃在嘴里都是美味。最好吃的干咸菜出自肖奶奶之手。她家在村子最南头，离学校近，院门开向上学的大路，热天在南房顶上晒干咸菜时，那种红腌菜一样的味道随风飘散，实在太馋人了。肖爷爷是木匠房的木匠，他的孙女肖俊珍是我同学，我俩还挺好，所以我总能吃上那越拽越大、越扯越薄的干咸菜片儿。

除了拾粪，每年夏天我们还要以班级为单位，被分配到各个生产队去参加几天义务劳动，帮着从地里往出抱没用的韭菜针子和间苗间下的小白菜。小学生也只能干点儿这样的轻省活儿。有一回在电影制片厂家属院儿墙外劳动，忽然听到有人边弹琴边唱歌，电影制片厂的同学说，唱歌的人叫金花，伴奏的琴叫钢琴。

早先校门外路边有两长条归学校所有的地，那地里曾种过土豆，收获后分给了老师们。学校还种过蓖麻，具体做什么用，不得而知。我们用偷来的蓖麻籽玩儿过点灯。用细铁丝串成串儿点着，冒出的黑烟一会儿就把鼻孔熏黑了。我妈进学校当民办老师时，那地已经和路融为一体了，所以我没吃过学校种的土豆。

学校的各种活动也不少。听老红军讲革命史，看几分钱的包场电影，去军区礼堂参加郊区中小学文艺会演，庆六一活动，元旦联欢，春秋两季运动会。有一年还集体喝过预防传染病的大锅中药汤。排队上新城西街电影宫看《向阳院》时，好不容易走去，赶上停电，只能再走回来。后来盖起郊区电影院，就不再去电影宫了。

每年清明节，全校学生排成长长的队伍，步行去人民公园在人民英雄纪念碑前敬献花圈。早在清明前一天下午，学校就开始组织全体学生背诵那段经久不变的誓词："成千成万的先烈们，为着人民的利益，在我们的前头英勇地牺牲了……"校长李贵还要讲一讲第二天出发的时间，还特别叮嘱要带一点吃的，因为全市所有学校要上人民公园祭奠、缅怀英烈，敬献花圈需要排队等候。按惯例，每年总得留出一定时间，让我们这些好不容易进一回公园的村儿里娃去看看花鸟动物，不准备点儿干粮是不行的。我当时非常羡慕高年级的哥哥姐姐们敢手拉手走上已经融化得可以踩出波浪起伏之感的冰面去玩耍，有一次还看见他们从砸开的冰窟窿里拽出一条大鱼，现在想着却后怕，万一踩塌冰面掉进湖里可咋办。

处在物资匮乏的计划经济时代，个人收入有限，很多家庭能把饭吃饱就不错了，给小孩儿带出去的东西非常有限。我家算好的，爷爷在生产队挣工分儿，这是九口人全年的经济保障；终身鳏居，一直和我们生活在一起的大爷在中山路一家水产门市部下夜，那是副食品的主要来源；我爸在乳品厂上班，保证了我们家的现金流；我妈在家统筹生活，负责花最少的钱办成最大的事。这样，我们带出去的东西相对来说可以炫耀一番：煮熟的鸡蛋，用奶油炸过的馒头，比大白兔还好吃的奶粉疙瘩，炒熟的黄豆、黑豆，还有让人羡慕的块儿八毛零花钱。生活差的人家，鸡蛋都得跟人借。

我最喜欢学校开运动会。一年两次，春季一次，秋季一次。那种用高音喇叭喊叫出来的热闹场面，如今想起来依然如在眼前。现在的学校大都有自己的塑胶跑道，我们那时连操场都没有，学校东墙外人迹罕至的战备路就是训练场和运动场。到了开运动会的前一天，体育老师组织几个高年级的男生，有的拉皮尺，有的推装有白灰的滚子，几条笔直的跑道一会儿就在这条路上画好了。谁能想到，如今车水马龙的兴安南路，过去居然空旷到可以开全校运动会。

有一年运动会，我姐报了投掷"手榴弹"，放学后我们去练习投掷，从来抡开棒子也打不着人的路上，忽然不知从哪儿冒出个骑"大链盒"的女人。已经飞出去的"手榴弹"无法收回，铁脑袋朝下，不偏不倚砸在那辆自行车的后衣架上。"大链盒"自行车可是当时的奢侈品，绝对能与现在的私家车相提并论。那个女人看着被"手榴弹"砸出的坑，怒气冲冲，押着我姐找到我们家，想让赔。我妈处变不惊，像法官断案，因果一分析，那人便觉得自己不对，擅自闯入禁区才招致飞来横祸，不得不自认倒霉。等人家走了，我妈跟我们说她真有些后怕，那个能要人命的"手榴弹"，既没长眼睛，又不会拐弯儿，如果当时砸到那人的头上，后果不堪设想。

也是那年，据可靠消息，我们年级一班的女生没人敢报100米短跑，怕跑不过我们班的飞毛腿丢人。我在体育班长的怂恿下，破了天荒。火药枪一响，我奔命向前跑，一共两人，我得了第二，奖品是一个盖有大红戳的方格本儿。那是我学生生涯中第一次，也是最后一次参加运动比赛。到我快毕业时，学校开运动会就借用内师大的体育场了。

小学生活真可谓五彩斑斓。每天到该去上学的点儿，不论男女，都背着花花绿绿的家做书包，从四面八方聚集到通往学校的大路上。下雨天最有意思。雨雾中，有戴草帽披塑料布的，有打雨伞穿雨鞋的，有光脚头顶麻袋的，还有毫不设防一路狂奔而去的。那时我胆小，最怕雨过天晴后路上那些不知哪儿来的大蚯蚓，筷子一样一条挨一条，红红的，蠕动着，简直没有下脚的地方。我好不容易七蹦八跳跑回家，晚上睡觉，也会被梦中的蚯蚓吓醒好几次。

雨后，学校周边和村里的集水坑成了我们的乐园，一有工夫，我们就挽起裤腿儿下水捞翻车车玩儿。有的同学捞上拿回家喂鸡，说鸡吃了能多下蛋。我那时总好奇，啥也没有的大路上，为什么一下雨就有翻车车，没雨的时候它们都藏在哪里？长大后出于好奇查资料才明白，原来这翻车车大名叫鲎虫，属动物界一种小型甲壳动物，最早出现在2亿年前，历史比恐龙还要久远。鲎虫的卵是休眠卵，有很强的生命力，遇上干旱，卵在地下最长可休眠25年，一旦条件适宜，幼虫便破壳而出，迅速生长，在大大小小的雨水坑里游来游去。

秋天来了，几日连阴雨过后，南场面靠东的边儿上塌出一个大坑，坑里有厚厚的棺材板，板上有个大窟窿，大人们说那是盗墓贼干的。和我同班的一个王姓男生趁没人时跳下去趴在窟窿上朝里看，回教室后吹牛时有人吓唬他说："你完蛋了，眈了棺材洞，肯定要被鬼跟上。"那个坐在我后排的男生竟然被诈唬哭了。

我总感觉小时候的冬天比现在冷。每到 10 月底，树叶哗哗一落，学校就开始张罗着买柴拉炭。这个时候，最能体现每个班男生的智慧和胆量。一马车梢子卸在西库房门口，还没等校长宣布怎么分配，各个班的"带头大哥"便指挥着一干人马，开始了霸占性抢夺，抢到手还得动脑筋藏起来，不藏肯定被校长没收。

学校的讲台由木板钉成，长度与黑板相同，两头窄中间宽，呈圆肚形，最宽的地方有一米多，高约一尺，倒扣在黑板前，下面是空的。我们一起用力，把讲台搬起靠到黑板上，七手八脚把抢回的梢子铺平摆好，正忙乱着，叮叮叮的上课铃打响了。赶紧把讲台扣好，刚跑回座位坐下，老师就用课本端着粉笔盒进来了。她往讲台上一走，感觉不对劲，又来回走了几步，讲台像漂在水上的船，左右摇晃起来。我们憋着不敢笑。老师也憋着不笑，扫我们一眼，扭过身开始写漂亮的板书。

柴炭不缺，但生炉子是个技术活，我们干不好。教室大，后门被男同学踢掉一条木板，玻璃上有个小窟窿，炉子里烧的是夹生火。我们尽管都穿着家做的大棉袄厚棉裤，还是被冻得难出五指。好不容易抄手跺脚熬到下课，男同学一哄而起，把半死不活的火炉子围得比铁桶还严实。女生只能出外面找个向阳地儿，挤圪崂崂晒太阳。就这样，我们无忧无虑、不慌不忙就把自己给伺候大了。

人长大了，捉弄人的心思也跟着膨胀起来，尤其是那些调皮捣蛋的男同学。今天往半开的门上架个放有碎纸的铁簸箕，明天又架个扫地笤帚，或者架个小木头棍子，可把老师们气够呛。

我快从村小学毕业时，学校调来一个女老师，她个儿高，身材好，一双大花眼，两条麻花辫，圆脸庞，皮肤白里透红，说话总带笑，俩酒窝特别美。有天上学路上，看见同年级几个男生鬼眉溜眼攒在一起，正把一张五毛钱的纸币往特别细的铜丝上拴，我心想他们肯定又要去捉弄人。果然，远远看见漂亮的女老师朝学校走来，他们就把那拴着的五毛钱扔到路当中，手牵长长的铜丝躲到路边打板墙内。老师弯腰捡钱，他们就拉一拉那根铜丝。老师以为风在刮，又上前去捡，他们再拉一拉。三番五次，老师终于发现有人故意逗她。那帮家伙见老师识破了他们的诡计，跳出打板墙，拉上那五毛钱嘻嘻哈哈一哄而去。

1976年，周恩来总理和毛泽东主席相继去世，村里在车库大院儿内设了灵堂，由荷枪民兵守护着。每天下午，我们都会在活动课跑回村里，到灵堂前默哀、缅怀。我姐和她同班女同学相跟着到村诊疗所和掌大权的赤脚医生要出一条条白纱布，像市里的年轻女子那样，在辫梢上绾出白蝴蝶结。我们低年级的也想绾，却没胆子去要。

随着年级的不断升高,我们从村小学这个教室转战到那个教室,又从那个教室转战到另一个教室。这样做的原因是每间教室永远不用换牌子。学校院子里的紫丁香和白丁香开了一年又一年,当村里的马车被手扶拖拉机取代时,我从村小学毕业了。

1979年麦子就要收获的时候,桥靠小学两个毕业班的学生骑着自行车去离村很远的呼市二十九中参加升学考试。那年不知什么原因,去往二十九中的路上还没有收割的麦子地里全是蠕动的密密麻麻的蚜蚧,路上更是多得无处下脚,车轱辘一碾噼啪爆裂、令人作呕,我真庆幸当时没被吓晕过去。

那年,包括我在内,共有12人考上高中。因为二十九中所在荒僻,社会治安也大不如前,戴个军帽军手套就有人拦路抢劫,背个军挎包也被抢,甚至还抢口罩。就在我提心吊胆为跑那么远的荒野之路去上学而发愁时,呼和浩特市第三十五中学建成并投入使用了。这是在桥靠的土地上盖起的学校,人不亲土亲,我爸找关系把我弄进去,因此我上了两个七年级。

我家五个小孩儿,姐姐桥靠小学毕业后去内师大附中上初中,我和大妹妹毕业后升学至三十五中,小妹妹和弟弟都在桥靠小学上了半程,便转入地质局小学,也就是现在的大学路小学。在桥靠小学,我们都第一批加入红小兵,我姐还当了红卫兵。我们很多次期末考试都考双百,也拿过三好学生奖状。后来,我们五个都在三十五中上过初中或高中。

1985年,桥靠小学因规划建设呼和浩特市民族小学被占用,在校学生整体归入新城区庆丰小学，老师们被分配到所属区内六所小学，我妈被分到先锋路小学。后来，桥靠村出土地、新城区教育局出资金共同建成新桥小学，村里的小孩儿才又有了在家门口上学的机会。

三分钱的元旦联欢会

大概是我二三年级时，秋季开学后，我们预先交上去课本费，每人富余下三分钱。校长和班主任们合计决定，钱不退给我们，留着当元旦搞联欢的活动经费。

20世纪70年代的三分钱，可以买一根小豆冰棍儿，或者跟校门口的提篮小卖买一卷儿半寸宽的果丹皮和两个糖枣。那时圆圆的米花球是一分钱两个。如果去合作社消费，三分钱能买三块儿水果糖或一两杏干儿。总之，那时谁兜里能掏出三分五分，谁就是有钱人，屁股后头会跟一帮捧臭脚的。

很快就到了年底，各班开始张罗联欢会了——准备节目，策划串班互访，猜测学校会安排哪些有奖品的游戏。

元旦这天早上刚到校，老师让我们围着火炉，把桌子摆成一圈儿，方便茶话。

老师真是语出惊人，这一茶一话，按那个年代来说，起码瓜子儿是大大不缺，就像春节出去拜年，到谁家都瓜子儿随便嗑。糖肯定没有，我们知道三分钱办不了那么多事。打探消息的回来说，游戏有盲人摸象、瞎子吹蜡，还有不瞎的睁眼钓纸鱼儿。这些活动不在哪个班，统一安排在老师办公室，由戴着红袖箍的七年级红卫兵负责维持秩序和裁判输赢。

扯远了，还是回来说说这"茶话"二字。

桌子、板凳摆好，火炉子烧旺，人各就各位，老师来了。她没能按我们想象的那样，端一洗脸盆葵花子儿闪亮出场，只是令人失望地用胳膊肘搂着个报纸折成的小三角包包。她也没像我们想象的那样，把一脸盆子瓜子儿随便扬在我们面前一个挨一个的课桌上，嘴里还不停地说"随便吃、随便吃"。她像什么？像中药铺子里戴着水晶眼镜抓草药的老先生，气定神闲、专注认真、一捏一散，做得一丝不苟。终于轮到我了，在她就要下手去抓的那一瞬间，我忽然想起那个年代的一首流行歌：大吊车，真厉害，轻轻地一抓就起来，哈哈哈哈哈……

老师比大吊车牛，她是捏，不是抓。她轻轻一捏，又辅以轻轻一抖，撒在我面前的葵花子儿绝对不能比上一位多一颗或少一颗。

看着与想象甚远的"三分钱"，同学们开始交头接耳悄悄嘀咕，肯定是老师贪污了我们的钱要去下馆子。有个男生趁老师去其他班互访时，还偷偷摸摸去了趟办公室，回来眉飞色舞、连比带画地说，办公室地上墩着整整一麻袋瓜子儿，里头还有糖和红枣。

受他蛊惑，我心痒痒得坐不住了，假装要去比赛瞎子吹蜡，跑到办公室一看，不光没有传说中的麻袋，地上连一个瓜子儿皮也没有。当然这只是个愉快的小插曲，丝毫不影响我们继续欢乐。

联欢仍在进行。我们边欣赏来串班的各路白胡子老汉那扭捏作态，边红打黑闹看自己班排演的群魔乱舞。桌上那扫一眼就能数清有多少粒的瓜子，我们像对待千年老山参一样，用指甲一粒一粒小心剥出仁儿，用前门牙细嚼细品，居然坚持吃了一上午。

其实，当年每人三分钱，四十多个学生，加一起才一块来钱，要买蜡烛、奖品、制作金鱼的彩纸，此外还有瓜子儿吃，学校实在精打细算了。

如今的小学生，怎么联欢，怎么豪华，怎么奢侈，不用我赘述。但我敢肯定，这世上最好吃的瓜子儿、最快乐的元旦，在我小学的记忆中。

业余剧团

早在中华人民共和国成立前,桥靠村已是闻名十里八乡的文艺村,其龙灯、高跷很出名,20世纪50年代又组织起业余剧团唱二人台。早期剧团由西园子张子明为首出资并任团长,编剧是刘进财、刘世才、薛补和。团员越发展越多,到60年代末,先后加入的有贾德忠、贾瑞、贾瑛、贾珍、王学增、张秃手、张交运、祁翠兰、孔令奇、赵鹏、康存泰、康团圆、温交运、杜玉梅、杜秀珍、张其文、王志明、籍玉明、杜三板、杜翠青、杜翠仙、杜发财、杜守信、张凤英、康瑞、康玲、马兰生、蔺福、蔺禄、卢瑞、孔祥先、薛转枝、郭连根、岳英、杨二白等。

早先,我妈的爷爷贾德忠老先生就是村剧团的活跃分子,三弦弹得无人能比。我姥爷贾瑞是耍龙和说快板儿高手。我姥爷说快板儿都现编词儿,每每往戏台上一站,看见什么说什么,诙谐押韵、生动传情,总能博得台下一片叫好声。

那时一到冬天,住在绥远城南门外护城河边的老祖贾德忠老先生,每天吃过晚饭,领上年少的我妈,顺着门前小路摸黑回村里排戏，准备过大年时登台表演。耳濡目染，加上先天的艺术细胞，我妈小小年纪便开始登台唱戏。那时我爸也是村剧团的小演员，两人一个十一岁，一个十三岁，组成一对儿少年黄金搭档，排演的二人台传统剧目《挂红灯》和《卖菜》经常受邀外出表演，内蒙古日报社、新华印刷厂、市团校、市委党校舞台上都有过他们的身影。新城电影宫百货大楼建成开业庆典时，也请我们村剧团去演出，我妈我爸仍然表演《挂红灯》。我妈回忆说，那时因为没有专用小戏服，只能把大人的绸子衣裤扎一扎、挽一挽凑合着穿。特别有意思的是，有一年腊月底应邀出去唱戏，为了好看，我妈偷偷把准备过年穿的新衣裳拿去当了戏服，晚上散戏回来被我姥姥看见，可让数落了半天。那时出去演戏全凭两条腿，戏演完，邀请方又是瓜子、糖果又是烩菜、油饼儿的招待，让大伙儿把来去的辛苦忘得一干二净。

我爸十四岁那年，他的艺术天赋引起时任呼市郊区（今赛罕区）文化馆馆长李成良先生的注意，他不辞辛苦，日夜辅导我爸说快板儿。真是功夫不负有心人，1957年全市文艺会演中，我爸表演的快板书《一分钱和一两米》不光得了奖，还是第一名。

桥靠村剧团最早的团长是西园子张子明。他四块瓦耍得好，戏台上那盏光芒四射的汽油灯，也只有他才摆弄得来，所以开戏前最常见的，往往是万事俱备只等张子明点灯。

我爸二人台唱得好，后来还无师自通学会多种乐器的演奏。我爸打扬琴、拉二胡、吹笛子、敲梆子，还能写歌词儿，能带领乐队老调新用，能举着剧本儿当导演，能画幕布，会做道具，还擅长内管外联，反正是样样拿得起放得下。

村里的剧团学戏没有老师教，想排演哪出，选定演员后去演戏的地方看，看完回来拿上剧本开始排练。我爸和我妈的《卖菜》《补鞋》，我爸和薛转枝的《一把镰刀》，王志明和岳英的《卖面》，王志明、岳英、郭连根的《卖碗》，以及大型歌剧《邻居》，都是这样自学自演的。

20世纪70年代，没有电视，也没有其他娱乐活动，更没有闲钱供人们喝酒打麻将，码工歇冬后，除听自家门头上那个郊区人民广播电台专用小喇叭读马列唱晋剧外，村里最大的动静就是吃过晚饭，人们从热乎乎的家里跑到大队院儿里，冒着严寒趴在办公室窗玻璃上，眊西洋镜一样，眊瞭屋里村剧团排戏的情景。

一开始排戏的地方是在大队部背后的磨坊里，条件非常不好，两扇木门走风漏气，也没有太多板凳坐，房顶上挂满丝丝缕缕的灰尘，感觉咳嗽一声，就能震得一条条跌落下来。可能因为腊月里磨麦子、黄米的太多，需要加夜班儿，后来就把排戏的地方改在大队办公室了。

大队办公室离我家很近，出门跑几步就到。说来很有意思，因为想看排戏的人太多，场地又有限，除了我们这些有家人在剧团的，其他人想跟认真负责的把门人王四娃走个后门儿进去，磨破嘴皮子也没用。

年复一年，剧团新老更替，始终保持有四五十人，摆着好几张办公桌的办公室已明显施展不开了。经请示，大队干部把办公室西面那间后来做了供销社的空房子也给了剧团，还让木工组的小木匠们挨后墙给钉了一溜可供休息的木板铺，业余演员们排起戏来更有劲头了。

那时父母不光自己排戏唱戏，还安排我和我姐、我堂姐从师学艺。姐姐和四姐跟呼市民间歌剧团的李绥生学弹三弦，我和二人台表演艺术家任粉珍老师学唱《走西口》，可惜后来三个人都半途而废了。

排戏真的很有看头，有时比正式演出还有意思。从一开始的分配角色、调整角色，到后来的导演导戏、演员对台词、乐队配乐，一直到合戏，花絮迭出，笑料不断，常常令人捧腹不已。那时要想把一出戏排下来，最少也得半月二十天。一个剧团一正月不可能就演三两出戏，可那是有季节性的业余剧团，从往起组织到选定剧本再到正式上台演出，满打满算，也就两个来月。为能多排几出戏，往往是好几伙人在同一个屋子里各占一个角落，各排各的。这边《渡口》在对词儿，那边《红枫岭》或《一代新风》在顺戏，还有表演唱《四老汉》，各种乐器也要练习。有的演员身兼数职，又敲锣又唱戏，一会儿在这堆儿里演好人，一会儿窜到那堆儿里演坏蛋，一不小心就把台词儿背串了，逗得众人哈哈大笑。反正你想，几十号人吹拉弹唱聚在一起，本身就是一出好看的大戏。

辛辛苦苦排练一晚上，村儿里给每人的补助也不过两工分儿，如果按20世纪70年代一个工开一块五的红来算,也就每晚三毛钱的补贴。但剧团的人为的不是钱,是开心。

大概传承了老一辈的艺术天分,我们村儿男女老少吹拉弹唱样样都行。剧团里的导演、演员、化妆、服装、道具以及全班乐队,全部出自我们村儿。最让人佩服的是拉四胡的康义哥哥,他一出生就几乎全盲,只靠着眼角仅有的一点儿余光艰难行走。但他悟性和记性都好得出奇,虽然看不见乐谱,但很多二人台曲调深深刻录在他脑海中,《打连成》《压糕面》《走西口》《方四姐》《卖菜》《补锅》《十对花》,你想听啥他就能拉出啥。

我爸和孔祥先、岳鹏、康茂、贾秀兰、王巧玲等剧团骨干,都是白天在城里上班,晚上回村排戏的村里人。我们村儿二人台越唱越好,还得益于专业人士的点拨,著名二人台表演艺术家任粉珍、亢文彬、刘全、宋振莲、吴焕春等不止一次来村里现场指导,把多年积攒的宝贵经验传授给大家。赵鹏、康瑞、姚贵更是不遗余力。

排戏的日子里,因为父母都是骨干,一来二去,我家就成了剧团的议事厅。有一年村里给剧团拨了点儿款,让买布做戏服。我妈有很好的裁剪缝纫技术,家里又有高级缝纫机,我家又变成了裁缝铺。我妈负责量身裁剪,其他人根据能力,有的蹬缝纫机,有的锁扣眼儿、缀扣子,有的缭边儿、盘桃疙瘩儿,有的烧上烙铁往展烙。没几天工夫,各式各样的戏服就做好了。这些活儿都是义务劳动,既要干好,又不能耽误晚上正常排戏。

演戏不能缺了道具。因为和呼市民间歌剧团有交情，大刀、步枪、机关枪之类，他们淘汰不用的全部赠送给我们村剧团。斧头、菜刀、大烟袋之类小物件儿，是我爸领着几个年轻后生，在我家用木头和三合板儿"打造"出来的。在所有道具中，艺术和技术含量最高的是布景。记得有一块贴窗花和青砖勾白灰缝儿的布景，从台下看，真能以假乱真。和我爸聊起这事时，我爸告诉我说，那块布景的木工活是他一手完成的，上面的图画是村里长辈卢补应的杰作。戏台上轰隆隆的雷声，源头是立在后台的一张洋铁皮。当年的桥靠剧团好戏连台，和软硬件都厉害是分不开的。

过去一进腊月，戏要加紧排，年货也要加紧做，但时间就那么多，怎么办？只能自己想办法克服。那时还没有实行计划生育，家家人口多，吃的穿的用的都得去做，但国家实行的是计划经济，除了人不缺什么都缺。白糖、纸烟、碱面儿、大炭、蓝布、花布、条绒布等，都得搭上大把时间拿着各种票证本本去指定地点排队购买。白天里人们抓紧时间杀猪宰羊、煎炸蒸煮、拆洗缝纫、排队买供应品，天黑把晚饭一吃，又喜气洋洋聚到一块儿排戏去了。

经过一腊月紧张认真的排练，到正月里，桥靠大队的戏台就像一块磁力强劲的吸铁石，碘钨灯一照，锣鼓一敲打，牌子曲一演奏，一会儿就把新桥靠、华建、内蒙古医院、内大、党校、林学院、轮胎翻修厂、电影制片厂、新城南街等地大批居民吸引来，黑压压挤满戏台前。村里家家户户的热炕上，也坐满赶来看戏的亲朋好友。开戏前或散戏后，村道上人来人往，川流不息。有时为了晚上看戏能坐得靠前点儿，小孩儿们吃了中午饭就得去占空，一个个冻得鼻青脸肿。空就是座位——一根根摆在戏台前的木头。

村剧团排过一出大场面的戏，叫《红枫岭》。里面有很多鬼子，演员一时不够用，就发动村里想演戏的年轻人来参加。没想到他们发挥得特别好，每人横端一杆大木头枪，贼眉鼠眼就出场了。最有意思的是，为反映敌弱我强，得有大批鬼子被打死，这就要求被抬下去的鬼子还得再上场，结果，台下因这死了又活的鬼子爆笑不断，真是戏里戏外都是戏。

早先的戏台年年都临时搭建，坐北朝南，木工、电工一起上手，用铁管、木头绑好框架台基，用苫布围墙搭顶，用借来的脚手板铺好台面，再围上苫布，安好碘钨灯，挂好大幕布，搭戏台的工作就算完成了。戏台的背后直通大队办公室，里面既是化妆室、更衣室，也是休息区。后来在一进大队院儿的西边砌了一个永久性台基，彻底避免了演员踩翻脚手板的危险。这以后搭台就留了专门的后台，有一年演《渡口》，后台立了一块新铁皮，剧情一发展到打雷下雨，就有人轰隆轰隆拍铁皮。有些胆子大的男孩儿会在没开戏或刚散戏时，趁机挤上后台拍打玩儿上一气，过过手瘾。

现在流行的演艺界宣传海报其实一点儿也不新鲜。早在20世纪70年代，正月里唱戏，总有性急之人才过中午就跑到大队院儿里看剧团贴出的手工戏报了。那时有个二人台小戏叫《换箩筐》，演的是村妇女主任大公无私，阻止亲家母在生产队糖菜地里偷撒糖菜缨子喂猪的一段故事。这个戏里我妈扮演村妇女主任，一队的史芝仙扮演亲家母。欢快活泼的音乐。诙谐生动的表演，使之成为戏报上最耀眼的地方。那时总能听到看过戏报的人对没看的快嘴说：今儿后晌早点儿去戏台前占空（占座位），黑夜又有《换箩筐》！戏报出自我爸之手，那个装满画笔和广告色的小木头箱子，也出自我爸之手。

桥靠剧团除在自己村儿里搭台唱戏外，因为唱得好，每年正月里还要被附近村子请去红火几天。剧团出发时坐的是大拖拉机，上面插着印有"毛泽东思想文艺宣传队"字样的大红旗。拖拉机突突突发动起来，一走，红旗迎风招展，再看那满车"角儿"，真像现在的"星"们坐宝马，别提有多神气了。

推算应该是1974年正月里，桥靠剧团被讨速号村请去唱戏。那时时兴派住，而且生产队有规定，谁家住有剧团的人，就按人头补给烧火柴，住一人给一捆，住两人给两捆，以此类推。没派出去的，全部住在队部的一盘大炕上。饭由大队管，白面饸饹一人能吃好几碗，筷子不够撅两根儿高粱棍棍，对端面老汉烧火打炭的黑指甲抠到碗里也视而不见。

那会儿冬天比现在冷，人们也没准备铺盖，不管在哪儿，都是睡不脱衣服的囫囵觉，队部里也一样。前半夜还好，后半夜火炉子一灭，所有人被冻醒，瞪眼儿盼天明。有个女的睡梦中感觉冷得难受，迷迷糊糊拽住同伴的长头发就往自己身上拉，她以为那是可以御寒的大皮袄。更有意思的是，几个男的分去和村里五保户住。他们自作聪明，临睡前把队上补给的几捆高粱秆儿一口气儿都填到灶火里，心想有一盘热炕在身底下，不愁睡不上舒服觉。结果，后半夜还是莫名其妙被冻醒了。熬到天明问睡在炕头上的五保老汉咋回事。老汉说："呀呀，我忘了告诉你们了，平常就我一个人，为了省火，后面的炕洞子早让我堵死了，根本不过火，我说咋啦一黑夜烧燎得睡不着，差点儿让烙了烙饼。"

1975年1月21日，桥靠大队业余剧团去人民剧场参加呼市郊区文艺调演，作为开幕式上第一个节目，一个红绸飞舞、金钱对打的大合唱《东方红》，赢得满堂彩。参加那次调演的总计42人，分别是：李根子、高尚荣、贾爱兰、贾秀兰、祁广勇、王巧玲、姜秉忠、高亮、康二奎、康太平、康义、康二高、康三高、薛鹏怀、孔海宽、蔺福、孔祥先、岳明义、岳成胜、史芝仙、吴秀玲、杨秀清、赵三爱、赵四爱、刘静、薛有枝、杜翠英、陈俊桃、于文祥、杜云海、杜月海、杜成俊、康新亮、杜有才、聂四红、田来顺、王四娃、蔺禄、芦瑞、薛富有、王志明、杜发财。

社会在发展，时代在进步。随着桥靠影剧院的落成以及录音机和电视机的普及，受周边娱乐、休闲多元化的冲击和影响，到20世纪70年代末，红红火火的村剧团终于落幕，完成了历史赋予它的使命。

时光如流水。1996年，为丰富乡村生活，我爸牵头成立桥靠威风锣鼓队，春节时代替过去的业余剧团在村里闹红火，平常受各大礼仪公司邀请，锣鼓一直打到东面的锡林郭勒、西面的伊克昭、北面的二连浩特、南面的清水河，赢得一片喝彩声。

磨坊小记

呼市新城南门外一带，似乎只有桥靠村一个磨坊。

看磨坊的是我同学的妈妈，淡季不用在磨坊守着，有人要磨面喷黄米，上一步之遥的大队办公室让人用大喇叭吆喝一声就行。

磨坊的旺季是腊月。本村村民要加工米面，周边的人们也背着口袋凑热闹。不过他们的量都很小，基本都是来加工点儿糕面、豆面、小米面。

桥靠磨坊一共有三套机器。西面一套专门给谷子和黍子脱壳。脱下的壳叫糠，拿回家可以喂猪。东面那套专门磨麦子，最耗时间。那个机器我研究过，把麦子倒入上面的大漏斗，只要把电闸合上，下面带自动罗的那一部分就会在机器的嗡嗡声中，像人叉着腰不知疲倦地左右摇摆着跳舞；它那两条布袋腿分别站在被一分为二的面池子里，边摇边往外漏面。我有时盯着看得时间太长，就会头晕眼花有恶心感。

安装在中间迎门的那套机器苦最重。除了麦子，它什么都磨，高粱、小米、黄豆、绿豆、玉米、江米。我在青年商店上班时，还在磨坊给商店加工过几百斤花椒面儿。这些东西要想变成面,非得上它肚子里转几圈儿不可。偶有谁家淘过的黄米太湿粘罗,磨工大娘就得不停地断电停机,把罗卸下来,架在装黄米的大漏斗上,用那个拧机器的钢把手使劲儿敲打敲打,把粘在罗上的黄米**楂**子全部敲到还没磨的黄米里,继续开动机器,折腾个三番五次才能磨好。如果糊罗糊得实在没法儿往细磨,磨工大娘只能换成粗罗将就着给往碎打一打,背回家自己用罗面罗子一点儿一点儿过。

冬天加工玉米面和小米面的比较多,这两种面可以做摊花儿,也可以熬糊糊。磨高粱面用做二莜面,磨熟黄豆用做炒面,磨绿豆、豌豆用于擀豆面吃。隐约记得有人磨过红薯干儿,不知道这个面能做出什么好吃的东西。

腊月里最忙的时候,磨坊里的机器从早到晚不停地转呀转,嗡嗡声不绝于耳,有时听得人脑袋疼。这种声音会一直响到腊月底。

桥靠村是蔬菜生产区,平常和市民一样吃供应粮,队里分的麦子只有到了腊月,才淘洗干净送到磨坊里加工。日子好的,也不嫌麻烦,接点儿粮站没有的头栏白面,过年包饺子、蒸馍馍,比现在的雪花粉都好。也有图省事的,不分头栏、二栏、三栏,只出九零粉,剩下的百分之十是麸子皮儿,拿回家给猪当"打干"。也有更快的,叫一罗打到底。那面看上去又黑又粗,是人口多或粮食稍有欠缺的人家才选择的。桥靠村很少有人会磨这种黑面。现在行情却颠倒了，营养学家给这种粗糙的黑面起了个美名儿，叫"全麦粉"。不言而喻，"全麦粉"后头跟着的，肯定是全营养。当年最低级的黑面，如今摇身一变，竟然成了富人的专供产品。

腊月里排队磨面，耗个两三天是常有的事儿。一旦需要长时间排队，就得全家上阵，轮流值班。但分工很明确，白班儿小孩儿，夜班儿大人。其实夜班儿比白班儿有意思，天黑了来接班的都是大人，他们的话题特别多，谁家的猪杀倒了还带着刀子满院跑，谁家刚压出的粉条还没冻住就叫小偷端走了，谁找门子买上不要票的牡丹烟了……有时听上瘾真不想"下班"回家。在磨坊里，一旦遇上磨黄豆的，我们就跟人家套近乎，想办法打闹几把生豆子，放在磨坊的炉盘子上烤着吃。

排队既枯燥又耗时间，好在我家姐妹多，可以搭伴儿去。这也是好事，我们不仅逃脱了在家打炭倒灰拉风箱的差事，还多了在磨坊门口踢毛毽、跳皮筋儿的快乐。至于排在磨坊里的口袋，其实根本用不着死守着，只需隔一会儿进去看看，跟着前面的口袋往前挪就是了。这里头也有技术含量，你得牢牢记死自己口袋前面和后面紧挨着的口袋长啥样，一来怕弄错，再者防止有人插队。

过去没个好包装，装麦子用的都是打有补丁的麻袋。虽然每家麻袋上都做了记号，比如画个红圈儿或蓝圈儿，或者在扎口绳上做做文章。但瞌睡马趴熬到后半夜，眼一花，看得不仔细，就把别人的麻袋误认为是自己的。有一年腊月，我家磨麦子，就因认错麻袋损失了很多头栏白面。

那天，排在我家前面的人眼看快轮到他了，他才想起回家去拿装白面的口袋。偏偏磨工大娘冷不丁喊了声"轮谁啦，快！"这一快，我爸过来就把人家的麻袋认成自己的麻袋，解开扎口绳，一簸箕接一簸箕把人家的麦子全撮进了磨面机上那个大漏斗。其实磨错也没关系，人是一个村儿的人，麦子是一个村儿的麦子，况且排队前都过过秤，按斤数补给人家就行了。可人家来了，一看我爸磨了他家的麦子，眼睛一瞪，说啥也不干了，无论怎么解释，按斤秤赔麦子根本行不通，人家一口咬定他家的麦子出面多，耐吃。实在没办法，我爸赶紧跑回家问我爷爷该咋办。我爷爷说，按麦子的斤秤，全给他头栏白面！

那年正月里，他家饭桌上觅了红点儿的白面馍馍，有很多应该是我们家的。

磨坊离我家很近，赶上好天气，站在院子里就能听到机器的嗡嗡声。这个磨坊究竟什么时候关门歇业，什么时候拆除消失，我使劲想了想，大概是20世纪80年代后期。

毛掸子

我进院儿的时候，老张正一手提着一只公鸡，不紧不慢、大摇大摆地从鸡窝那头往锅炉房这头走来。

锅炉房门口，一左一右拴着两条狗。狗见我眼生，亮开嗓子汪汪个没完，还拼命挣着绳子想往我身上扑。我竟然怕狗，就拐了一大步，打算从旁边的菜地里绕过去。偏巧老张走来，扑通扑通，把两只绑着腿的鸡扔到我脚边。一只像死了，保持落地时的姿势一动不动；一只却跳起来，呱呱呱呱乱扑腾，把我吓了一大跳。

老张问："活拔？还是杀了拔？"

"当然杀了拔！要不毛没拔几根儿，我就被鸡活活吓死了。"

小时候为做毛毽儿，和小伙伴们相跟着，偷偷去逮别人家的大公鸡拔毛。一次，我们一帮小孩儿对一只鸡围追堵截，最后把它逼到墙角，活捉。一个胆儿大的顺势把鸡摁在地上，在众目睽睽之下，开始拔毛。本就惊魂未定的鸡，又加被活拔毛的疼，一通胡蹬乱扑，尖利凄惨的鸣叫非常刺耳。鸡脖子也伸长了，鸡眼也瞪得血红，还快速地扭动起脖颈，想用没被控制的嘴反击拔毛之人。

我的注意力本来全在鸡毛上，不想遭了鸡的惊吓，由不住一嗓子喊叫出去，那声音比鸡的还吓人。结果，拔鸡毛那货又被我吓了一跳，扔掉鸡就跑。事后他怨我瞎叫唤。我说向毛主席保证，我绝对不是故意的。我们那会儿不管干什么，总爱向毛主席保证。

过去不分城乡，只要院儿里有地方，人们大都要垒个鸡窝，养上几只下蛋的母鸡和过大年杀了吃肉的公鸡。杀鸡时，毛不能直接用开水褪，得拔下来，日后做毛毽儿、勒风箱、栽毛掸子，用处大着呢。尤其公鸡的肩毛，那可是栽毛掸子的首选。

旧时，村里几乎家家有鸡毛掸子。那掸子忙时满家飞舞掸灰尘，闲时优雅地躺在柜上，或被主人倒挂在墙上。大户人家却不能随便放，用后得规规矩矩插到或青花或粉彩的掸瓶里。

最能见上世面的毛掸子在古董店里。每天早上一开门，顾客还不曾光临，闲着的店老板或店小二，总是习惯性地拿起毛掸子，轻轻巧巧这儿掸掸，那儿掸掸，显得有事做。那掸子掸过的瓶瓶罐罐，也许就是从皇宫里流落出来的传世之宝。

普通人家的毛掸子有时候耀武扬威，成了大人的帮凶。比如把弟弟妹妹惹哭了，让干活偷懒了，饭碗扣炕上了，拉风箱不出力了，和大人顶嘴了，当妈的一发毛，边瞪眼边就抄起了鸡毛掸子。反应快的孩子一跑了之；反应慢的就被老鹰抓了小鸡儿，被一顿猛抽，屁股能肿起半寸高。我也挨过此种皮肉之苦，屁股火辣辣疼，晚上做梦都是啪啪乱抽的鸡毛掸子。有一回，夏天的中午，我妈我爸我爷爷在正房里歇晌，我们五个小孩儿不想睡觉，就被轰到南房里，并告知不许红打黑闹，得悄悄的。那怎么可能，五个孩子一台戏，越不让说越说，越不让笑越笑。几次隔窗警告无果，我妈手里攥着鸡毛掸子，杀气腾腾地冲进来了。赶紧跑吧！我姐领着我们夺门而出，一口气跑出二门子，跑出大门，跑出长长的巷子，才算安全了。

有年我家杀了一只芦花鸡，虽然毛不如公鸡的长，也不如公鸡的鲜亮，但我妈还是用那些毛栽了一把毛茸茸的掸子。那时候我已经上了小学，学会了扫地，也知道用毛掸子掸完灰尘得拿到院儿里去磕打磕打。可我一直没有亲手栽过鸡毛掸子。先是太小，大人说干不了那活儿，等长到能干时，不光我家不再养鸡，全村都没人养了。

我想事儿的工夫，老张已经把两只鸡杀了。我说："你再往起提提，确定彻底没气儿了，我才敢动手。因为我见过鸡头都被剁掉了，还甩着个血脖子到处瞎跑乱撞的鸡。我现在也是有把年纪的人，真要被鸡吓出个好歹，传出去挺丢人。"

老张说："你放心拔吧，早就没气儿了。"

我还是有点儿不相信他的话，小心翼翼探着身子，从鸡后背上试着拔了一根，那鸡果然毫无反应。开始放心拔毛。把两只公鸡的肩毛和漂亮的尾毛都拔了，把鸡脖子上的一大圈毛也拔了，栽个毛掸子应该富富有余。

锅炉房前面的空地，因为这几年楼市萧条，始终没有动工，被我们开发成私家菜地。这时早一片荒芜，拆下的竹架整整齐齐码放在一边。我去挑了根又直溜又皮色好看的新竹竿，用钢锯锯成三节，又从工具箱里拿了点儿修水管用的麻，算是满载而归。

回家后，我把袋里的鸡毛掏出来，在阳台上晾晒一个礼拜，熬了一小锅白面浆糊，用旧衣服剪了些布条，坐在小板凳上，开始按老方法栽鸡毛掸子。

凭借小时候看我妈栽掸子时的记忆，先在竹竿顶端把做掸子头的一圈儿长鸡毛用抹了浆糊的麻或布条固定好，再把鸡毛一撮挨一撮裹牢裹紧，边裹边斜着从上往下一点一点转，一个鸡毛掸子很快就栽好了。

为什么不叫作鸡毛掸子，而叫栽鸡毛掸子？我也是亲手栽过了才明白，那一撮一撮的鸡毛真像是一撮一撮的小菜苗，被我一圈一圈栽到竹竿头周围，那鸡毛便像长在地里的庄稼一样，齐齐整整围成一把好掸子。

最后，我竟然一口气栽出三把鸡毛掸子，看着顺眼，捋着油光水滑，再拿起来掸掸柜上的花瓶，嗯，有店掌柜的感觉。

砖茶和水烟

小时候的冬天，村子里有很多老汉喜欢在吃过晚饭后，带着他们的玉嘴子大烟袋，来我家大院儿，和我的爷爷、大爷一起聚在炕上，边喝茶边谈论傅作义、鄂友三，说杨家将，或者讲那个总让人听不够的三打祝家庄的故事。

外面，从大青山某个山口侵袭而来的寒风，凛冽着村庄偶有狗吠声的寂静夜晚。屋里的炉火却旺得叫人直冒汗。和炕一般高的泥炉子的炉膛里，一个洋铁皮打成的小铁桶里的水开得哗哗响。大爷端起炉台上有些烫手的搪瓷茶缸子，给众人描着两条蓝杠的粗筒子茶杯里添茶。

茶，是青砖茶。大爷说，熬过的茶喝起来才带劲，味道浓得黏嘴黏舌。趴在柜上听故事的我，被他们此起彼伏的吸溜声诱惑得有些口干舌燥，走过去抱起大爷的杯子喝一口，那黑红的液体，又烫、又苦、又涩、又稠，含在嘴里难以下咽。

我妈说，那茶功夫浅的人根本喝不了，尤其是冷茶，一口喝不对就要发霍乱子，难受得必须扎针放血，连累十个手指头跟着遭罪。生在内蒙古、长在内蒙古，爱喝砖茶是天经地义的事儿，浓得无法受用，就喝淡点儿的。与充满诗情画意的绿茶比，砖茶的香虽然有些土里土气，但老成持重，喝惯了，想要丢开，真的很难。尤其是早上坐在烧卖馆儿里吃烧卖，没有一壶砖茶，简直不成体统。吃猪骨头炖牛肉烤羊排，如果有了砖茶水的陪伴，不仅可以让胃口大开，还能去油腻帮助消化。

大爷喝砖茶水，往往是就着一股烟喝到肚里的，人说那叫水推云。烟呢，不是旱烟，也不是纸烟，而是从旧城大南街买回来的上等水烟。大爷的水烟袋起初用羊小腿骨做成，后来换成黄铜的，一尺来长，我感觉不如从前那个骨头的有质感。水烟袋的烟锅非常小，只有黄豆大。抽时，先从水缸后面拿一块方方正正的烟丝砖放到炕沿边儿，大爷挨着烟丝砖坐下，顺手抠一点儿潮润润的烟丝下来，右手的拇指和食指慢慢将其揉捏成一个小球，摁进架在左手上的烟袋锅。此时，右手上的纸媒已凑到嘴边，大爷一努嘴，照着先头已经甩灭的纸媒只短促地一吹，一个精致的小火苗腾的一下就出现了。一锅水烟只够抽一口，所以这烟又叫一口香。看大爷抽水烟是一种享受。在和老汉们说书聊天的同时，他装烟，吹火，吸一口，喝一口，磕一下，乐此不疲，真是神仙的境界。

爷爷不抽烟，喜欢架着那副很有些年头的圆片子水晶眼镜，翘起二郎腿半躺在皮褥子上，听众人谈古论今，偶尔也坐起来喝口热乎乎的砖茶水。有时话题缺乏吸引力，爷爷就闭目养神，养着养着就打起了呼噜。

老汉们还有一件开心事，就是边抽烟喝茶边听唱片机唱歌。当年那个唱片机很稀罕，是我爸从外单位借来的，有时唱针和唱片配合不默契，就会出现跑调的现象。有首歌是唱小山羊的，基本每回都跑调，磁带像被搅住了，所以我始终没听明白那首歌到底唱的是啥。

前些年，村子没有改造，菜地也在，大家都还住着平房。一年四季，不管你走进谁家院子，也不管你推开哪一扇门，屋里的主人都会边招呼你炕上坐，边提起茶壶给你倒杯砖茶。倘若没有现成的，赶紧烧水沏茶，否则就是怠慢。

砖茶俗称边销茶，是西北各民族的生活必需品，尤其蒙古族熬奶茶，几乎无以替代。有人说，草原上正是因为昭君出塞带去砖茶，才有了奶茶。近年来，我多次试着用凤凰沱茶和布朗山老树普洱与伊利牛奶搭配着熬奶茶，虽然味道也不错，但总觉得那种茶香远不如砖茶的醇厚，轻飘飘很难沉下去，就像没有经过生活磨炼的年轻人。现在，为了假装有品位，我也常用很讲究的茶具泡点西湖龙井、六安瓜片或碧螺春，但整个冬天和早春晚秋，还是喜欢守着一壶砖茶的温暖和香，看书，写字，享受生活。

如今，爷爷和大爷都不在了，老房子也拆了，村子也没了，大爷的黄铜水烟袋和爷爷的老式水晶眼镜，我却像宝贝一样珍藏着。

打月饼·过中秋

改革开放前,家家户户的炕席底、大柜里、抽屉中,都有成张成摞的肉票、布票、线票、棉花票,有买煤的煤本儿,有买粮油的粮本儿,有买白糖、碱面儿、小苏打的副食本儿,也有买自行车、缝纫机的工业券。计划经济时期,一切都得按计划来。

小时候大家生活都不太富裕,少油缺肉,想往下省点儿油糖也挺难,所以每到中秋节和春节,粮油主管部门都会给粮本儿上的每个人,在原供应量的基础上增供2两胡麻油。虽然每人只多卖给2两油,但家庭主妇们高兴得不得了。

家做中秋月饼讲究三油三糖,也就是十斤白面要搭配三斤油和三斤糖;如果油糖用得不够数,打出的月饼就不好吃,也不好看,更不好放。我家因为农村有亲戚、后山有朋友,油就不怎么缺,除了打月饼,平常还可以炸油饼、炸油糕、烙背锅子来改善一下生活。我爸那时在呼市乳品厂跑供销,能通过关系从商业局搞上批条,买到白糖和其他所需。

充足的材料、齐全的工具,加上我妈的手艺,打出的月饼品质绝对一流。我家打月饼还有秘诀，就是我妈和面的时候，要加几滴乳品厂做牛奶冰棍儿配料用的食用水果香精，这就让打好的月饼在入瓮回潮后，多出一种淡淡的果香。

打月饼从和面开始。一般是午饭前，先把油倒在大铁锅里，烧到滚热，让生油变成熟油，以利于月饼长时间存放。把热油晾到烫不死面的温度，慢慢倒入白面中间扒拉出的小坑儿，再倒入用适量开水化开的白糖，稍微撒一点小苏打、一点碱面儿。我妈不紧不慢地用铲子搅拌大盆里的油糖面粉，感觉差不多了，就撸起袖子双手开工，慢慢揉。很快，一大盆十几块儿热乎乎闪着油光的月饼面就和好了。用大茶盘子盖住，放一边儿饧着。等吃了晌午饭，面彻底饧到，再一块儿一块儿揉得更为细腻光滑后，进入打月饼的环节。

先均匀地下剂子，一个一个揉匀、揉光、擀开。擀好的月饼坯子溜溜圆，真像十五的月亮。等刚好擀够一饼铛，我妈就放下小巧的擀面杖，用黄铜做的花牙镊子在饼坯上捏压出好看的波浪纹儿，再用一个蘸有胭脂的完整大料荚给每一个月饼坯子中间按一朵喜庆的小红花。用软毛刷依次刷上明油，一个一个花纹朝下摆放到饼铛里。整个过程，每道工序都做得非常用心，仿佛手上翻弄的不是月饼，而是一件件待烧的上等瓷器。打月饼不能急，要有耐性，尤其不能火大，否则月饼不是熟不透，就是糊成黑脸不好看。

整个下午，看我妈隔一会儿就给饼铛里的月饼翻身。为了快熟、熟透，在月饼第一次翻身前，我妈用锥子在没有花纹的那一面飞快地扎出几个小窟窿。热烘烘的油香味里，一铛接一铛让人垂涎的厚墩墩的家做月饼相继诞生。不管怎么香，热月饼是万万吃不得的。我妈警告我们说，一旦吃热月饼伤了胃，往后就再也不想吃月饼了。

我一边抑制住自己的口水，一边帮我妈把打好的月饼摆放到竹笼或高粱秆儿片片上，让其自然冷却。等月饼彻底晾凉，全部放入瓮中。还得挑几个没有虫眼儿，也没有任何磕碰的槟果放进去，任其持久而独特的香味渗透到瓮中的每一个月饼中。

不知不觉，夜幕降临了。当我妈把那个用锥子刻上桂树、玉兔、碓臼、花边儿和"月"字的大"月光"小心翼翼安顿到饼铛里，打月饼的事儿基本就算大功告成了。最费工夫的，正是这个被称为"月光"的大团圆饼。整个晚上，又大又厚的"月光"躺在不软不硬的余火上，直到第二天早晨才能彻底被烘熟。

每年打完月饼，我家的铸铁饼铛、黄铜镊子，甚至连那个大料荚和胭脂酒盅，都会被没有工具的人家借去，有时能在外面转悠十来天。

打好的月饼一定要和亲朋好友分享。送月饼的工作集中在节前五六天，由我和我姐完成。那时没有食品袋儿，我妈用纸把月饼包好，每包八个，吉利。我和我姐骑着自行车，车把上挂着装有月饼的网兜，给住在内蒙古医院后面护城河边的姥姥和二姑送，给同住村里的所有亲戚送，不知不觉，瓮里的月饼就下去一半。

不过没事，堂姐表妹们也都像我和我姐一样，被大人派出来送月饼，我家的月饼瓮很快又被填满了。

过中秋吃月饼固然是头等大事，但对我们小孩儿来说，最有意思的莫过于供月。

天一黑，家家户户就把桌子或茶几搬到院儿里，放在正房的房檐下。桌子或茶几的正中间儿端端正正摆上剜成花篮儿的西瓜，旁边是大"月光"。我们小孩儿最忙，一趟趟往出拿按户供应的高级月饼和采买回来的各种水果，再摆一大串儿我爸刚从自家葡萄架上剪下来的白葡萄，那"月光"和西瓜周围一下就显得花团锦簇了。摆好了，我们一帮小孩儿像旋风似的出现在各个院子里，叽叽喳喳跑过来，闹闹嚷嚷跑过去，评点完东家评点西家。到底谁家摆得最好、东西最全，小孩儿们自有办法，结论总是各家各有千秋，皆大欢喜。

中秋是团圆日。可以吃到饺子、豆芽、糖醋辣辣换和一盘切成小牙的月饼，大人还得喝点儿酒助助兴。吃饭时我爷爷不让我们往外跑，说月亮也正吃着，不能去惊动。我问为什么，爷爷说月亮高兴了，吃饱了，吃舒服了，年景就好，年年好，年年丰收。

秋夜毕竟寒凉，吃一肚子热乎饭，嘻嘻哈哈跑来跑去，灌了一肚子冷气，再加上供完月亮的供品端回家后，瓜果梨桃又猛吃一气，到八月十六早上去上学，就有同学蔫头耷脑趴在桌子上，一副萎靡不振的可怜相。厉害的，一打嗝就捏鼻子，那气味自己都受不了。大人说那叫"生上气"了，不算病，过了那个劲儿就没事了。我小时候也"生上气"过。

很多个中秋过后,我们都长大了,成家了,但中秋之夜,依然在老院子吃团圆饭、供月,只是跑来跑去的已经是我们的下一代了。团圆饭后,每家分得一包妈妈牌儿月饼,还有一牙"月光"。小时候我们可是每人分一牙呢!

2003年,老房子拆迁在即,我妈最后一次大张旗鼓打了一回月饼,然后搬入楼房,大饼铛彻底下岗。如今,每年中秋前夕,我妈依然会喊我们回去领"月光",三油三糖,每家一个,诞生于电饼铛。我爸的葡萄架也在一楼小院安家,中秋夜剪一串儿葡萄供月亮,算是对过去生活的怀念。

粮　票

中华人民共和国成立初期，人们收入不高，市场上商品供应严重不足。为了保障每个家庭的基本生活，国家不得不印发各种票证，按人口发放，有计划地分配商品。这就是计划经济时期，也可以说是"票证时期"。

在众多票证中，最重要的是粮本儿、粮票。尤其粮票，出门若没它，你就算腰缠万贯，也可能吃不上一口饭。

粮票的种类特别多，除全国粮票和各省份发放的地方粮票外，有些乡镇、厂矿、学校还印发过内部粮票。像北京现在汽车分单双号上路，我收藏的广州市专用粮票中，居然有单月用和双月用之分。1987年的北京粮票，票面上赫然印着"当年有效"的字样。

我妈说她小时候我姥姥家和其他人家一样，粮食也不够吃，晚上熬一大锅稀粥，米不多，只能大瓜、山药蛋顶主食吃。那时姥爷兄弟四个，按习俗，结了婚也不能分出去单过。家里虽然在新城东街开有磨坊，面粉也畅销，可因为人老实，进来的麦子带的沙土太多，加工过程折损太大，自家人很少能吃到白面馒头。

即便腊月里蒸年货，也不能管饱吃。我不信，难道腊月里蒸馍馍时也吃不上？我妈说门儿也没有，大人们总要先蒸几笼黑面菜包子，等小孩儿都吃饱了才开始蒸白面馒头。最困难的时候，过年包饺子用的白面里都得掺些麸皮儿，饺子用筷子一夹就烂。

我出生后，国家粮食供应依然不足，谁家都少有余粮，粮票更是月月光。但我爸不管这一套，去外地学习、出差，为能留个纪念，总要往回"剩"点儿所到城市的粮票、饭票，我的百宝箱中就有当年我爸"剩"回来的陕西、江苏、广东、辽宁、河北、安徽等地的地方粮票若干张，还有北京朝阳饭店和上海江湾旅馆的饭票和菜票。我手里最老的一张粮票是上海市粮食局 1960 年发行的上海市粮票，只有五钱的量，也就是半两。

那些年，我爸一说要出差，我妈就得上大队去开证明，拿着证明去粮站起全国粮票。桥靠村是蔬菜大队，但每年都要种些小麦、谷子、高粱、黑豆、大豆，秋天按人口分给各家各户，加上每月的供应粮，吃饭便不成问题了。碾场后的麦根、谷穗儿、高粱头，每家分一堆，就解决了国家柴炭供应不足的问题。

20 世纪 70 年代末，新城南门外护城河北岸正对着我姥姥家，那片儿河堤上曾经开过自由市场，好像每星期就一天交易日。市场里有卖现炸油条的，不按根卖，称斤卖，一斤八毛钱，应该是不收粮票的。那时，老乡们用自行车驮到城来的葵花子、黄豆、绿豆、莲豆等小杂粮已经可以自由买卖了。但不知为什么，这个用铁丝网围起来的自由市场没开多长时间就关闭了。

20 世纪 80 年代后期，我在新城东门外青年商店上班，成天和粮票打交道。那时候别说买点心、月饼、面包、饼干，买方便面都得掏粮票。每年农历八月十五前往回进月饼和春节前往回进糕点，商店有流动资金，但没有流动粮票，咋办？当经理的我爸就发动群众，每个职工先借给商店三十斤或五十斤粮票，等东西卖完收回粮票，再如数还给大家。这是在呼市本地进货，要是去北京拉点心、月饼、方便面，就得借全国粮票。好在那时粮食供应已比较充足，否则到哪儿去借粮票。

在全内蒙古范围内都能用的粮票是内蒙古自治区地方粮票，同样，呼市范围内通用的就是呼和浩特市地方粮票。呼市还有一种特殊的粮票，叫"粗粮加工复制品兑换券"，比如换钢丝面，如果没有玉米面，就得按相应的成品量给人家这种兑换券。一定时期，兑换券也可用于购买土豆和红薯。后来粮食够吃了，而且是细粮够吃，人们就开始用多余的粮票和走街串巷的老乡换鸡蛋，再后来发展到换铜勺、铜铲、铜火锅。我家有个铜火锅，就是当年用 80 斤粮票换到手的。

改革开放初期，很多单位开始去天津、银川给职工往回拉大米做福利，饮食习惯以面食为主的呼和浩特，饭桌上的大米越来越多，电饭锅登陆呼和浩特。人们把粮本儿上富裕的白面 50 斤一袋买回来转手卖给相熟的工程队，每袋可以挣个七八块钱。卖早点的铺子也活泛了，买焙子没粮票可以多给几分钱，同样，拿半斤粮票买个只要二两粮票的混糖月饼，剩下的三两也可以要钱。

进入 20 世纪 90 年代，市面上出现了不收粮票的塑料袋装精品龙须挂面。

我查过资料，中国第一张粮票诞生于 1955 年 8 月，整体退出于 1993 年，共存在 38 年。虽然后来为抑制粮价波动，某些地区在某一时期不得不恢复使用粮票，如 1998 年的"救灾粮票"，但那只是暂时的，对票证年代的终结毫无影响。

布　票

　　计划经济时期，买肉要肉票，买线要线票，买油要油票，买烟要烟票，买布呢，就得有布票。如果你去买布，光有钱没布票，商店绝对照章办事，一寸布也不卖给你。

　　那时家家三五个孩子，过年的新衣服都自己买布做。腊月里先筹措钱和布票，然后进新城、下旧城把布都扯回来。有缝纫机的人家，找人或自己裁剪好布，很快，新衣服就一件一件摆在了炕上。没缝纫机的，戴上顶针儿一针一针缝，实在弄不了，就花点儿钱让村里裁缝做。

　　我挺爱跟我妈到新城鼓楼百货商店和电影宫百货大楼去扯布。售货员把我们家的钱和布票，连同那张写有货号、尺寸和价钱的小票，一起夹到她头顶那根铁丝上的一个空铁夹子上，用手里的尺子在夹子上猛地一磕打，力气不大不小，夹子像一个人滑溜索，带着响，"嗖——"就滑到柜台拐角高处的收款台。得等一会儿，因为同时有好几个夹子顺着几根铁丝相继滑过去了。一阵算盘响，收款员核对清楚，把找的零钱和收款凭证按同样的方法打回来，售货员就拿起尺子量布了。卖布的和买布的都很认真地盯着布，手量得松了售货员不干，量得紧了买布的怕吃亏。几尺几寸，量好，用尺子上自带的"刀"在布边儿上划个小口儿，售货员就势两手左右一起用劲，只听"哧啦"一声，我们家的布就从整匹布上扯下来了。所以人们进城买布绝不说买，说扯，去扯布。有时也去旧城的联营商店和大南街的一门市、二门市扯做裤子的条绒布或做棉袄罩衣的印花棉布。有回扯好布，我妈还想买缝棉被的白棉线，一掏兜，发现忘拿线票了。

我妈的裁剪和缝纫技术都非常好，整个腊月，除做自己家的新鞋、新衣服外，还得给亲戚朋友、四邻八舍帮忙。我家有个竹编的大针线笸箩，里面除了顶针、画粉、直尺、皮尺、大剪子、小剪子、锥子、拉锁、扣子、裤钩、松紧带、鞋楦子，还有个包着各种碎布头的布包。那些花花绿绿的小碎布，是我妈帮别人裁剪衣裤时留下的。据说这样做，是为了留住自己的手艺。当碎布头攒到一定数量，我妈就开始展示她的设计拼接才能。缝一个圆圆的花瓣儿靠枕，再缝一个多角形双层圆靠枕或老虎枕，每一个都是乡土味十足的民间工艺品，我觉得拿去申请非遗保护都没有问题。

我妈曾讲过一个关于布票的故事。生下我姐后，家里没有布票买布做小衣服，只能用单子把我姐包裹住从村里的产房抱回家。眼看就要过年了，却没有买布的布票。但是车到山前必有路，我姥姥拐着一双金莲小脚，居然打听到用猪小肠可以换布票的好消息。她赶紧圪扭回城壕沿儿，烧了壶开水，到院子里把埋年猪小肠的冻土浇化，把那一团怕狗满院撕扯的"废物"洗涮干净，竟然换回一尺半布票。我姐过年的新衣服终于有了着落。

因为缺布票和钱，过去的衣服老大穿小给老二，老三穿小给老四，烂了补，短了弥，做到"新三年，旧三年，缝缝补补又三年"。

有一年暑假，拆洗完全家九口人的棉袄棉裤，我妈准备用那些已经没有缝补价值的烂衣服打些做鞋用的衬子，我们姐妹几个帮着揪线头。我妈边拆旧衣服边说，生下我和老三时，布票就没过去那么紧缺了，新衣裳够穿，旧的也够替换。我妈顺手提起一条我爷爷的大裆裤说："这是那年秋天大队抓阄，我一把抓住七尺布票，要不这么费布的裤子，非得跟别人家借布票不可。"

布票年代，粮站的人把面口袋拿回家，里里外外洗干净，就是一大块儿纯棉白布。呼市乳品厂生产甜奶粉、冰棍儿、麦乳精都得用糖，那些印有红色"大青山绵白糖"字样的糖口袋拿回家洗干净，一部分被我妈染好，做了棉袄棉裤的里子，另一部分被缝在每个棉被和脖子接触的那一头，俗称"挡头"，好处是不用老拆洗整个棉被，只拆洗这一小块儿爱脏的地方就行了。有时我逗我弟和我妹，说咱们那会儿真富，下巴底下成天压着大青山绵白糖。

我们这茬六零后小时候，男孩儿玩弹珠珠、打夹克儿、抽毛猴儿、扇三角儿，女孩儿玩跳皮筋儿、过江、踢毛毽儿、抓嘎儿、打包。这个包就是沙包。那时缺布,想找大块儿布缝沙包根本不可能,就去我妈那个碎布头包里找。全是小细条,偶有大点儿的也不敢拿,怕挨骂。我从来没动过针线,又心急想快点儿缝好拿出去玩儿,结果,糊弄着把布条连成布片儿,又把六个布片儿连在一起,翻过面儿,里边装上小米、高粱,缝好口,兴致勃勃找人开打。因为缝得太稀松,没打几下,小米、高粱就满天飞了。后来我妈用缝纫机给我们做了几个沙包,一直玩儿到不时兴这个游戏了,我们的沙包还好好的。

进入80年代,随着国家经济的向好发展,布票不那么紧张了。1982年我妈被村里选为劳模去北京旅游时,看对一种很厚的平纹儿印花布想买,可手里没有北京布票,人家不给卖。我妈赶紧坐上公交车去东高地的好朋友家要布票,自己买上不说,富余下的还给同去的人买了一块儿。再往后,纺织品供应越来越充足,基本达到想买就买不受限制的地步。

1983年9月26日,《北京日报》刊登题为《还有使用布票的必要吗?》一文,作者借用时任原纺织工业部计划司综合处经济师席与峻的说法表达了自己的观点:"现在纺织品已能满足人民群众的低水平消费,我们现在已有能力、有原料,棉纺织品又没有什么短线产品,布票可以取消了。"同年11月23日,《北京日报》一版刊登商业部通告:从12月1日起,对市场销售的棉布和絮棉临时免收布票和絮棉票,1984年不再发布票和絮棉票。

电报和长途电话

父亲节那天，我和我妈翻看老照片，其中有很多我爸早年去全国各地出差时拍摄的留影。济南趵突泉、桂林七星岩、西安兵马俑、开封大相国寺、郑州二七塔、南京长江大桥、北京天坛公园……有两张是在建筑物前照的，我和我妈左看右看，认不出是哪里。正好我爸遛弯儿回来，我把照片举过去一问，我爸说，一张是1975年在上海和平饭店前照的，一张是同年在广州白云饭店前照的，之后又补充说，那些可都是当年当地的地标性建筑。

当年我爸坐火车出差，去推销呼和浩特市乳品厂生产的青山牌奶粉和麦乳精，每次走时都得背一提包样品，非常辛苦。那时呼市市场可以说要啥没啥，北京货、上海货、广州货根本见不到，所以每次出去除了公差，还有私差——给人捎东西。那个年代但凡出过差的人都深有体会，朋友兄弟、七大姑八大姨得着信儿都笑盈盈跑来，看着你把他们要捎的东西和预付的钱数都详详细细记到小本子上，坐着喝会儿茶聊会儿天，才离开。其实捎的东西现在看来根本不足为奇，塑料凉鞋、的确良半袖、花布、棉绸、铁皮糖盒、塑料提兜，五花八门什么都有。

每次出差，我爸都要走好多地方，少则半个月，多则四十天，和家里联系全靠电报和长途电话，偶尔也写信。现在是信息时代，人上了太空都可以天地之间对话，过去可不行，全村就大队办公室有个电话，我爸每到一地，拿着介绍信找旅馆住下，赶紧往回打个长途电话。电话打到大队部，大喇叭里就吆喝我妈赶紧去接哪哪哪来的长途电话。有时我爷爷喝过酒吃过饭，正神仙一样靠着铺盖卷儿打呼噜，听到大喇叭喊我妈，竟然一下停住呼噜睁开眼。我们跟着我妈一路小跑去接长途电话。除了报平安，有时我爸也和我妈说说给我们买的东西，或给别人捎的东西是否已全部买好，或者询问一下这种没有，换买另一种行不行。

大队喇叭里吆喝最多的是让我们去取信，其实是我爸在旅游景点拍的照片。有时辗转到一个新地方，因为打长途电话的人太多排不上，我爸又急着要出去办事，就赶紧拍个电报，内容基本是"我已到某地勿念"。出差结束要回来，先买火车票，后拍电报。因为按字算钱，电报内容同样简明扼要：某年月日坐某趟车返呼。

我爷爷爱喝酒，我爸每到一地，总得买瓶当地名酒背回来。喝来喝去，爷爷就喝对一种——西凤酒，其他的，爷爷说都不如咱们酒厂的散白酒好。

那年，我爸去南京出差，八月十五回不来，就提前邮回一木头盒子酥皮月饼，里面还有我们以前见都没见过的菱角。记得我爸那次出差走的时间最长，回来时我和姐姐、妹妹去接站，铁道旁竟然摆着大大小小七个提包，还有一个圆圆的花纸盒子。我不知道盒子里装的那个好看的东西是什么，一把接过来却没拿好，差点儿底儿朝天跌到地上，赶紧端住抱在胸前。我爸告诉我们那东西叫奶油生日蛋糕，因为马上就到我爷爷的生日了，是专门给爷爷买的。现在，不管在哪里，只要看到生日蛋糕，我就会想起呼和浩特火车站铁道旁那有惊无险的一幕。

如今，掌中握一手机，哪怕人在天涯，别说说话发照片，视频都没有问题。电报和长途电话，现在的年轻人都快不知为何物了。

惊蛰梨

提到惊蛰日,我就想起过去买梨和吃梨。

那时我多大呢?也就六七岁吧。风搅雪的冬天,呼市哪能见得着水果。菜窖里倒是埋了些青萝卜、辣辣换,但不到大年下,根本不可能随随便便挖出来吃。有时实在嘴馋,就和村儿里其他小孩儿一样,跟羊一块儿吃那不值钱的胡萝卜。胡萝卜一定得是冻出细碎冰碴儿的,因为冻过的胡萝卜比不冻的胡萝卜要甜很多。有时,我边啃那冰拔凉的胡萝卜边想,那个用自行车驮着半篓子冻梨卖的大胖子,咋说也该来了。

真是说曹操曹操就到。立在那儿像堵墙,也不知住在旧城还是新城的大胖子,果真扯开嗓子像唱一样吆喝着从村西头往村东头来了。他自行车后架的一侧挂着个一抱粗的柳条篓子,篓子里全是冻成黑疙瘩的鸭梨。偶尔有用刀削掉一块儿的烂梨,露出白白的梨肉,简直太馋人了。

其实我妈也在盼着卖梨人,听见吆喝声,赶紧穿上棉袄,手里捏着几毛钱,大步流星朝巷子口走去。那时的钱值钱,冻梨不用过秤，约摸着给就行，三五毛可以买到十几个。有时，那个胖子会在我妈和我端着买好的冻梨打算离开时，从篓子里扒拉个小一点儿的扔到盆儿里。我感觉占到了大便宜，想喊胖子万岁。

吃冻梨和吃鲜梨不同，要有耐性，要忍着口水眼巴巴看它们在冷水盆中慢慢儿往过缓，直到所有的梨被激出的冰包裹在一块儿，就该下手了。捏碎那白亮白亮的冰壳，拿一个，甩掉上面的水，一口咬下去，甜丝丝的梨汁顺着嗓子眼儿冰冰凉凉滑到肚子里，简直太爽了。很多时候，为了耐吃，我们小孩儿双手直接抱一个硬得能打死人的冻梨，坐在炉子跟前的小板凳上，慢啃慢嚼，慢品慢咽，那才是人间至味。

那些年，什么东西都按计划调配，你手里有钱，国营商店未必有梨卖。到该吃梨的惊蛰，梨是有了，但得排队购买。柜台上的梨顾客不能自己挑选，由售货员做主，用秤盘子往大木头条盘里一撮，只要给够斤秤，是好是赖全凭运气。有一次，我妈在内蒙古医院对面儿的朝阳商店买梨，售货员称好给我妈往网兜里倒的时候，因为中间隔着宽宽的柜台，我妈就把撑开的网兜支在堆满梨的大木盘上接着。钱货两清后，我妈提着梨出来，像往常那样把网兜绾到自行车把上，撇腿上车往家骑。骑出没多远，总感觉网兜底下有个东西在晃来晃去，捏住闸一看，网兜的网眼儿里挂了人家商店一个长把子梨。

过去的梨真好吃，皮香，肉水，核小，最后扔掉的只是个把儿。

有一年冬天我感冒了，咳嗽得上气不接下气，鼻涕眼泪一起流，喝药不管用，泡豆姑娘儿水也不管用。有人就给了个偏方：把一个梨削了皮放到碗里，梨肉里按入几颗白胡椒，在锅里炖一个钟头，吃梨喝汤。胡椒是有的，梨呢，新城没有，我妈大老远下了趟旧城才买上。

进入20世纪80年代，虽然购物还时有排队，但很多东西已不再凭票购买。惊蛰前，马路边儿也有了赶节气的卖梨人。一筐筐诱人的鸭梨摆成长蛇阵，好的一块钱三斤，次一点的两毛五一斤，带伤的给钱就卖。那时我已经上了中学，去满都海公园附近的梨摊子上买一块钱三斤的梨时，卖梨人在秤上做手脚被我发现后，黑着脸补足了我的斤秤。

惊蛰日吃梨的讲究虽然历代相传，但这一习俗从何而来没有留下确切记载。不过，一种让人欣然接受的观点是"梨"和"犁"不仅长得像，而且谐音，意在提醒人们，惊蛰一过万物复苏，犁田种地已是当务之急。"梨"和"离"同样谐音，民俗爱好者便说，惊蛰日吃梨，即与正在复苏的各种病菌和害虫就此别离，以图四季平安，禾谷茂盛，人寿年丰。如果从中医角度来看，"草木纵横舒"的惊蛰时节，尤其是北方，乍暖还寒，天干物燥人更躁，梨香甜汁多，吃了不仅可以去火怡神，也有润肺止咳、滋阴清热的功效。如此看来，惊蛰吃梨，不仅养了生、饱了口福，也能吃出浓浓的民俗味道。

老房子拆迁前，桥靠村致富路92号我们高家大院里，不仅有很多杏树、李子树、樱桃树，还有一棵苹果梨。每到果熟季节，随手摘一个晒出红脸蛋儿的梨，洗都不用洗，直接"咔嚓"下肚。那才是有机绿色食品。

　　1983年秋天，我头一次去北京。因为水土不服吃不下饭，在南苑一条马路上和拉着排子车的老乡买梨吃，没想到一块钱竟然给了七斤，装了满满一布书包。那梨不是黄皮的，而是绿皮的，应该就是现在的酥梨，咬一口，又水又甜又脆，直到离开北京回呼和浩特时，我都没有吃完。

　　现在呢，有自由市场，有水果店，有自选超市，还有专门批发国产水果和进口水果的货栈。这时候的梨，不光一年四季供应着，而且白梨、雪梨、酥梨、香梨、西洋梨、苹果梨、大黄梨样样齐全。惊蛰吃梨，已成为一种仪式。

小　年

　　好日子过起来就是快，不愁吃不愁喝，一年没费啥力气，这小年儿一路小跑着又来了。

　　昨天在中山路逛街后等公交车，看那性急的小买卖人把装满条条块块各种麻糖的平板车推上街，找个人多的地方往那儿一横，不用喊不用叫，人们一看就懂，又到了吃麻糖欢送灶王爷上天的时候了。

　　小时候过小年儿我只惦记着吃麻糖，其他概不操心。起码上了中学，我才开始渐渐对一些古老的习俗有了兴趣，有了探求的欲望。我翻书看报，问我爷爷，问我姥姥，也问我妈。传说中，灶王爷本是天上的一颗星宿，被玉皇大帝封为"九天东厨司命灶王府君"派到人间后，就门不出窗不越，恪尽职守地守在百姓烟熏火燎的厨灶间，一待就是一整年。这一年，每户人家的饮食起居和善恶行径，他一点儿不漏看在眼里、记在心上，只等腊月二十三小年这天，回天庭如实汇报给玉皇大帝。之后呢，领上玉皇大帝按表现分配给各户人家下一年的吉凶祸福，在天上悠闲地度完年假，再于年三十儿晚上，被老百姓提灯笼、举火把、鞭炮齐鸣地连同其他诸神一块儿接回凡间，开始新一轮的值守。为了让灶王爷能够"上天言好事，回宫降吉祥"，善良的百姓便想出个法子，就是在送他上天的时候，给他嘴上抹好多化开的麻糖，让他"吃人的嘴短"，甜得他只会说好话，即便有时候想说点不太好的，想张嘴时发现早让麻糖给黏住了。

民间祭灶的习俗由来已久，但随着社会的发展和居住环境的改善，打我记事起，这一传统已无形式可言，除了吃饺子、吃麻糖，关于小年儿的一切，都是我妈茶余饭后讲给我们听的故事。

我妈说她小的时候，每年小年儿这天下午，不管手里有多紧巴，我姥爷都会拿上那块儿收获时期下地摘菜用的菜单子，步行走过新城南门外护城河上的石板桥，穿过城门洞儿，上鼓楼附近的买卖家，兜一堆圆鼓鼓的麻糖疙瘩回来。吃过晚饭，昏暗的油灯下，我姥姥忙着打麻绳、纳鞋底儿、缝补衣裳，我妈和我的两个姨姨两个舅舅也围着油灯趴在炕上。他们在油灯上把麻糖疙瘩烤软，用枳茇棍儿扎着在灯火上烤着吃。边吃边猜各自手中的麻糖是空心儿还是实心儿。我没有这样的经历，但能想象到他们当时的高兴劲儿，似乎还听到了麻糖烤化时发出的那种嗞嗞的响声。我心里一直有个疑问，他们有没有被烤化的麻糖烫过嘴呢？

我妈说在城壕沿儿旧房里居住时，我姥姥家的锅头旁贴着灶王爷的神像。他们也在小年儿夜给灶王爷嘴上抹过被油灯烤化的麻糖，希望灶王爷上天后多多说好话降下吉祥，让他们能够吃得好穿得好，日月平安，人寿年丰。

我对麻糖最早的记忆是在上小学以前。那是太平庄的亲戚们熬的麻糖，长大后我才知道原材料用的是小米或糖菜。那种糖像发糕，厚厚的、黄黄的、酥酥的、脆脆的，咬到嘴里，嚼着嚼着就变黏了，特殊的熬糖味儿妙不可言。为吃这个麻糖我还生过气，隐约记得，是我妈给我姐吃的时候没让我，我就小脸儿了，再给时就坚决不吃。我妈也生气了，随手把一块儿麻糖扔到锅头旁的窗台上。等我后来再看见那块儿麻糖，它已经受热化成一摊糖糊糊了。

童年时，每到小年儿前一天，我妈准要下趟旧城，除了买过年刷房用的白土子、枣儿粉子，写对子用的红纸，还要给我们买第二天晚上吃的麻糖。雷打不动，每年都买像饺子剂子一样的麻糖疙瘩，可能和她小时候的记忆有关。条状的麻糖那时也有，但我妈从来不买。我最爱吃后来黏有熟芝麻的空心儿麻糖，可害怕芝麻里的沙子了，那牙碜感觉太不舒服了。

过去消费水平低，只在小年儿前一两天才能看见摊子上有麻糖卖，再早了或过完节就见不到了。那会儿没有冰箱冰柜，麻糖怕热，买回来只能放在凉房里冻着。到了晚上，早早把麻糖袋子取来放到家门口的窗台上，谁想吃，把门开一条缝，伸手就能拿上。我们津津有味地吃麻糖时，爷爷翘着二郎腿对我们说：灶王爷吃了麻糖上天净说好话，你们吃了麻糖嘴也会变甜，可不许说赖话啊！

我爸自从从市政公司调到呼市乳品厂跑供销，每年腊月，如果不出差，就托付在火车站上班的好朋友在腊月二十三之前，给我们捎回一大袋五斤装的北京杂拌儿糖。

五斤杂拌儿糖装在一个大牛皮纸袋子里。我妈用剪子把纸袋的顶子剪掉，抱起来哗啦啦倒在炕上。花花绿绿的牛奶糖、水果糖堆起一座"糖山"，有话梅、陈皮、奶油、太妃、母鸡喔喔、高粱饴、小人儿酥等。我妈对付我们很有办法，这一包糖我们每人分几十块儿，吃快吃慢自己把握，省得你多他少闹矛盾。分剩的留着过年待客。小年夜响过炮吃过饺子，我们拿出各自那包糖，挑牛奶糖当麻糖，往嘴里一含，比赛看谁的牛奶糖能把上嘴唇和下嘴唇牢牢黏住。偶尔也会打闹争执，我妈就喊："麻糖也黏不住你们的嘴!"除了偷笑，我们谁也不敢吱声了。

其实，不管塞北还是江南，从文化的角度来说，每个节日以及它包含的习俗都是一个民族在发展过程中保留下来的精华，但随着生活方式的改变，很多有内涵、有信仰、有约束也值得我们传承的习俗还是慢慢被简化或淡忘了。就拿小年儿祭灶来说，现在人们都住着用电用煤气做饭的楼房，没了灶火，似乎也就没了祭灶的由头。但节还是要过，麻糖也还是要吃的。所谓神在心中住，我们吃了麻糖，也说了好话，行了好事，玉帝和灶王爷爷还不一样会乐得眉开眼笑?!

二十三，糖瓜粘。吃过麻糖，年味便一天浓似一天，春节也正式进入倒计时。当罐子里的腊八蒜腌到青翠欲滴时，初一的饺子也该上桌儿了。

十指节

农历正月初十被称为"十指节",是传说中耗子娶媳妇的日子,讲究吃莜面,以示庆祝。

四十多年前的一个十指节,我姥姥盘腿坐在炕头上,给我们一帮吃了莜面的小孩儿讲正月初十耗子娶媳妇的故事:从前到了这一天,吃过黑夜饭,大人早早安顿娃娃们睡下,嘱咐都悄悄的,不要说话,如果说话声吵恼了正在抬轿娶亲的鼠爷爷,一整年都会遭到祸害。

那时我很小,好奇心却大得无边无际。等姥姥讲完拉了灯,我就趴在黑咕隆咚的热炕上,支棱起两只耳朵,等着听水瓮后面传出娶亲花轿经过时那敲锣打鼓的热闹声。我也曾两眼放光地问我姥姥,她到底有没有看到过耗子娶媳妇的场面。我姥姥说,她也是听她的妈妈、姥姥和奶奶说的,自己从来没看见过。民俗书上说,要想亲眼看到老鼠娶亲,那得按传说在嘴里含上驴粪蛋蛋,在耳朵里填上羊粪蛋蛋,在眼皮子上夹上鸡屎片片,在星宿满天的时候,趴到磨眼儿上才能看见。我就想,大概是因为这个条件真的太苛刻，所以姥姥她们始终没能看到，我们也看不到。

　　传说再神秘、再美好总归是传说，正月初十吃莜面的传统却沿袭多年，发展到现在，不光自己动手在家做着吃，有时为了节日气氛，还呼朋唤友去饭店吃。

　　过去十指节这一天，农村的家庭主妇们做莜面时，还要捏12个小莜面钵钵，放到笼里和莜面一起蒸。莜面熟了揭笼，根据每个莜面钵钵里"禾水"的多少预测一年当中哪个月雨水多，哪个月雨水少，以求种地心中有数。这个做法虽然没有科学根据，但在靠天吃饭的地方，也曾给予人们丰收的希望。

　　正月初十来我们高家大院吃莜面的人简直太多了。老房子没有拆迁时，呼市乳品厂我爸的同事几乎年年都来。为了迎接吃莜面大部队，我们天一亮就忙活开了。削土豆、拣豆芽、切萝卜、拌咸菜、炝葱花、炸辣椒、兑盐汤……如果吃莜面的人超出预计太多，我妈就叫后院儿五嫂过来帮忙。在我们出出进进叮叮当当的忙乱中，我妈和五嫂每人一块案板，边聊天儿边悠闲地搓着莜面鱼鱼。我最爱看她们推莜面窝窝，双手飞快地忙碌，一揪，一揉，一推，一卷，一立，圆圆的蒸笼里，很快就集结出一个令人赏心悦目的"大蜂窝"。

　　乳品厂团队来我家吃莜面，基本回回从天亮吃到天黑。他们中午吃过莜面喝过酒，有的打扑克，有的喝茶聊天，有的歪在热炕上打盹儿。晚上不管吃什么，总得有一大锅小米稀粥溜缝儿。吃饱喝足，歇息晾汗，临出门，他们还不忘回头和我爸我妈约定，明年十指节，继续组团吃莜面！

现在人们生活好了，平常肥油大肉不缺，吃顿莜面反倒成了换口味。到初十，图省心的或赶时髦的，会把全家老小招呼到专门经营莜面的饭店吃喝一番，但大部分人家还是愿意自己在家做，说饭店吃不出家的味道。这是大实话。

闹元宵

村里过大年红火。三十儿熬年、接神、点旺火，正月里搭台子唱戏，破五游八仙，初十吃莜面，十五闹元宵，二月二龙抬头，民俗活动一项接一项。

小孩子过了初一盼十五，主要是惦记那碗元宵，根本不懂这个节日的文化内涵，更不知道那圆圆的元宵是团圆和美满的象征。长到八九十来岁，主题就变了，吃元宵次要，看红火当紧，恨不得天不黑大人就把饭做熟，吃了好去疯跑。

十五有预热，只要听到大队院儿里敲锣打鼓放鞭炮，就知道又有外村儿人马来闹红火了。风风火火跑去一看，有扭秧歌的、踩高跷的、划旱船的、推小车的、担花篮儿的，还有大头娃娃和铃儿叮当响的跑驴儿。脸上点个大黑痦子的"媒婆"正和一个黏两撇假胡子、手里拿个大烟袋的"老汉"在那儿闪腰扭胯互相戏逗，夸张、滑稽的表情和动作把人逗得笑上没完。你越笑得前仰后合，那俩越没完没了出洋相。表演结束，大队负责接待的会送给人家纸烟糖块儿等以示感谢。

过十五闹红火是春节的高潮,这一天,饭桌上的主角儿不是饺子,而是元宵。有一年正月十三四,我妈居然派我去买元宵。那会儿东西紧缺,元宵又不像馒头那样天天做,每年就十五前后为应景滚一部分,买上买不上全靠运气。

领上这艰巨的任务,我骑着自行车从西出村儿,顺着内蒙古医院门前的马路一直往北走。快到鼓楼新华书店时,前边儿不远处一辆侧面挂着个大柳条篓子的自行车忽然放慢了车速,他边撇腿儿下车,边扯起嗓子吆喝着卖元宵。我顿时喜出望外,赶紧猛蹬几脚赶上去捏住闸跳下来。谁知情况太出乎我意料。大概是街上和我一样转着碰运气的人太多,我锁自行车的工夫,吆喝着卖元宵的男人已经被蜂拥而来的人里三层外三层围起来。十几岁的我捏着钱在人堆外面转,转了一圈儿又一圈儿。后来看见一个元宵掉到地上,被很多只脚踢来踢去,转眼滚成泥疙瘩。

可能是卖元宵的怕卖不了就没准备多少,或者是买的人太多,反正很快篓子就空了,人也散了,我也没啥想望了。沮丧中一扭头,看见了书店对面儿新华照相馆楼下的国营食堂。对呀,为什么不进去找堂姐想想办法。

我的运气真好,堂姐当班儿不说,她们食堂过十五居然供应元宵,而且我看见她的时候,她正在摇着笸箩滚元宵呢。我那个兴奋劲儿就别提了。我从大敞着的门溜进去,从后拽了拽她的白色工作服,悄悄告诉她我想买元宵。堂姐左右瞟一瞟,确定没人注意到我们,就用眼神示意我去食堂南边儿的窗口外等着。我从那个小窗口往里看，见堂姐背对着我，在刚刚滚好的一笸箩元宵中，看似漫不经心，实则顶大个儿的挑了一个又一个。那时的元宵像烧卖一样不称分量，数个卖，四十个算一斤。提着沉甸甸的书包，我知道占了便宜，回家时把自行车骑得飞快。那以后，堂姐就上了心，每年初十以后才来我家拜年，来时必定提着八十个让人眉开眼笑的现滚什锦馅儿大元宵。北方的手工元宵比南方的汤圆好吃，皮厚馅儿香甜，还不腻，十五晚上煮一大锅，连吃带喝，我能干掉两大碗。

过去正月十五，除一些单位的大门口外，街上根本看不到红灯笼。进入20世纪80年代，灯笼多起来不说，人民公园和满都海公园还相继办过很多次灯展。我最喜欢那些手工扎制的彩纸灯笼和皱纹纸灯笼，小白兔呀，花公鸡呀，西瓜呀，茄子呀，玉米呀，孙悟空呀，个个形象生动。也有考究的绸子宫灯和玻璃宫灯。这些灯笼一个挨一个挂在电线上，远远望去像一条鳞光闪烁的长龙蜿蜒在观灯的人海中。

新华广场和郊区小广场还有社火表演，也唱晋剧和二人台。十五的重头戏都在晚上，人也都挤在晚上。桥靠村只有剧团，没有高跷和秧歌，想看社火就得去大台村和后巧报村。改革开放后，红火多了，大人还是不让我们乱跑，只能跟着他们，就近上满都海公园或郊区小广场看看。有一年吃过元宵就出了门，步行到内大南门一带时，路上的人就越走越稠，等到了乳品厂十字路口往南一拐，干脆挤得走不成，只能跟着人群往前挪。好不容易能听见广场上的锣鼓声了,路却彻底堵得水泄不通了。后来又跟着人挤,终于挤到广场前的马路上,正好有一个村儿的高跷队表演完从广场退到马路上来。我们站的那片地方,有个用平板车推着两大茶盘子糖葫芦的小贩。人们挤着看踩高跷的时候,差点儿把一个拿扇子的"高跷"演员挤倒跌坐到糖葫芦上,吓得那个卖糖葫芦的推起车子就往人群外边儿挤。

1988年农历正月十五,我和几个年龄相仿的侄子骑自行车,顺着现在的昭乌达路一直往南,去后巧报村看红火闹元宵。那天晚上,我第一次转了九曲阵,第一次摸了立在九曲阵中央的老杆,第一次见识了老太太们撩起大襟端油灯碗的神秘,第一次近距离跟着秧歌队走街串院儿去闹红火,也是第一次"闹"元宵"闹"到半夜三更才意犹未尽撤退回家。后来我还写了篇小文章,题目就叫《转九曲》,发表在《呼和浩特晚报》上。

1990年农历正月十五,当领导的我爸决定,这一天可以比往常下班早一些,他怕大伙儿因为晚上闹红火个别路段封锁耽误他们回家过节。桥靠村离我的单位很近,我骑自行车到家后天还没有完全黑。虽然历史上我们村儿也是大名鼎鼎的文艺村,但到我们这一茬,已经无缘与龙灯社火相见,秧歌高跷也是公社其他村子来给凑热闹的,顺便他们也能打闹点儿烟火钱。但这热闹只限于白天,到了晚上,人家就都回自己村儿红火去了。我们呢,顶多吃元宵前放上几板子鞭炮,放上几个二踢脚,这节就算过了。这一年,我因经不住社火的诱惑,再一次跟着侄子们去了后巧报村，半夜回来又"奋笔疾书"，写了篇《灯·月·情》，发表在当年 2 月 15 日的《内蒙古日报》上。

1996 年腊月，我爸自己出钱买回锣鼓镲，把村里能打会敲喜欢扭的人组织起来，成立了桥靠威风锣鼓队。这以后，每年正月十三开始踩街，正月十五敲锣打鼓扭秧歌，放礼花响鞭炮点旺火，全村人红红火火闹元宵。

马和马车

我最喜欢的一本小人儿书是《小马过河》。书里小马蹦蹦跳跳过河的故事,让小小年纪的我知道了遇事不能总听别人的,要自己动脑筋想办法,要勇于实践。

我喜欢村里那些拉车的马。不管是大马还是小马,我感觉每一匹都很温顺,只要你不故意去挑逗、招惹,马就绝不袭击你。

夏天,马在村子周围的草滩上吃草,我们在马周围放羊、割草、玩耍,互不相干。马在水井边儿上的水槽里喝水时,我都敢上去摸摸那光溜溜的鬃毛。那时候,我们三队饲养院门口不远处就有一口水井,院子里没有井的人家都去那里担水。喝水的马和其他牲口对担水人视而不见,喝饱了,也用不着饲养员管,自己就踢踏踢踏,甩着尾巴溜达回饲养院了。

有时,看累了一天的马卸车后在地上打滚儿,或者在饲养院大院儿里慢悠悠来回溜达,我就觉得马有点儿可怜。唉,天天拉车,有时拉那么重一车菜,车辘轳陷在村道上的泥坑里,车倌儿也不心疼马,反而用鞭子抽,不停地抽,使足劲儿抽,有时嘴里还骂骂咧咧，他们肯定在埋怨。马呢，仿佛什么都没听见，弓起背，憋着气儿，四蹄一再发力，有时用力过猛，身子一歪，要跌倒的样子。等终于拼死拼活把满满一车蔬菜从泥坑里拉拽出来，马才顾得上舒舒服服喷个响鼻，像长长地出了一口气。那时候我真的很恨车倌儿。马呀，真是太任劳任怨了。

拉着菜的马车终于走完高低不平又泥泞的村道，从西出了桥靠大队的地盘儿，向右一拐上了通往新城南街的马路。那马的蹄音瞬间变得轻快起来。车倌儿也火气全消，坐在车辕上二郎腿一翘，哼哼爬山调，或者划根火柴点起烟锅抽几口旱烟。马和车倌儿都轻松自在。

人穿鞋，马有掌。鞋底子为耐穿要钉鞋掌，马蹄呢，为了耐磨，为了马舒服，也要钉马掌。三个生产队的马需要钉马掌时，都得把马拉到桥靠小工厂，那里有专门的工具和师傅。钉马掌前修整马蹄子铲下的那些角质层，我们也称其为马掌，拿回家泡在小铁桶里，几天就散发出浓浓的臭味，是浇花的上好肥水。

夏日晴天，我们小孩儿在村道上打闹玩耍，远远看见马车来了，就习惯性地退到路两边。那车上如果拉的是茄子、豆角、韭菜、菠菜就算了，要是黄瓜、西红柿我们就盼着车倌儿能把马车赶到路上那些大大小小的坑里，上下颠簸，左右摇摆，马槽边儿上篓子里的黄瓜、西红柿就有可能被颠到地上，我们就有口福了。男孩儿调皮捣蛋，遇上心细的车倌儿，马车居然绕开了那些坑，他们便瞅个时机，猛地扑上前，像抢一样拿个西红柿、拽根黄瓜，脾气大的车倌儿回头就给一鞭子，他们能否躲开就看运气了。

小孩儿都爱坐马车。那车倌儿却牛得很，本来车上空无一物，愣不让坐。男娃娃胆子大，也猴性，越不让坐越要坐。他们跟着马车跑，嘻嘻哈哈伺机扒车。这是一场拉锯战。虽然车倌儿目视前方，但感觉十分灵，扒车的人刚把脚蹬上去，鞭子就到了。抽着没抽着不知道，反正一哄而散。几次三番后，车倌儿气得"扑通"一声跳下地，破口大骂，甩开长鞭使劲儿抽。也有脾气好的，跟说一声就可以上车，心满意足地坐到村口，高高兴兴跳下来再往回跑，也不知图个啥。

我坐过生产队的马车，也坐过巷子里蔺家三哥的马车。三哥的马车是城里糖酒门市部的运输工具，他是车倌儿。后来马车换成汽车，三哥就成了司机。我喜欢坐着三哥的马车去绥远城东城墙那儿兜风。那里有一个长长的南高北低的大土坡，马车下坡时，随着马蹄轻盈的"嗒嗒"声，我那小身体也在颠簸，像骑在马背上一样有节奏地律动着；扑面而来的风也有了声音和节奏。有时，村里和三哥在一起上班的康宝子哥哥中午也会把马车赶回家，就像现在把公家的小汽车开回家一样。如果是暑假，又偏巧我在村东头战备路上的树阴凉里和一帮小孩儿玩儿着，康宝子哥哥看见我，就会停住马车问我想不想去旧城找大爷和三哥。我当然想，一来能坐上马车去城墙底下兜趟风，二来晚上回来时，三哥还会领我去公园对面儿的青城餐厅吃碗饺子。要是坐着马车跟三哥去糕点厂拉点心，那就能吃上点心。

从前，村里的运输全靠马车、牛车和驴车。牛车慢，驴车小，用处最大的是马车。六七月拉麦子，往蔬菜公司各个点儿上送茄子、豆角、西葫芦，秋天从东一块西一块的地里往场面上拉割倒的谷子、高粱、黄豆、大豆，给糖厂送糖菜，都是马车的事儿。国庆后集中收获圆菜和长白菜，分给社员的也由生产队的马车挨家挨户送。

在村里，车倌儿是个令人羡慕的职业。重活累活干得少，工分儿却挣得多。有人说车倌儿靠嘴挣钱，成天对牲口吆五喝六，指挥拉车的骡马前进、后退、拐弯儿。我听不懂那口令到底是啥意思，喔！喔！噚儿噚儿……喊吁的时候，声音拖得很长，手里的缰绳把马的头都拽歪了，马车停住了。如果马儿不听指挥，就得挨鞭子挨骂。碾场拉碌碡的活，马有时也逃不脱，却从没见饲养员给它们开过小灶。有时见大一点儿的男孩儿去饲养院偷喂马的豆饼吃，我就感觉他们非常对不起马，简直就是马口夺粮。

我曾看到过一份关于骡马的档案。1957年2月21日，桥靠村光明社的三名社员用一头黑骟骡套车去市委党校拉粪。三个人正在校内担粪，忽然听到骡子大叫，赶紧出来看，已鼻孔出血，倒地而亡。为找出死亡原因，当天下午兽医院大夫就对其进行了详细尸检，结论是有人故意暴力打击骡子头部致死。当时怀疑是三人里头的地主分子有意搞破坏。中国人民保险公司呼和浩特市支公司本着"支援农业生产和密切保险与农业社的关系"的原则，先行赔付后，向呼市公安局郊区分局报了案。可见当时对牲畜的重视程度。

当年的马车还有个重任——负责把村里过世之人的棺材,连同披麻戴孝的孝子和纸扎,一起拉到村东头果园东面儿的坟地。总之,村里的马车每年从开春儿往地里送粪开始,一直得忙到后秋天码了工分了红,大队打完树,活儿才能变少点儿。

我上小学时,每个礼拜都有一节被同学们戏称为拾粪课的农基课。那时我就盼着村里的马能多拉点儿,最好一拉一大片。有时村道上的马粪蛋儿被腿快的同学捡没了,我就提着小铁桶跟在一辆马车后面,眼睛死死盯着马屁股。有的马不怀好意,不拉就算了,竟然还撒尿,我只能去想别的办法。有一次,眼看着就要下课了,小铁桶里还没有多少马粪蛋儿,怕交不了差,只能铲两坨稀软的牛粪充数。

桥靠大队后来也与时俱进,马车被手扶拖拉机取代。那些退下去的骡马和马车是如何处置的,我毫无印象。

手戳儿

呼市方言说"手戳"这两个字，得儿化一下，念成手戳儿。

过去的手戳儿用处非常大。队里分粮分菜，分碾场后那一堆堆高粱头、高粱秆儿、谷子头、糜穰、麦根、麦髯，去会计那儿预支钱，年底分红，哪样都离不了手戳儿。那会儿，我们家户主是我爷爷，所有需要盖手戳儿的地方，出现的都是"高交运"三个字。

爷爷的手戳儿不大，是木头的，装在一个简单又精致的小铁盒子里。因隔三岔五就要用一回，为方便，手戳儿平时就装在爷爷中式对襟褂子的衣兜里，随用随掏。你说为什么不装到裤兜里，我爷爷穿的是大裆裤，那种裤子根本没法儿安裤兜。

我七八岁时，有天半后晌，大队统计员聂富在喇叭里吆喝，让我们三队的社员带上手戳儿，到东场面去分麦子。东场面在村东头，紧挨当时的新桥靠住宅区，位置大概在今天中国地质调查局呼和浩特自然资源综合调查中心东偏北外事车队那地方。除了堆粮碾场，东场面还是我们村儿放露天电影儿的地方之一。东场面曾经着过一把火,是小孩儿们耍火柴把麦垛给点着了。因为火警报得及时,消防车去了三下两下就把火灭了,一点儿粮食没烧,人也没事。

那会儿家家穷,麻袋、口袋也没个像样的,不是大窟窿套小窟窿,就是大补丁摞小补丁。如果同时要分好麦子、沙土麦子、生芽麦子,口袋不够用,还得跟别人家借。麦子分好,有自行车的用自行车往回驮,有排子车的用排子车往回拉,啥也没有的,只能靠体力往回背。

分麦子那天,我姐推着我大爷的自行车,车架上圪夹着麻袋、口袋,我因为天热,只穿着裤衩、背心儿,手戳儿没地方装就攥在手里。我跟着我姐和自行车一路蹦跶到东场面,排队排到了需要递上手戳儿分麦子时,忽然发现,手里的手戳儿不见了。

忘了最后那麦子是咋分上的,反正我就记得自己连着急带害怕一直在哭。边哭边在场面上找,回到路上找,跑回我家院儿里找,用我们小孩儿的话说,那个手戳儿真是让鬼吸了。找到天黑,哭到天黑,眼睛肿得睁不开了还在哭。最后可能哭得有点儿乏,躺到炕上就歇就哭,黑夜饭也没吃。我真怀疑我当年有假哭的嫌疑,估计怕挨打,以哭制胜。

也不知道哭了多长时间,最后我竟然睡着了。后来被尿憋醒,迷迷糊糊跳下地到了院儿里,往下蹲的一瞬间,那个差点儿把我折磨死的手戳儿,竟然从我带松紧腿儿的裤衩里跌落到地上。

有了这次教训,后来再拿手戳儿,我就不敢大意了。有一年秋后分红，我同样攥着手戳儿替我爷爷排队。终于轮到我了，把手戳儿递给窗户里算账数钱的人，一看，因为握得用力和紧张出汗，我的手心早让印泥染红了。

村里终于有了供销社，拿着供应本去买白糖，买过的人家，售货员都会用自己的手戳儿在其本子上盖个戳儿。然而，再去买苏打或碱面儿时，就搞不清楚哪种买了哪种没买，于是就想了个笨办法，除了盖手戳儿，还用不同的记号代替不同的商品，有一次竟然用铜帽盖了个圆圈儿。

1984年我爷爷去世后，那枚刻有"高交运"三个字的小木头手戳儿也就完成了它的历史使命。

因为工作需要，我也有一枚刻着自己名字的手戳儿。因为怕弄丢，一直放在办公桌抽屉里，用时拿出，用完锁好，从不敢随意往桌子上放。

糖葫芦

隔壁大院儿住着个走街串巷的小买卖人。他铁架子推车上的商品往往会随着季节变化而变化，比如现在是冬天，他就推出一玻璃柜花花绿绿的糖葫芦。他的糖葫芦算得上是五彩缤纷的，有红提的、青葡萄的、黄橘子瓣儿的、绿猕猴桃的、红山楂的，还有香蕉的、圣女果的、沾芝麻的、沾花生碎的、沾葵花仁儿的、去核压扁的……唯独不见我最想吃的那种大红大紫的海棠果冰糖葫芦。

村里过去也有走街串巷来卖糖葫芦的。十冬腊月，地冷天寒，街上忽然传来拖得很长的叫卖糖葫芦声。村子不大，叫卖声片刻就从村东头传到村西头、村南头、村北头。孩子们不管有钱没钱，反正这是个出门的理由，叽里呱啦都跑向小贩和糖葫芦。那时候，我爷爷正翘着二郎腿躺在皮褥子上打呼噜，忽然被几双小手轻轻推醒了。"哦，买糖葫芦。"这时候爷爷已经坐起来，和往常一样，从他中式褂子口袋里掏出那个红语录皮儿钱包，一人发给一毛钱。

卖糖葫芦的人慢悠悠推着自行车边走边吆喝，车把正中间直直绑着个箍有厚厚一层草或秸秆的大木棒，诱人的糖葫芦一圈一圈插在上面，清一色红海棠。五六个果的五分一串儿，七八个果的一毛一串儿。

不大一会儿，小贩就被一群孩子围住了。手里有钱的不多，一个决定要买，其他人自告奋勇做参谋。这个说这串儿果大糖多，那个说那串儿果好没虫眼儿，一伙人七嘴八舌指指点点，把木棒子上的糖葫芦评论了好几圈儿，像买金买银一样慎重。有时钱不够，小伙伴之间会互相借个一分二分，等有钱了马上还给人家。如果过后忘了或故意不还，那这个人就算坏了"行情"，借钱的路子到此断绝。

我买糖葫芦也常犯纠结，总想买到那种性价比特别高的货色。比如本来是一毛钱一串儿的，因为太阳晒导致糖化得流了泪，或者天气转暖后果子发软卖相不好了，就按五分处理。总之我买上是为吃，又不是为看。后院三哥家最东面那间小房子，曾经租给一个卖糖葫芦的老汉居住。那个老汉后来和我们混熟了，就把卖剩的货底子拿回来处理给我们。那年冬天，他绝对是我们眼里口中的好老汉。

海棠果做的糖葫芦非常好吃。外边的糖壳脆甜，里面的果肉半冻半醒，咬一口，红艳艳的果汁顺着牙齿流到舌头根儿、嗓子眼儿，顿时满口生津。整体总结一下，便是酸甜适口、汁水莹润、外脆里绵、百吃不厌。

小小糖葫芦也随社会的发展而发展，到计划经济被市场经济取代时，呼市市面儿上五分、一毛的海棠果糖葫芦不见了，取而代之的是五毛六毛一串儿的山楂糖葫芦。比较而言，山楂果做成的糖葫芦不容易出汁流泪，也很难被压扁走样，所以只要控制好产量和销量，几乎不会出现处理品。山楂糖葫芦每串儿最少八个果，最多十几个，价格很快就涨到了一块、一块五。每到冬天，电影院门前和春节闹红火的地方几乎是糖葫芦的天下。那些在大搪瓷盘子里围成圆圈儿的冰糖葫芦，被白天的阳光和夜里的灯光一照，亮得晶莹，红得耀眼，谁见了都想买一串儿饱饱口福。

用山楂做成的糖葫芦虽然看着挺诱人，可薄薄的糖壳无法彻底中和山楂特有的酸，所以我一直怀念小时候那红中透紫、酸甜适中的海棠果糖葫芦，但不知什么原因，新一代手艺人很少选用海棠果做原料。

那年下岗后，为了生活，我们在兴安南路原黄金团对面儿太阳神大酒店旁边开了一爿小店。有人来送糖葫芦，除了山楂的，居然还有让我眼前发亮的海棠果糖葫芦。尽管卖一串儿只能挣两毛钱，可我还是各留了几十串儿，打算从此以卖养吃，也就是卖"山楂"吃"海棠"。那年冬天呼市的雪特别多，我们把插满糖葫芦的木棒子插在门前的大雪堆上，居然自成一景，起名叫"雪山飞红"。后来店里还卖过夹豆沙馅儿、夹核桃仁的山楂糖葫芦，不管如何翻花样，我依然只吃海棠果糖葫芦。

现在的冬天，呼和浩特依然很难找到我想吃的海棠果糖葫芦。原因不详。

水晶爷爷

水晶爷爷一个人住在大队办公室隔壁的小屋里，负责看门下夜和打扫办公室卫生。大人称呼他为老水晶，我们叫他水晶爷爷。不知是不是这两个字，但我喜欢。

小屋和办公室之间的墙上开有一个挺大的窗口，窗口两头都钉着和墙一边儿高的半圆形厚铁皮，像个悬空的小茶台，方便拿来拿去放电话。每天工作人员下班后，广播找人或通知谁家来信来电报来电话了，喇叭里便传出水晶爷爷的声音。有时人们去磨坊磨面遇上铁将军把门，也得他用喇叭往来吆喝磨工。我爸隔三岔五出差，每次听到大喇叭里喊我妈去接长途电话，我们姐妹总是脚底生风，速度比我妈快多了。

水晶爷爷应该是山西人，口音特别重。他喊人时声音拖得和聂会计一样长，却软绵绵的，与村里人高声亮嗓的此地话形成鲜明对比。

大队办公室有人的时候，水晶爷爷就坐在门洞里，有一搭没一搭地和路过的人们闲聊几句。那时大队院儿里总是打扫得特别干净，存钱爷爷他们几个老汉架起绳车子准备攒绳，水晶爷爷就不出去了，和我们一起看那个绳瓜子慢慢悠悠在绳子上往前走。走的趟数越多，攒出的绳子就越多。根据用途，攒出的绳子有粗有细，基本都用在马车上，我们叫车大绳。

此时我还没够上小学的岁数。可我比学生还忙，尤其夏天我妈去乳品厂做临时工包冰棍儿挣钱那阵子，我得同时看两个妹妹：一个还不满周岁，躺在炕上的小被窝里睡得很香；另一个四岁，每天连哭带喊去追我妈的自行车。我用枕头把小妹妹的被子两边压住，怕她醒来翻滚到地上，然后跑去追老三。过去治安好，家里也没什么值钱东西，每次去追妹妹都不用锁门，家里连根柴火棍儿都丢不了。

哭着去追我妈的老三其实没多大胆量，每次一跑到西园子岳华家门口，看见不远处朝阳路上的汽车和马车，她就没劲气了。只要她停住，我就不用再往前跑，原地等着，过不了两分钟，她就乖乖儿跟着我往回走。

很多时候，水晶爷爷好像能掐会算，妹妹还没跑到大队房后头，他已经在路边等着了。他笑眯眯冲着边哭边跑的妹妹说："三三不要哭了，你过来。"三三就过去了。我追到跟前儿，她已经不哭了，只顾给我炫耀她手里的糖。每次都是两块儿，长长的条状，包着或红或绿或黄的玻璃纸。有糖吃的三三很满意，自顾自跑在我前面，回家了。长大后我曾问过她："当年天天哭着喊着追妈，是不是就为了吃水晶爷爷衣兜里那永远也掏不完的水果糖？"妹妹却表示怀疑："有那事？早忘了！"

水晶爷爷脾气好，即使淘气的男孩子跑到办公室或大队院子里捣乱，他顶多讲讲道理说两句，从不呵斥。孩子们在他名下自觉收敛了很多。我们那会儿对什么都感兴趣，大队保管员打开库房大门进去找东西，诊疗所的赤脚医生用钢精锅给针头、针管儿高温消毒，窗台上晒的马屁泡，供销社下来收猪过秤，大队干部调解家庭纠纷，啥都得凑过去看两眼。

水晶爷爷一个人生活。我家离大队部近，只要做了稀罕饭，我妈就打发我去给水晶爷爷送一碗。端午送凉糕，夏天送凉粉儿，炸糕、炸油饼也送，腊月里的杀猪菜和冬至的饺子更不能少。

后来我和三三都上学了，最小的妹妹我妈上班时也带去送到厂幼儿园，再也不用操心后面有人连哭带喊追着要跟她去上班了。

有一天，大队喇叭里忽然传出王福德的声音，我才意识到，水晶爷爷已经不在了。

剥树皮

老旧小区改造,当年花四千块钱买到的配套凉房必须无条件拆除。

收废品的闻讯骑着电动三轮车成群结队奔来大院儿。自行车三块钱一辆,煤气罐五块钱一个,两只过去炉子上烧水用的大铝壶总共值两块,破铜烂铁瓶瓶罐罐基本论堆,我也懒得卖了,一个三开门铁柜给了门房老汉。我说还有这些木板,白给,冬天生炉子用得着。三轮车夫笑一笑,没说要,也没说不要。幸好来施工的工人识货,把家家户户不要的各种木头拉走十几车,最后把一些没人要的旧家具也拆分拉走了。

我问他拉回去干啥用,他说烧火,都是好劈柴,省得冬天挂炭。和我说话的时候,他正在分解一个被拦腰锯成两截的大木头立柜。

唉,要是当年我们能有这么多好劈柴,还用得着争着抢着去剥树皮吗?

我爷爷是木匠,每年村里打树的营生都是由他领着几个小木匠去做。树打倒，用马车从果园后面的林地拉回大队院儿里戏台前。还没卸车，等着剥树皮的男女老少已蠢蠢欲动了。

第一步是抢占。

一家几口齐上阵，拉的拉，拽的拽，还有用脚踩住占上的。抢到手的树越多，剥下的树皮就越多。这个抢占过程特别有意思，长长一棵大树，这头你家一拉，发现那头正被他家拽着。村里人善，抬头不见低头见，虽然心里都想据为己有，但总有一方乐呵呵让步。外人却不行。有一家来我们村儿租房住的城里人非常霸道，那个女的特别厉害，只要她手摸着的树，管对方是谁，抢不到手决不罢休。你跟她理论，她就骂骂咧咧，很让村里人怵头。

村里生灶火、点炉子，一年四季离不了引火柴。软柴不愁，秋天搂点儿树叶，队里分些麦根和碾干净的高粱头、谷穗子，自家院儿里种下的玉米秆、葵花秆，如果盖房割家具了，还有刨花，存放好不要着了雨水，足够用。硬柴就比较短缺，如果村里不打树，就得去铁道北的木柴公司买人家破板时不要的那层表皮板。花钱跑远路不说，还得托人找关系。树皮呢，就在家门口，而且不要钱，出点儿力气就行。晒干的树皮油性大，比任何木头劈出的劈柴都易燃、好烧、火硬，所以很抢手。

剥树皮看似简单，其实技术含量特别高。得先找好角度，拿捏好力气，用斧子斜着从外向里一下挨一下敲击树干，敲到感觉紧紧长在一起的树皮树干有所分离，才能用改锥、小铁铲之类的工具撬剥。改锥越大越好用，太小把子短使不上力。用这个办法剥树皮很费时，把握不好技巧，手容易拧起水泡，更容易戗破肉皮流血不止，剥下的树皮也是小块儿多、大块儿少，真是干忙不出活。

住在后院儿的大奶奶是个又矮又瘦的小脚老太太，每年打树季也和我们一样，拿上斧子、改锥和装树皮的麻袋，早早在大队院儿里等着，生怕剥不上树皮没法生火做饭。大奶奶平常就有气喘的毛病，剥树皮遇上刮风天，总见她骑坐在树干上伸长脖子没完没了地咳，直咳得张大嘴上气不接下气。每隔一会儿，她就得拽住耷拉在脖子上的头巾角，擦擦已经流到下巴处的眼泪，有时大咳过一阵，非得坐着缓一缓才能继续剥。大多时候，我们从天亮一直剥到天黑，真是累得精疲力尽，回家吃一口倒头就睡。

忽然有一天，剥树皮的人扛来一把前所未见的新工具——捅铲。如果我没记错，第一个用捅铲的是梅子家。此工具出自村里小工厂，形状像铁锹，但前端的铲子是平的，只有家用火铲头那么大，用铁板（也许是钢板）打成，锋利无比。用这个捅铲剥树皮不用斧子往松敲打，既省时又省力，人骑树而站，双手握铲，身体前倾，掌握好角度和力度，一阵噌噌作响，长长的树皮一条条飞落到地上。捅铲剥树皮的前提是必须挑选相对直溜且结少的树，否则很难发挥威力。

捅铲不仅提高了剥树皮的效率，而且铲下的树皮还齐整，晒干码放在窗根儿底或柴火棚里，又好看又省地方，拿起来也方便。梅子家院儿里的树皮垛是最多的。

卖　草

　　那年暑假快要结束的时候,大队喇叭里吆喝,要收购一些秋草,晒干准备应对冬天牛马饲草的不足。那年月对农村小孩儿来说,野草能卖钱真是个超级大喜讯,谁听见都兴奋不已。我们一刻也没耽误,拿上镰刀和绳子,冲锋陷阵般朝东出了村儿。经过很多菜地,又爬过一个大土坡,小路两旁便有了草滩。又往前走了走,到了那个叫麻密红的地方,大家边走边用眼睛四处打量,看见哪一片草长得密长得高,就哈腰卖劲儿地割上一气。那时的想法很简单,每割一抱秋草,就等于手里攥住几分零花钱。

　　现在农业生产大都机械化了,除偏远山区外,已经很少能见到用牛马耕种拉运的情景了。这之前,牛马是生产队的宝贝,有饲养员在饲养院里照看它们,定时喂草料,定时打扫棚圈,定时放牛遛马。如果看见哪个不精神,饲养员一刻也不敢耽误,赶紧去找大队兽医来看看。拉车的马,每隔一段时间还要被车倌儿拉到小工厂去钉新马掌,好让它走起来舒服,多拉快跑。

　　桥靠村没有开发利用的荒滩野地不少,基本在村东头以东,我们去麻密红割一趟草,不算反反复复在地里走,光路上一个来回少说也有十里地,累不说,还费时间,跑了两天就都败下阵来,心里却舍不得错过这个难得的挣钱机会。怎么办?我们割草队经过观察,发现村子近旁的菜地边儿上有很多水稗子,因为沾了菜地里肥水的光,长得特别壮实不说,还如农谚所言"立秋十八日,寸草结籽粒",都举着沉甸甸的穗头。这个季节天气已经很凉爽了,虫害跟着减少,地里基本用不着打农药,草是安全的。

有了这个结论,我们就不用往远跑了,天天放心割草,轻松卖钱。有一天,我们背着割来的水稗子到大队院子里去卖,过秤的人指着村西头一个男孩儿放下的草捆说:"这么好的草籽,别卖了,背回家让你妈给你蒸点儿草籽窝头吃。"那个孩子家的生活本来就不富裕,被这么一说,他的自尊心受到伤害,显出不高兴,我们也被传染得闷闷不乐。

在我们眼里,当年最好的草不是水稗子,而是菅草。这种草长得很实在,一根是一根,牲畜爱吃还上膘,关键晒成干草后比任何草都出数,我们卖钱也卖得心安理得。只是这种草都长在离村子很远的地方,好不容易割上,如果捆不紧,不是边走边一把一把滑落,就是干脆大散捆,不得不停下来重新打捆。我就是这样一个人,草总是捆得稀松,背起来不敢往直挺腰,感觉咳嗽一声或放个屁,都能把草捆震散架了。同去的几个男孩儿就不一样,人家割的草是我的好几倍,可打起捆一看,体积比我的小很多。背起那样的草捆走路矫健,好像分量也减轻了许多。

卖草对我来说，打闹零花钱是次要的，主要为了混着玩儿。一旦出去，高兴就割点儿卖，不高兴就满草滩瞎跑找马奶子吃。有时怕大人骂，出去时就把羊拉上，这样比我割上草回来喂羊省力气多了。

那年秋草的收购价是每斤二分，我好像一共卖了两块多，基本用来买了新学期的铅笔和本子。后来不知因为啥，村里秋天不收草，改收树叶了。

飘树叶的时候，天冷得人直流清鼻涕。但为了钱，我们还是在礼拜天，一窝蜂翻墙跳进林学院，用大扫帚扫，用铁丝耙子搂，赶上树叶集中的坑洼处，直接撑开麻袋用手往里扒拉就行。我爸还给我们帮过忙。

刚刚落下来的树叶水分大，一麻袋有三四十斤，我们背不动，姐妹几个就把家里那辆自行车骑上，谁的麻袋满了，就弄到墙外驮回大队去卖，谁卖钱归谁。我记得树叶比草贵，每斤三分钱。况且搂树叶比割草省力气，又不用往远跑，我感觉没怎么费劲就卖下三块多，瞬间成了小富翁。

毛毽儿

我要说的毛毽儿，不是现在街上卖的那种红红绿绿的硬毛毽子，而是四十多年前自己动手，用铜钱、布条、线、鸡毛做成的毛毽儿。现在叫踢毽子，我们那会儿叫踢毛毽儿。

毛毽儿不光是玩具，还是考察一个人是否精干、利索的物件儿。我一开始没经验，布条上的孔剪得过于大，再加布条从摞在一起的两个或三个铜钱中间翻出来后拽不紧，鸡毛绺也不够丰满，做成的毛毽儿松松垮垮站不直，没踢几下就散架了。

只好我妈帮我做。中间一撮鸡胸上的绒毛，外面围四根公鸡的肩毛或长尾毛，捏紧使劲往铜钱眼儿里塞，还得使劲把从铜钱眼儿里翻上来的布条往上拽，拽得越紧越好。最后，用缝衣服线把鸡毛和翻在两侧的布条紧紧绑住，一个漂亮又耐踢的毛毽儿就做成了。我不想让人说我邋遢不精干，后来硬是学会了这个技术。

做毛毽儿的鸡毛从何而来？自己家杀鸡，同学家杀鸡，到鸡又刨又卧的柴火垛旁撞大运捡，再就是壮起胆子随便在村里逮只好看的公鸡拔几根儿。我曾看对一只常来我家猪食盆边找食吃的大公鸡身上那红缎子一样的肩毛和黑缎子一样的尾毛，就学别人，从凉房里的工具箱中找了一根一米多长的工地线，一头拴到木棍上，另一头拴个螺丝帽，拿着它藏在猪圈里，等着套公鸡。每次好不容易把公鸡等来，带着螺丝帽的绳子也甩出去了，可公鸡受到惊吓后猛然发出的"咯咯"叫，总是吓得我把手里的棍子扔了出去。后来我就想，即便螺丝帽和绳子真把大公鸡的腿缠住了，公鸡一定会瞪着眼狂飞乱叫，我有胆子抱住拔毛吗？

我姐有个同学叫美美，腊月里她家杀了一只花公鸡，我姐把她送的几根长鸡毛夹在书里准备做毛毽儿。我也想要，但张不开嘴，就假装找我姐，不停地往住在小工厂前面的美美家跑。美美家的鸡毛放在一个柳条篮子里，柳条篮子放在总也不关门的凉房里。每次看见那一篮子鸡毛，我除了想得到几根做个毛毽儿，还穷操心，思谋她家过年时肯定要栽个新鸡毛掸子，但千万别勒风箱，好好的鸡毛可不能随便作害了。我那会儿总盼着有一天美美会忽然问我"你要不要鸡毛"，但她始终没问，那一篮子鸡毛就成了我的心病，到现在都忘不了。

好了，暂时忘掉那篮子折磨过我童年的鸡毛，接着说毛毽儿。

最难做的是鸡翎管儿毛毽儿。得先用针线和布把至少两个铜钱或铁垫片儿包在一起缝合好，再把一节鸡翎管儿下端劈成三四瓣儿，都向外扳成九十度角，牢牢缝到铜钱包的正中间，挑几根好看的鸡毛插到鸡翎管儿里，就算完工了。后来我们嫌鸡翎管儿不结实，就改用没油的圆珠笔芯代替。这种毛毽儿的好处是可以随时换鸡毛，感觉总在踢新毛毽儿。

一个毛毽儿用几根鸡毛没有标准，至少三根，四根的最多，五根以上就夺人眼球了。村里小孩儿也懂得审美。我们有时把毛毽儿上围在绒毛外边儿的长鸡毛，根根撕得只剩朝外弯曲的羽轴和尖端指甲盖儿大小的一个小毛尖儿。这样的毛毽儿看上去很有艺术性，丰满和纤柔完美结合，踢起来少了飘逸，却多了灵动。

我们还发明了塑料条毛毽儿。这个好做，就是把一块儿生产队搭拱棚用的薄塑料或吃空的奶粉袋儿剪成均匀的细条，有一头是连着的，方便卷起来塞到垫片孔里，要露出半厘米左右。塞进去的塑料条挤得越紧越好。这一步完成后就划根火柴，烧那半厘米，烧化后使劲按到玻璃板或水瓮上，塑料和垫片儿就牢牢粘住了。为好看，我们用手倒提着毛毽儿，揭开炉盖子，保持一定距离去烤，那把挂面一样的塑料条受热后自下而上迅速蜷缩变成方便面状，我们称其为烫发头。

毛毽儿有很多踢法，一个人数着数踢，两个人一替一脚踢，多人传着踢，用脚后跟儿左右打，用鞋帮子里踢外拐，用脚尖儿往起蹦，用脚踢起后再抄起双手套毛毽儿，用头或后背去接毛毽儿等。大冷天一踢一身汗。毛毽儿从上了冻换上棉鞋一直踢到春暖花开，棉鞋换成单鞋就打脚打得不能踢了。

塑料毛毽儿不踢的时候好办，要么塞到书包里，要么装到衣兜里，反正不怕揉搓，号称揉不烂。鸡毛的不行，装哪儿都容易把毛弄散折断，这就出现了好看的一幕。那时人人头上有头巾，头巾在脑门儿上方处都有个朝后的宽折边，不踢的时候，我们就把毛毽儿卡进去，顶在头上走，回家放在大红柜上。有时怕弟弟妹妹给拽烂，就踮起脚放到高高的门头上。

　　昨天，我从我的百宝箱里找出两个"乾隆通宝"，从刚刚拔回的一袋子鸡毛里挑了几根好看的肩毛，做了个小时候的毛毽儿。

压岁钱

小时候过年，爷爷给压岁钱，旧城来的二大爷也给。这个二大爷是我爷爷奶哥哥高润虎的外甥，他叫我爷爷二舅。

二大爷的钱包像用毛线织成，或者用碎布缝成，我记不大清楚了。后来换了个高级的，革的，亦或皮的，个头挺大，二大爷不装裤兜，牛哄哄穿在裤腰带上。不过，只是钱包看上去牛，里边儿的内容依然如故。

正月里二大爷来拜年，我们总是心急火燎盼我妈快点儿开饭，恨不得他一进门就开饭，因为不喝好酒吃好肉，二大爷不会给我们发压岁钱。

那时候围着炕桌吃饭，我爷爷坐正面，二大爷挨我爷爷坐。我不喜欢挨二大爷坐，怕他用刚从嘴里拽出来的筷子给我夹饺子、夹豆芽，更怕他喷着唾沫星子不停地让我吃这吃那，好像我屁股底下的炕是他家的。

总之，正月里盼星星盼月亮把二大爷盼来，他却好像专门跟我们作对，左一口酒，右一口肉，不紧不慢，吃得四平八稳，简直不把我们小孩儿放在心上。

旧城二大爷有个习惯性动作,总爱不停地放下筷子,夯开他那粗糙的十根手指,边伸长舌头舔嘴舔牙,边双手用力往后拢他那油腻腻的背头。这一中午,二舅长二舅短,他叫上没完,听得人耳朵都起茧子了。我心说:"你快不要叫了,没人抢你的二舅,赶紧吃喝,我们还等着你掏压岁钱呢。"

二大爷先头的钱包非常折磨人。那钱包太小,两个指头伸进去掏那几张卷在一起的毛票,卡住死活拽不出来,真能急死人。屏住呼吸终于见他掏出来了,他又因高度近视,每抽出一张就得举到眼镜片儿前使劲看。如果是一毛的票子,他就慢腾腾抒展捯回去,再用舌头舔舔大拇指,又揪出张五毛的。我知道没戏,只能耐着性子等。有时,二大爷会在关键时刻突然停手,视线跳过我们,东一榔头西一棒子和大人扯些没用的话。我当然着急了,目不转睛地盯着他那因粗糙开裂而裹着白胶布,又好像永远洗不干净的手指,真想上去一把抢过那卷儿钱,自己挑张两毛的算了。据说二大爷当年上过朝鲜战场,不知那会儿他近视不。

终于,二大爷的两毛压岁钱到手了,我高兴得一下就忘了他那飞来飞去的唾沫星子,忘了他油腻腻的大背头,忘了他牙上没舔干净的红萝卜、绿菜叶,只想怎么去花那两毛钱。

相反,爷爷压岁钱不仅给得多,还是崭新的、挺括的。

爷爷不光给我们发压岁钱,来给他拜年的所有小孩儿,也个个有份。

爷爷的压岁钱腊月里就从信用社换好了,最小的五毛,最大的十块,也就是"大团结"。

爷爷的压岁钱每年都准备很多,厚厚一沓,压在炕上的条形地毯下,这个孩子一张,那个孩子一张,初二、初三就发光了。

躺在炕上看电影

1979年以前，我们住在前院的旧房里。

那房子原来是单个的两间。东边一间大的住人，西边一间小的当凉房。我大爷去中山路水产门市部当下夜工后，后院儿那个小单间儿就剩爷爷一个人，冬天也烧不热乎，我爸索性找人把前院儿两间房打通成里外屋，里屋大炕住父母和姐姐、妹妹、弟弟六个人，外屋炕上是我和爷爷。

正月里，我们刚从毫沁营拜年走亲戚回来，我爸同村的拜把子兄弟高连子推门而入，笑眯眯地问我们想不想看电影。这时我才注意到他手上提着个不太大的长方形铁皮箱子。我们问是什么电影，高连子叔叔说是《突破乌江》。

这可把我们高兴坏了，既好奇又激动，只是感觉往起支架那个小小的电影放映机实在太费工夫了。

电影是在里屋演的。电影放映机架在火炉旁边，雪白的东墙当幕布。地上的空地有限，再说也没那么多板凳，我们小孩儿就上炕，直接坐在炕上看。心想真牛了，不用像村里演露天电影时急着搬个小板凳去抢地方，也不用挨冻，乏了还可以躺着看，渴了有水喝，饿了炉子上烤着馍馍，真是要多舒服就有多舒服。

因为是黑夜，把电灯拉灭，屋里就漆黑一片，正好演电影。其实应该叫放电影，但在我们村儿一直就叫演电影。

电影放映机终于调试好，一束光打到东墙上，随着胶片的转动，大放光芒的"八一"出现在墙上。我们兴奋得都快出不来气了。可好景不长，等"突破乌江"四个大字随着滚滚乌江水扑面而来时，我感觉我们家的大炕瞬间就变小了，小的像一片树叶，托着我们漂在江面上，墙上随便一个浪头下来，都可以把我们打翻到水里。这还不算什么，只不过是心理反应；最关键的是人和"幕布"距离太近，我们得高高抬起头仰视着看。滚滚乌江水一浪接一浪，没看多长时间，我就头晕眼花难受了。

打仗的电影对十米岁的小孩儿来说简直太有吸引力了，多难受也能忍，始终不舍得下地到外屋去舒展舒展身体。坐着看晕得慌，就躺在枕头上，或者斜着趴在炕上看。看见战马从墙上飞奔而来，本能的反应就是赶紧爬起来往边儿上躲，怕被马蹄子踏个稀碎。墙上瞄准射击时枪一响，我也要下意识地躲，怕中弹而亡。反正一场电影看下来，总结一下，就是兴奋、紧张、着急、难受、躲闪，真叫个累！

那天电影演完，我一晚上迷迷糊糊睡不着，感觉炕一直在水上漂着，整个房子也东摇西晃不稳当，耳朵里是不绝的枪声、炮声、呐喊声，睁眼闭眼都是翻来滚去的乌江水。多年后，我还时常梦见我家大炕被江水给漂起来了。

洋　井

跟洋火、洋布、洋油一样，洋井也是早年间从外国舶来的洋玩意儿。

洋井是利用压强把水从地下抽上来的一种出水设备。我一直认为此井比筒子井拔水和辘轳井摇水省力，也不用担心冬天井口那富士山一样的积冰把人滑倒磕得鼻青脸肿，或者失足跌到井里。

洋井年代，呼市住平房的人家都希望拥有属于自己的洋井，否则就得去别人家院子里担水吃。我们村开始只有两口洋井，一个在村西头祁广信家，一个在后营子我家，后来家家院里都有了洋井。

和洋井配套存在的是一个用来存水的大瓮或缸，俗称水瓮。这个水瓮夏天不怎么用，因为洋井24小时有水，做饭、洗涮、洒扫、浇地、喷花、饮牲口，现用现压，比回屋去瓮里舀省事多了。最痛快的是夏季礼拜天洗衣服。院子里放着大盆小盆的水，被火辣辣的太阳晒上一中午，歇过晌提上搓板儿坐到盆前的小板凳上，手伸进盆儿里，那暖暖的水温一下就激起了干活的欲望。那会儿每家院子里都不铺砖，洗衣水四处倒了压尘。有时晚上在院子里吃饭，为凉快，总要在开饭前压几盆水泼到院子里。我晚饭前最爱干的一件事就是打扫花池周围的残花落叶，用喷壶把花池和院子都喷一遍，干净清爽的环境，饭都得多吃两口。

村里的洋井最初都是靠人工打成的。谁家院子里要打井，左邻右舍的男人都来帮忙。他们合拉一根大绳，喊着号子一起出力，带有钻头的铁管被高高拉起又重重落下，嗵——嗵——嗵——嗵——一根长长的铁管越打越矮，离成功不远了。过去呼市地下水位高，如果运气好没打到石头，几个小时就可以打好一口七八米深的井。把井管下面有小眼儿的那节用铜纱包裹好，这是为了防止泥沙进入井管儿。下好管子，安好井头，大家又得忙一气，得不停地压水，直到流出清水。

桥靠小学的洋井冬天很寂寞，除负责后勤兼打铃儿的校工给老师们压点儿喝的水外，学生们谁也不愿去碰那个冰拔凉的井把子，弄不好手沾上水被冻住，非扯下块儿肉皮不可。

夏天就不一样了，课间十分钟，洋井始终被男生、女生包围着。那时候的小孩儿真皮实，渴了，嘴对着洋井的出水口，别人压他喝，"咕咚咕咚"灌下肚，也没见谁闹病，没见谁嫌不卫生。更有技术高的，自己压自己喝，那个速度，我办不到。

我爸从市政公司调到呼市乳品厂后，拿回家很多崭新的奶粉袋，我们在学校喝水就用不着让别人帮忙了。一下课，拿着底部一角扎有细眼儿的袋子挤到洋井跟前，接上一袋儿清凉的井水，攥住口子又捏又挤，连喝带玩儿，非常有意思。

学校的学生都有玩儿水神器，男生是帽子，女生是手绢儿。女生的手绢儿除了扎头发、擦眼泪、玩儿游戏，夏天弄湿了顶在头上还可以祛暑降温。男生的帽子弄湿后用嘴吹鼓，就成了可踢可扔的气球，最后玩儿成个泥圪蛋。但没人介意，回家前压水洗干净，整好搁在头上，边走边晒，到家也差不多干了。

每年上冻后，洋井的麻烦事儿就来了。不用的时候，它处于"咽气"的状态。如果没有特殊情况，谁家都是每天傍晚从屋里舀瓢水出去把洋井"叫"起来，压一桶往屋里的水瓮里倒一桶，直到把瓮装满，一瓮水正好用到第二天傍晚。天寒地冻，压完水得切记卸了井头，用火钩子把水舌使劲儿钩起来，水顺着水管儿回落到地下，那个声音带有金属的质感，非常美妙。有时候刮风下雪，手冻得拿不住火钩子，死活钩不住水舌上那个小圈儿，偏偏清鼻涕流上没完，气得人真想一把进去拽出来算了。

有一天天气冷得出奇，我和姐姐压满一大瓮水，打算先在屋里暖和暖和再出去钩井，谁知收音机里的评书联播开始了，钩井之事忘得一干二净。结果井被冻了。第二天，我爸在井管儿周围点了一圈儿干树叶和锯末，烟熏加火燎，好几个小时才把井头和井管里的冰化开。

呼市地下水位开始下降后，原来的井深度不够了，就得重新打井。我家七米深的洋井不好往起"叫"时，我爸找来小台村的王师傅，用机器把井打到十米多深，没过几年，打到十四米以下。

最后一次是把已经挪到后院儿的洋井头从地上降低到地下一米五左右，压水得踩着台阶下去。这个时候往起"叫"洋井就更难了，费水也费力气。有一回已经灌进去半桶水，井管里的水却像被地底下的魔力使劲吸着，死活上不来。我越"叫"火越大，终于发毛，打算扔开井把儿罢工，这活儿没法儿干了。没想到井管里的吸力太大，要不是我躲得快，不是被猛力弹起的井把子打掉下巴，就是被它挑起来抛到天上。我后怕了好几天，很长一段时间一看见洋井把子就腿软，从此再也不敢和洋井较劲儿了。

20世纪80年代初，桥靠村终于通了自来水，洋井集体下岗。人们把井头卸下来卖了破烂儿，把超出地面的井管也锯断卖了破烂儿，村里的洋井接二连三消失了。

我家的洋井头拆下后一直没舍得卖，我爸说一旦自来水管儿里流不出水，把井坑里的土掏出来，安上井头就能压水。实际上我们再没用过洋井，桥靠村整体拆迁时，按规定，这个洋井得到300块人民币的现金补偿，保存多年的井头还是去了设在机械厂院儿里的废品收购站。

撂蛋鸡

自己喂的鸡,却把蛋下到别人家鸡窝、蛋窑窑里,或者其他很难让主人找到的犄角旮旯,这种鸡被称为撂蛋鸡。

我家大院分前后两部分,鸡窝盖在前后院儿之间的二门子旁,鸡窝的西墙就是正房的东墙;二门子另一边是葡萄池子,再过去就是两个猪圈。南面的猪圈我家养猪用,北面的猪圈大奶奶养猪用。北面的猪圈好,地势比南面的高很多,下大雨后不用垫圈,鸡喜欢跳进去蹭猪食吃。

后院儿一排正房,最东头那间有门窗,却从来没安过玻璃,也没糊过窗户纸,里面常年堆放一些不用的农具和平时少用的大扫帚等生活用具,我们称其为伙房。伙房里存着一些生火用的大刨花、碎刨花。大刨花堆在地上,碎刨花装在一个柳条篓子里和一个没用的大笸箩里。门上有老式黄铜锁。玩儿捉迷藏的时候,我从窗户洞爬进伙房,藏到杂物间,钥匙在我手里,他们很难找到我。有一次爬进去,我顿时双眼放光,大笸箩里的刨花上居然有十几个鸡蛋。

过去村里不养鸡的很少，尤其家里有即将坐月子的闺女、媳妇，早早就开始数着个儿攒鸡蛋了。平常人家的鸡蛋，大多也是有亲戚朋友上门时才舍得做个大葱炒鸡蛋，再配上烙油饼，那是当年顶级的招待饭。我家伙房里的鸡蛋是谁家的鸡撂下的，除非主人就站在旁边守着，亲眼看见他家老母鸡下蛋了，没人知道。鸡蛋没记号，长得都一样，主人只能怨自己家的鸡吃里扒外。

　　撂蛋鸡真让人头疼。它们吃着主人的，喝着主人的，住也是主人提供的，下蛋却偏偏跑到了别人家。这鸡还打不得骂不得，主人实在气不过，只能一刀下去，撂蛋鸡变成红烧鸡。

　　那堆儿鸡蛋煮着吃了没多长时间就进入腊月。舅舅们来帮忙打扫家，我们小孩儿跟着大人把屋里的东西全部搬到院子里，又帮着把旧窗户纸扯干净，就暂时没事了。过去虽然家家有鸡窝，但基本没有鸡栅，一来院子里能省出块儿地方，二来也为鸡到处觅食方便。如果不是怕夜里让黄耗子祸害，恐怕连鸡窝也不用盖。我那时有个习惯，虽然鸡窝上都有专供鸡下蛋的一溜铺有麦髯的窑窠，可白天看见有鸡从鸡窝里钻出来，必须趴到那个鸡屎味浓烈的小门门上使劲儿往里眈眈，有时伸进胳膊掏出的鸡蛋还热乎乎的。那天也一样，玩儿着玩儿着，忽然看见有个不认识的鸡从我家鸡窝里钻出来，旁若无人地朝大门口溜达而去，一副使命已完成的样子。我的预感简直太准了。十多个鸡蛋，除了刚下的那颗，其他鸡蛋因为天冷都被冻裂了，放到锅里煮熟，蛋白上全是大大小小的窟窿眼儿，虽然口感差点儿，但吃得津津有味，心说这撂蛋鸡要是能再多几只就更好了。

我家的鸡也散养着，早晨一开鸡窝门，跳将出来，低头吃食，仰头喝水，吃饱喝足，溜达的范围越来越大，很快就看不见了。鸡白天很少进鸡窝，鸡食盆里没吃的，就到处刨食，好像总吃不饱，有时也找个利静的地方窝一会儿，天黑了才回窝上架。

有几天，我妈忽然发现本该天天下蛋的几只母鸡忽然下的蛋不够数了。莫非也把蛋撂到别人家了？我妈开始撒米抓鸡。天天早上，每逮住一只，鸡头冲后，用左胳膊将其夹死抱牢，用右手食指到鸡屁股里去摸。摸着没蛋，扔了；摸着有蛋，扣到铺了碎刨花的筐里篓里，有时地方不够，就用案板堵到炕沿底下的炭仓仓里，等把蛋下了，再一个一个放出去。

吃过别人家的鸡撂在我家的鸡蛋，别人家也一定吃过我家的鸡撂去的蛋，似乎谁也不占谁的便宜，扯平了。

喂　猪

计划经济时期，为了吃肉，村里几乎家家喂猪。

喂猪得先有小猪仔。这个不用出去找，到日子自然有人驮来卖。

抓小猪仔啦——抓小猪仔啦——

听到这吆喝声，想抓的人家就赶紧跑出院门，把卖猪仔的喊过来，怕晚了挑不上好的。卖小猪仔的都骑着加重自行车，猪多驮两个篓子，猪少驮一个篓子，双方谈好价钱，就可以挑猪了。具体怎么挑不知道，反正是卖猪人提起小猪的两条后腿转来转去让买猪的看，这个不行再提起一个看，挑定了扔到猪圈里。

抓猪的季节一过，劁猪匠就来了。他背个口袋，里面装一把劁猪刀子，每到一家，把那要劁的猪抓住摁到地上，三下五除二，随着嘶声力竭一声嚎，一份小钱就到手了。这是古代就有的一种兽医医术，猪只有适时劁了，才能心无杂念地埋头吃食、努力长肉，否则吃死也不上膘。

喂猪的东西很广泛。有从野地里拔回的灰菜，也有从菜地里拾掇回来的各种菜帮子、菜叶子。喂猪有讲究，想让猪吃了上膘，就得用一口大锅把喂猪菜给煮熟了。过去洗锅没有洗洁精，哪怕是煮骨头、炸油糕的油锅，也是烧点儿热水用锅刷子刷刷，这样的头回泔水带着油花，最后的去处是猪食盆儿。

秋天可煮的东西最丰富，如人不吃的小土豆、小萝卜，队里分回来的糖菜皮，自家磨山药粉子剩下的废渣。喂猪时，还得在这汤菜里拌上麸皮、玉茭面之类的"打干"，给猪增加营养，以便年下能杀出叫人咂舌的分量来。后来时兴添喂呼市酒厂做白酒产生的酒糊糊。这是经过发酵的纯粮制品，被公认为比任何"打干"都长肉的好东西。

酒糊糊这个东西不是说你想要就有。一般每天中午吃过饭，队里拉酒糊糊的毛驴车才在人们眺望的目光中，从村西头内蒙古医院南墙外菜地边儿拐上后营子路，不紧不慢地朝三队饲养院这边溜达来。那时我也在等待的队伍当中，手里捏着一张从会计那儿买来的酒糊糊票，脚边是一个担水用的铁桶。

干啥都是越干越有经验，打酒糊糊也是。开始的几天，人们都很自觉，先来后到，规规矩矩用脚踢着铁桶往前挪动。但没几天大家就发现，驴车上那一罐酒糊糊不仅有点供不应求，而且经过路上几个小时的沉淀，稠的都落了底儿，那个铁皮罐的出口又在最下面。前头稠的咕嘟嘟冒完，后面铁桶接到的就只能是冒着酒腥气的稀汤寡水了。这样，就有人心里不平衡，排在后面的我心里也很不平衡。凭啥呀，花一样的钱，东西却有着天壤之别。

于是，为了抢到一桶稠稠的酒糊糊，无序的拥挤便出现了。管你排不排队，车来了，还没等赶车的人把绑着的黑胶皮管子解开，人们就拎着手里的铁桶蜂拥而上。那个场面很火爆，推推搡搡，叮叮咣咣，不像抢猪食，像抢金条，更像一群人混战。我当年也跟个小圣斗士似的，拎着桶夹在一群婶子大爷当中，不顾一切地瞎挤硬撞，偶尔也能闹到一桶稠稠的酒糊糊。在大人们羡慕的目光里，带着浑身的酸腐气，我和妹妹用棍子抬着战利品往家走。回去也忘不了吹嘘一番，感觉自己为吃年猪做出了无可估量的贡献。

冬天猪的主食是呼市糖厂榨完白糖的糖菜渣子。拉糖菜渣子也很麻烦，有时我爸在糖厂要顶风冒雪排两天队才能拉回来。上中学后，我从书本上了解到，那东西其实是哄肚皮的东西，没什么营养，"三年困难时期"供人吃，吃得人越来越瘦。如果硬要说胖了，那就是浮肿。所以这个东西喂猪，同样需要加很多"打干"。我现在一想起那时冬天喂猪，鼻孔里马上就会灌满用火炉煮糖菜渣子和洗锅水那种熟悉又亲切，但又很难用言语来形容的热烘烘的杂和味。到了20世纪70年代中后期，我家喂猪就省事多了。那时我爸已从市政公司调入刚刚建成不久的呼市乳品厂。因为那会儿还没有冷罐车，夏天从乡下的奶站往回拉牛奶，整车坏掉是常有的事，就一车车被顺着地沟倒掉了。我爸回家一说，我妈就有了主意。她边收拾大大小小的各种铁桶，边吩咐我去借排子车。到了厂里，我们只舀奶罐上头漂浮着的油脂和干物质，回来喂给圈里的两口猪，香得它们只顾腾腾吃，连哼哼一声都顾不上。到了秋后，先赶出一口卖给供销社换钱，另一口每天给它加喂一铜瓢奶粉车间扫回来的土奶粉，养到冬天，在节气小雪和大雪之间择日宰杀，准备过大年。这口猪不仅是过年的支柱，也是我们一家人多半年的油水来源。

那时候干什么都得按规定，卖猪也是，不能自己做主想卖给谁就卖给谁，像我们村，必须卖给郊区巧报供销社。供销社把猪收回去后是杀了还是又卖了，我那时候还小，根本不操那心，只是觉得村里那卖猪的场面比电影都好看。

一般情况下，如果供销社下午要来收猪，大队在上午就会用大喇叭向全村人发出通知。有猪要卖的人家从听到通知开始，就不停地往猪食盆里倒猪食，还要多往猪食表面撒些麸皮、玉茭面之类的"打干"，哄猪多吃几口。这不是临阵磨枪，因为猪食变成猪肉需要时间，大家只是希望猪能带着满满一肚子不值钱的猪食出发，一路不拉也不尿，直到被摁在磅秤上过完分量。

往往事与愿违。平常有时挨饿的猪，肠胃似乎根本不适应这突如其来的大吃二喝，像得了急性痢疾，眼看就要从自家猪圈走到收猪的地方了，却屁股一松，好几斤可以当肉卖的稀屎"噼里啪啦"摔落一地。主人那个气呀，扬扬手里赶猪的棍子，却不敢打下去，怕再打出一泡可以当肉卖的猪尿。

最气人的，是主人在心里阿弥陀佛保佑了半天，终于轮到他家肚鼓腰圆的猪上秤了，却不知那猪是实在憋不住了，还是故意和主人过不去，反正是眼睛一耷拉，尾巴动了动，站在秤跟前儿屎尿倾泻而出。主人攥紧手里的棍子，气得直咬牙，却一点儿办法也没有。

有一次，我们一帮小孩儿正围在磅秤跟前看，过秤员先是扒拉游砣寻找平衡点确定分量，接着拿起笔正要往纸单子上记，没想到那个猪居然躺在秤上"突突突突"一阵狂拉猛尿。围观的人爆发出一阵大笑，过秤员越发让闹蒙了，不知道如何是好。

那会儿供销社下来收猪，根据猪的个头大小和膘情分等级，特级价钱最高，一级次之，然后是二级、三级。

不能小看下村来收猪，那可真是个肥差事。为了让自己辛苦一年喂下的猪能被定成好等级，笑脸相迎或递上纸烟已不能解决问题，得提前在家摆好四个盘、一壶酒，再给烙上几张烙油饼，吃完还得给人家装上盒好烟。俗话说"吃人嘴软，拿人手短"，这一小套下来，到时候双方就有默契了。

我家的猪伙食非常好，乳品厂坏牛奶里打捞上来的干物质，奶粉车间扫下的土奶粉，拌上夏天的煮菜叶和冬天的糖菜渣子，再加猪圈垫得勤也出得勤，猪吃得好，猪圈环境也好，个个长得毛色油亮、膘肥体壮。即便如此，因为有那个小小的潜规则，我家也不能免俗。

我曾问过我妈，当年家里卖过最大的猪有多重。我妈说整整三百斤，特级，每斤六毛钱，差几块就能买辆28飞鸽自行车。

再回到杀猪。闲了一年的杀猪匠，一到小雪、大雪，忽然变得重要起来，东家请西家叫，还得提前预约，简直忙得不亦乐乎。

杀猪这一天，猪还在圈里发愣的时候，心急的主人早已把凉房里的熜猪水烧得浪花翻滚。可怜的猪被来帮忙的几个大汉摁倒在地，本想多哼哼几声，结果匠人的手艺太过了得，不偏不倚、不深不浅一刀扎下去，立马送它上了西天。接着，众人一起使劲，把个不怕开水烫的死猪扔到了熜猪案上。杀猪匠先在一条猪后腿的小腿上划开一道口子，把一根细钢筋棍儿从那个口子慢慢捅进去，并顺着猪的表皮来来回回地捅一气，接着一只手握住猪腿，另一只手拽着划开的皮，把嘴捂到口子上。只见杀猪匠鼓腮瞪眼，双腿微微叉开，屁股稍稍撅起，一口接一口往里吹气。在小孩儿们的一片惊讶声中，那猪眼见得膀大腰圆起四条腿，最后变成个猪气球。

开水熜毛，檐下吊梯，浮石打磨，斩去头蹄，开膛破肚，清除内脏，最后一项是分扇剔骨。至此，一口年猪已被成功大卸八块儿。这个时候，香飘四溢的槽头肉烩酸菜正好上桌。这是呼市近郊的杀猪菜，烩好了，还讲究派孩子们去给四邻好友热乎乎送上一大碗，共同分享杀猪的快乐。炕上，满满一桌子人，嚼着一寸来长的大肉片子，就着爆炒腰花，推杯换盏，庆祝杀年猪圆满结束。杀猪匠酒足饭饱后，还会笑纳东家奉上的一块几斤重的新鲜猪肉，那是他忙碌半天应得的酬劳。

年猪杀好，最先被消灭掉的是头蹄下水和猪血灌肠。肉呢，要冻在凉房里等过年的时候才能放开肚子吃。记得住在我们家房后蔺家院儿的五哥，一杀完年猪，就在院子里抹出一个光溜溜的椭圆形小泥堡，把肉冻进去，以免没到过年就吃差不多了。

那会儿村里很少有人家安大门，来回串门子特方便。这一点被贼发现后，腊月里丢肉就成了家常便饭。有的是夜里凉房被盗，有的是摆在条盘里放到院儿里速冻时被端走。后来那些贼还来端过粉条、馍馍、菜蛋蛋、肉蛋蛋，简直让人恨之入骨。

我家也丢过一回肉。那是我们很小的时候，把肉冻到院子里后，因为我妈和我爸要忙别的营生，就让我爷爷盯着外面的肉，别让猫偷吃了。我爷爷警惕性一点儿也不高，他老人家看着看着犯困了，等被自己的长呼噜惊醒，我们家的肉早被那挨千刀的贼人施了挪移大法，连根猪毛都没给剩下。

也有运气不好的，辛辛苦苦喂了一年，杀倒一看，是米猪，也就是豆猪。米猪肉是不能吃的，吃了人会得寄生虫病，危害健康乃至生命。我家喂出来的猪都很够意思，从不得病，所以我们年年有肉吃。和我们住在一个院子里的大奶奶就很不走运，我八九岁的时候，她就杀出一口米猪。那个时候人们生活不好，命也贱，本该挖坑埋掉的肉，却都被村里没能力养猪的老年人便宜买走解馋去了。他们说："反正我们离死也不远了，没等病发作，我们早被装了棺材。"杀猪那天大奶奶也照例做了槽头肉烩酸菜，我妈瞪着眼警告我们说："再馋也不许吃！"

过了腊八没几天，做年货的高峰期就到了。这可是孩子们犒劳肚皮的好时候，炼油、煮骨头、烧肉、炸丸子，那下脚料吃的，一个个红光满面，机灵得满院子撒欢儿。到了正月里，亲朋好友来拜年，扒肉条、炖猪肉、红烧排骨、浇了芡汁儿的核桃丸子，这四大盘硬菜往桌上一摆，那真叫一个排场。

黄　豆

　　黄豆，古称菽，学名大豆，原产中国，栽培史长达 5000 年，主产区为东北平原，全国很多地方有种植。

　　农业社时期，呼和浩特大多数村子种黄豆，粮田队种了交公粮，蔬菜队种了分给社员。黄豆最主要的用途是榨油、做酱、酿造酱油、加工豆制品，也可以生豆芽。在没有零食的年代，如果大人能非常慷慨地从凉房挖回一碗黄豆，倒在大铁锅里"噼里啪啦"炒熟给我们小孩儿吃，那简直是一件欢天喜地的事儿。但大多时候，只要提出吃炒黄豆的要求，大人总说太浪费，得留着过年时换豆腐、生黄豆芽、煮菜豆子用。

　　我对黄豆的记忆很深。

　　很多年前，我们姐妹三个坐着我爸打制的木头童车，在铁轱辘与低质量柏油马路摩擦发出的噪音里，在坑坑洼洼的颠簸中，下旧城走亲戚。记得是一处高门大院，亲戚住在门洞里的一间小屋里他用一个圆圆的铁盒盖子把外表裹了白糖的炒黄豆端给我们吃。几十年后聊起那天的黄豆，我妈惊讶我的记忆，说那时候的我才三岁左右。

黄豆实在可亲可爱，是我们日常生活中不可或缺的。黄酱黑酱酱油，腐竹豆腐蛋白肉，小时候村里办事宴，不管红白，早晨的油炸糕豆腐粉汤，一定得有一盘儿调拌得花红柳绿的黄豆芽做陪衬，否则，再好的糕汤也会黯然失色。

20世纪70年代，在很少见到花生米的呼和浩特，我姥姥发明了一道只有春节时才能端上桌的下酒菜，我们称其为菜豆子。就是把黄豆提前泡发，拣去坏的和有虫眼儿的，下锅加盐和小茴香煮十分钟左右，捞出放到凉房里待用。后来姥姥发现光煮黄豆有些单调，就让我们把夏天攒下的杏核砸开，取出杏仁儿泡到冷水里，泡软后剥去那层外衣。泡杏仁儿是为了去苦味，啥时候换水换到没有苦味了，就可以和黄豆一样下锅煮制。把分别煮好的杏仁和黄豆拌匀，有客来，温一壶二锅头，舀一碟黄白相间的菜豆子，还有扒肉条、炸丸子等硬菜，边吃边喝，甚欢喜。

很有创造性的姥姥后来觉着那一碟菜豆子还是有些素净，就把盆里煮好的黄豆分一些出来，用化好的胭脂拌染，使其成为粉红豆。不过，自从发明了粉红豆，原本的黄豆和白杏仁儿过不了多长时间，也都近粉红者粉红，全部变成粉红色了。但我姥姥依然在发挥她的创造力。她把过年时人们送来的生日蛋糕上那些没人吃的各色糖粉疙瘩抠下来掺到起面里蒸馒头，因为实在无法揉匀，一揭笼盖，各种颜色历历在目，我们笑称那馒头是"花果山"。

改革开放初期，出现了人造肉，原料就是黄豆。一小袋几毛钱，片片像肉。用水泡软，炒菜或烩菜时加进去，虽然看上去像肉，但吃不出丝毫肉味，那种豆香和微微的甜还给人新鲜感。如今，年轻人喜欢撸的那些串儿，很多就是黄豆的化身。

我生在农村，长在农村，虽然没有种过黄豆，但每年秋天都要和同学相跟上，到生产队收获过的黄豆地里去捡漏。那时候总感觉队长很可恶，我们又不偷不抢，只是去捡，他都不让，像轰小鸡儿一样，奓起两条胳膊把我们轰出黄豆地。跟着拉黄豆的马车往东场面走时，我老盼着车倌儿能把马车赶到坑里，那样一颠，肯定会有很多唰唰作响的干豆秧带着豆荚一起掉下来。可那概率实在太低。倒是住在场面周围的人会想办法。每年碾完场，那里的人们近水楼台，没事儿就拿根小木棍儿或改锥，蹲在场面上"起"那些被碌碡压到土里的豆子。除了黄豆，还有大豆、黑豆和豌豆，很让人眼馋。

队里分黄豆的日子，有点儿像过节。我总感觉背上的口袋里满满的都是零食。很多人家会把黄豆、莜麦、高粱等粮食一块儿炒熟，拿去加工炒面，喝糊糊用。在缺油少糖的年月，黄豆的油香味和甜味让炒面的品质得以提升。

小时候的冬天，还是吃过炒黄豆的。一般是放学后，看着没有干粮可搬（吃），我妈就会在火炉上架起小铁锅，炒豆子给我们吃。有一次，妹妹急着要吃豆子，早早撑开手里的奶粉袋等着。我妈大概一时糊涂，感觉锅里的黄豆熟了，想都没想舀起一勺直接倒入妹妹手里的塑料袋。结果，黄豆的高温瞬间融化了塑料袋，

"哗啦"一声,满地都是沾有塑料的黄豆。

黄豆成熟以前叫毛豆,可以煮着吃。过去到乡下做客,就盼着那一大锅热气腾腾的玉米、毛豆。那毛豆带着蔓,缠成小把,煮熟了拿一把边拽边吃,非常有情趣。小时候街上偶尔有村里人用自行车驮着毛豆来卖,五分或一毛一把。现在不同了,当菜卖,不光秋天有,一年四季都有。烧烤店有个很时兴的下酒菜,叫"花毛一体",就是一个盘子,一半装煮熟的毛豆,一半装煮熟的带壳花生,几乎桌桌必点,人人必吃。

一年四季,我们究竟吃掉多少黄豆,究竟从黄豆里汲取了多少物质和精神营养,不妨来看看由黄豆加工而成的各种食材和食物。从早晨的一杯豆浆、一碗老豆腐,或一碗京味儿十足的豆汁儿开始,中午的炒豆腐、烩豆腐、锅塌豆腐、虎皮豆腐、小葱拌豆腐、鲜鱼炖豆腐,生菜也要蘸黄豆酱。下午茶,与一包黄豆锅巴为伴,是最有滋味的选择。吃火锅,少不了腐竹、豆油皮、豆腐泡。黄瓜丝,豆腐丝,拍几瓣儿大蒜,滴几滴香油,撒一撮精盐,是我家年轻人最爱吃的"小清新"。

我是个爱琢磨吃喝的人。怕市面儿上的黄豆芽不安全,就自己买来豆子生。泡一夜,去水,用湿布覆盖,早、中、晚各过水一次,三天后,豆芽黄亮不盈寸,短粗而肥胖,炝油凉拌,越嚼越香。如果再长两天,顶部豆瓣变薄,芽体两寸有余,这时候开水锅里氽一下,用肉丝尖椒炒而食之,是一道很好的下饭菜。把泡发的黄豆与油炸后的鲜鱼一起小火慢炖,也是我家的保留菜,下酒也下饭，简直百吃不厌。我还喜欢在炸猪肉丸子的时候，放三分之一的碎豆腐在里边，这样的丸子吃起来不油腻，还多了豆腐的营养，实在是一举两得。如果吃炖牛肉，就把豆腐切成小丁，过油，把炖好的牛肉趁热盖上去，吃起来让人欲罢不能。

　　仔细想想，黄豆与我简直就是一对儿天生的好搭档。我至今离不了炒黄豆，衣兜和书包里常备，我妈戏称那是我的"草料"，我笑着接受此说。

磨粉子

　　每年收获土豆的季节也是土豆主产区淀粉厂最忙乱的季节。这一时期,厂方要集中人力财力一口气把农民选出的小土豆收购回来,物尽其用,加工成淀粉,卖给食品厂做原料或添加剂。讲究吃喝的老百姓也会买点儿,冬天压粉条、熬粉汤勾芡,过大年时下炸丸子、做过油肉,剩下的,夏天杵凉粉儿、吊粉皮,手巧的还会用淀粉做玻璃饺子。

　　淀粉,我们此地人叫它山药粉子,或者直接叫粉面。

　　机械化以前,会过日子的人家,秋天总要张罗着磨点儿粉面,省得到时候四处淘换。我家也不例外,总有几天在洗山药磨粉子。

　　先说土豆。我爸厂里分,桥靠大队也分,分回来全部倒在院子里,大的、没毛病的赶紧放入菜窖,小的和有毛病的用水洗干净准备磨粉子。有些太小的,扣在锅里焖熟喂猪。

　　工具是一个布满钉子眼儿的礤床儿。人坐在炕上或地下的小板凳上,面前一个大盆,左手手心朝上,死死抓牢礤床儿,右手牢牢抓个土豆,在钉子眼上推下拉上、推下拉上,反复不停,这个动作就叫"磨"。就那么不紧不慢磨呀磨,一刻不停地磨。手里的土豆越来越小,盆里的土豆越来越少,磨出的碎末儿却越来越多。那遇见空气就氧化变黑的碎末儿顺着礤床儿和钉子眼儿慢慢儿流到大盆里,散发出一种说不出的怪味。磨山药粉子不能着急,一着急,右手必定遭殃,几个指头很有可能一起被擦破皮,流血不说,关键是钻心的疼。

我妈去桥靠小学上班以前,每年在磨粉子的季节同样忙得不可开交。有时我和我姐放学回来也会坐在小板凳上,替我妈磨一会儿。说替是为好听,实际呢,就是好奇,觉着好玩儿,非试试不可。我妈并没因为我们接过礤床儿去歇一会儿,而是去烧火做饭,或忙其他营生。我呢,不管如何小心,每回总得或深或浅把手擦破,我妈说这叫一干活就要工钱!

后院大奶奶每年也磨粉子。她人瘦小,一干活就连咳带喘,却能吃苦。别看一对儿三寸金莲,她和我们一样,能拿着麻袋去地里给猪往回背菜叶、背糖菜缨子,去剥烧火的树皮,磨粉子同样落不下。她手本来就很粗糙,平时摸我胳膊就有刮肉皮的感觉,等连汤带水磨上几天粉面,那双骨关节很大的老手更是裂裂绽绽不像样,有的指头因为被礤床儿擦破皮还裹上了白胶布。

磨粉子一旦开始就得一鼓作气,不能耽误后面的澄粉子。所以那时候总见大奶奶累得腰酸背痛,就抱起炕角那个棕色大玻璃瓶,往出倒一个索密痛,用剪子刃在手心里摁成小碎块儿,张大嘴放进去,端起茶杯一仰脖子连药带水就咽了。我问她为什么要喝去痛片，她说解乏。

　　磨山药粉子必须保证原料清洗干净，这样做出的粉子才不会牙碜。过和澄的环节也至关重要。过是滤渣，澄是清洗，只有这两项工作做到位，最后沉淀好晾在炕头上的山药粉子才能白如雪，做出的粉条才能筋道爽滑。有的人家粗心大意，过渣时不彻底或无意跑渣，这样的粉面做粉条时必须先过细罗，否则会影响技术的发挥。

　　过去我们吃的是洋井水，为了把粉子澄得白一些，家家户户在磨粉子期间，都得投入个好劳力，往回担清水，往外倒浑水。总之，磨山药粉子就是个又累人又耗时的活儿，但生活的情趣也在其中。

大黄·赛虎·点点

贼忽然光临没有街门的桥靠村 83 号大院，偷走了后院大姐的自行车。当时以为住在前院儿的我们家没丢东西，可我压洋井时，发现二门子和葡萄池子之间的旮旯里，放着我家日常存放胡麻油的马口铁油卡子。我觉得奇怪，赶紧喊我妈。我妈说肯定是个惯偷，忽然想起偷油要犯事儿的讲究，就把到手的一卡子油扔下了。我妈赶紧去检查我们家的凉房和南房，别的没丢，就是南房里放着的一鱼盘红糖让贼从中间儿抓去一大把。估计是在现场吃了。我那时就想，要是院儿里拴条狗，听见动静一叫，准能把贼吓跑。

那时左邻右舍有养狗的，但不多。后来随着村儿里外来人口的逐步增加及溜门撬锁之事的不断发生，养狗的人家便越来越多。1979 年盖起新房后，我家垒了新院墙，安了新大门，还养了一条狗。

那是一条很负责任的黄狗，却起名叫黑虎，挺有意思。

有黑虎值守的那些年，只要听到生人拍大门，大黄狗就毫不客气地汪汪个不停。等主人出来和来客接上话，它知道自己任务已完成，便该干啥干啥去了。但有一点，你不能从院子里往走拿任何东西，哪怕是半块儿砖头，它也会挣着铁链子没命地汪汪叫个不停，只要主人不发话，就一直叫。

大黄狗本事挺大，一旦想自由自由，就会想方设法把脑袋从项圈儿里折腾出去。如果家里没人，大门也锁着，大黄就上蹿下跳，满院儿不停地"飞来飞去"。"飞"够了，"飞"累了，往狗窝顶上一卧，伸着舌头边喘边歇着。最让人担心的是若大门正好开着，大黄狗会像冲锋陷阵一样，四蹄狂奔冲出巷子口就不见了。我们的担心总多余，擅自出走的大黄狗从未伤害过人，只要疯跑够了，不用出去找，到时间自己就慢跑回来了。有件事非常奇怪，就是别人都不能把跑够了的大黄狗再拴起来，只有我爷爷和我行。尤其我爷爷，把那个皮裤带一样的项圈儿往起一拿，大黄狗就乖乖儿把脑袋伸进去，非常配合。我拴的时候，大黄狗却回回都要为难一下，或者假装要咬我，或者故意把眼看就要伸进去的脑袋忽然又圪拐出来，直到我真的要动火了。

1982年7月6日，当年高考的前一天，大黄狗照例出去疯跑。

从傍晚跑到天黑，大黄狗似乎还没跑够，迟迟不回来。我们就等。左等不回来，右等还不回来，只能锁上大门睡觉。之后的几天，撒开人马到处去找，却一点儿线索也没有。寻找无果，我就想，哪怕在村东头的大沙坑里找着张狗皮也行，起码知道了狗的下落。可找了一个多礼拜，依然一无所获。有天晚上，心心念念想着大黄狗的我忽然梦见它回来了，就在院儿里卧着。一激灵醒来，跳下床就往开拉窗帘儿，天呀，我激动得差点儿哭了，原来大黄狗真的脸冲南卧在院子中央。

我爸我妈也跑出去了，我姐我妹我弟也跑出去了，我们全家围着大黄狗看。大黄狗瘦得基本就是皮包骨，肚皮瘪瘪瘫在地上，好像连站起来的力气都没有了。进一步观察，发现大黄狗左后腿胯部有个洞，而且是发炎溃烂后能看见骨头的洞。我妈说一定是让想吃狗肉的人用枪给打了。

狗不会说话，也就无法告诉我们它究竟遭遇了什么，但从它的眼神可以看出，这次出去能逃条活命回来，真是不幸中的万幸。

很长一段时间，我们没用绳子拴大黄狗，直到其各方面都恢复如初。

大黄狗最后离开我家，是因为村里的打狗行动。没办法，为了能活着为我们家看门护院，只好找关系暂时把狗寄养到远村儿。可等打狗的风头一过，准备去接回大黄狗时，唉，不说也罢……

接着是一只在呼市警犬基地出生的小狗，1989 年来我家时，还没出满月，起名紧随黑虎，叫赛虎。

它简直太小了，俗话说的一把大，也就是一只手就能轻松抓起来那么大。

我妈喂赛虎可没少下功夫，像抱小孩儿一样抱着，一奶瓶一奶瓶地喂。每次一吃饱，它就开始犯迷糊，站着站着闭上眼睛打晃晃，想睡觉了。狗太小，我妈怕被人不注意踩死，就把它放到杏树底下的大塑料洗衣盆里。后来我还跟我妈说，亏得那年树上结的杏儿不多，要不，风一吹随便掉下一个，都能把当年的赛虎砸死。这话说明什么呢？说明狗的小和杏儿的大。

赛虎的父母都是警犬，但不知哪个环节出了问题，此狗有幸来到我家。

那时桥靠村养狗的已越来越少，原因是城中村出租房子能挣钱，人们把原来的鸡窝狗窝猪窝之类统统拆掉，在那些地方盖房，狗就没有一席之地了。我家应该是村子里唯一一个没有租房客的院落。

院子里没有外人，空间又大，赛虎小时候是散养的，自由自在，想去哪儿就去哪儿。有时就跟在人屁股后头，肉墩墩的非常可爱。你要是把它抱起来，它舌头一伸，管你是嘴是脸还是胳膊，到处舔，舔着和你套近乎。

赛虎唯一咬过的人是我妈，但纯属意外。那天我妈从屋里出来，把一块儿肉扔给赛虎后，转身要往屋里走。赛虎的注意力全在肉上，以为我妈边走边摆前甩后的手要继续往出扔肉，就扑上去接肉，结果一口咬在毫无防备的我妈的手上。领我妈去打狂犬疫苗的老三说，狗牙把我妈的手掌划开一个大口子，肉朝两边外翻着，非常吓人。

我弟弟没事儿喜欢训赛虎——蹦高，跳起来接食物，跑着追他扔出去的东西。我弟弟要和赛虎照合影，赛虎就吐着舌头好好蹲着，非常听话。赛虎有个赖毛病，只要一听见响炮声，不管远近，更不管跟自己有没有关系，就肯定要冲天汪汪汪大叫一气。

过年时响炮的时候多，狗就难免叫得人心烦。我们有时忍无可忍，推开门直奔狗窝，冲着赛虎咆哮一番。也不知是听懂了还是被吓住了，还是觉得自己不占理，反正，赛虎每回都灰溜溜钻进那个半地下半地上的狗窝，紧紧闭上那张狗嘴再不出声。

有赛虎的日子，我们白天出门放心，黑夜睡觉踏实；闲来无事，还会拿点儿碎肉逗狗玩儿。

1998年，又一轮儿打狗行动开始了。和以往不同，此次打狗不光有村里的治安人员，还有乡里派来的人，而且是一枪毙命。那天，开开大门把联合打狗队的人马放进院儿，把他们领到树影憧憧的狗窝跟前。打狗队里一个人问院儿里有没有灯，我妈说没有，说完就站在那儿看。要说赛虎真够狡猾，像知道那一行人的目的似的，居然始终一声没叫。我家院子大，树多，还是夏天，所以显得院儿里很黑。我那会儿在林学院北门对面的桥东商城里租房开店，第二天我弟弟把赛虎拉去暂时藏到后来开了黑三角歌厅的那间房子里时，我才知道打狗的事儿。

我妈给我描述当时的情景时说，赛虎好像知道反抗对自己不利，面对那么多生人，居然连叫都没叫一声。人家用手电照，它就埋头卧在地上动也不动。一个人忽然说要拉到大门外面去打。我爸说反正要打，哪儿都一样，就在院儿里打哇。然后就是一声枪响。再然后，打狗的人走了，我爸、我妈、我弟弟把大门锁好，谁也没吱声，都默默回屋了。

奇迹是半小时后发生的。断定打狗的人已走远，心情稍微平静一些的弟弟拿着手电出去,想看看被打死的赛虎。谁知他拿手电一照,赛虎居然摇着尾巴站起来了。天亮再检查,查遍全身,它一根毛都没少。

那次打狗后,同样的行动隔段时间就会再来一次,总让人提心吊胆。后来变成可以不打,但必须给狗上户口,还得到什么地方备个案。我去一打听,上户口特别麻烦,得提交书面申请,得给狗照相,得有准养证明,得去防疫部门进行检疫并注射狂犬疫苗……关键是还得花一笔当年看来数额挺大的钱。只好委屈赛虎东躲西藏,心想风头总会过去的。

赛虎藏在树木园时,因外甥女晶晶过十二岁生日去园子里拍视频,我曾与之远距离匆匆一见。此后,没等打狗的风头过去,赛虎在辗转期间便下落不明了。

小狗点点的原主人是我舅舅。他不想养了,把它抱到汽车上,从麻花板村送到桥靠我家大院里。那时,桥靠村整体拆迁已成定局,我们忙着一车一车卖院儿里的废品,忙着买房、装修房,忙着向拆迁办争取我们的合法权益……点点就跟在我们屁股后头,摇晃着脖子上那个几乎看不见的小铃铛,满世界瞎忙。后来我们搬到已经装修好的新家,就把点点留在桥靠院子里,和卓资山的大舅、志勇一起留守。

我不知道点点是只啥狗。它成天披头散发,看人非得站远使劲仰起头。我好几次想把点点脑门儿上的长毛梳成两条小辫子,看看它到底长啥样,万一哪天走丢了也能认出来。点点叫起来声音不大，小的像玩具电子狗，感觉连小孩儿都吓唬不住。

　　2004年夏天，在拆迁的废墟上，点点和难离故土的我们做着最后的坚守。白天帐篷口放哨，黑夜四面儿"报警"，热得受不了就跑到水坑里去撒欢儿打滚儿，然后跑过来全身使劲一抖，谁挨得近，谁就沾光倒霉。一个多月后，我们结束坚守，点点也坐上汽车去了紧邻110国道的新家。

　　几年后，我爸妈忽然决定要返城，于是果断看房、买房、装修、搬家。楼上楼下该搬的东西都搬得差不多了，正考虑点点是不是也该跟着我们一起"返城"时，却发现，毫无病症的点点在搬家的前几天，静悄悄地去了。

姥姥的小脚

我怀疑那个大铁盆和我家的铁桶一样，是用炮弹皮做的，要不咋会那么沉。

水不冷不热，姥姥的手是温度计。

多好啊，盆外一圈儿小板凳，盆里一圈儿小脚，你踩他，他踩你，嘻嘻哈哈，打打闹闹。洗完也不消停，一个一个跳上炕，继续猫捯狗戏。

姥姥呢，把我们脱下的一堆塑料凉鞋泡到洗脚水里，用猪鬃刷子一双一双刷洗，又一双一双立到搓板儿上控水。然后她吃力地搬起大盆，左摇右晃去院子里倒水。

"姥姥，你咋还不洗脚？"

"赶紧闭住眼睛往过死！"

啪！电灯被拉灭了。

姥姥从来不让我们看她那双奇形怪状的小脚。她洗脚的时候，夏天借着月光，冬天借着炉火，有时等我们睡熟了她才洗。

我姥爷说那叫封建。

可后来，我姥姥忽然变得不封建了，不光让我们看她洗脚，还让我们摸她踩在脚底下的那些已经嵌入脚心的脚趾头，给我们讲她小时候裹脚的故事。

我们最关心的是疼不疼。

姥姥说："能不疼吗？除了大拇趾，其他四个趾头全从外向里生生搬倒，还得踩在脚底下，再用长长的裹脚布一圈儿一圈儿勒紧裹死。有的女娃娃裹脚时疼得张大嘴往死号。"

"那你呢？"

"我能忍住。裹上脚照样一瘸一拐出去耍，满街疯跑，还专门沿墙走，回家后，因为衣服上蹭得全是土，可没少挨打。"

"你那会儿多大？"

"也就五六岁。哪像你们，看看，一点儿制都不受，脚放得一个比一个大。"

有时候，我姥姥边讲地底下七寸人人盖房的故事，边戴着老花镜给我们缝补被大拇趾开了天窗的家做布鞋。

每隔几天，姥姥就要用热水泡脚。泡好了，盘腿坐在炕上，用她那把特别锋利的小剪子，像剪窗花一样，先扳着左脚，再扳着右脚，修剪她那两只总也忙得停不下来的小金莲。

市场上没有小脚袜子卖，姥姥就自己动手用普通袜子改。也买不到小脚鞋，得到鞋匠的小屋里去定做。后来村里的鞋匠死了，姥姥就得走远路，到旧城大召东仓去找仝师傅。

真不可思议，姥姥在我大舅去世后，为了到城南的郊区篷布厂做临时工，挣钱抚养舅妈改嫁时没有带走的表弟表妹，居然一咬牙，学会了骑自行车。

那时候，姥姥已年过五十。

车是24型无梁小轱辘彩车；学车场地是20世纪70年代内蒙古医院北墙外护城河边那条东西走向高低不平的土路；教练是我姥爷。

和我们小孩儿学骑车先掏圈儿再上大梁，然后才上座子的程序完全不一样，我姥姥是两手抓把，左脚着地，斜倾车子，屁股上座，然后把车子立正，右脚一踩脚蹬子，走起。这个走起的前提，是我姥爷在后面死死抓着后架给把握平衡，并且边跟着往前跑边不停地提醒我姥姥只管一圈儿一圈儿蹬，不要低头看车轱辘，要抬头看前面的路。老实说，我一看见我姥爷扶着车子教我姥姥学车就紧张，手里紧紧攥着两把汗，生怕她一旦失去平衡连人带车歪倒摔得不成样子。我姥姥和我姥爷却没想那么多。在众人担惊受怕的关注里，几天后，感觉我姥姥技术差不多了，我姥爷就偷偷放开后架并装模做样跟着在后面小跑，随时准备姥姥要摔倒时及时上前扶一把。这样抓抓放放又练了一段时间，姥姥不用人扶，自己就能把自行车骑到西面的吊桥旁，然后一拐弯骑回来。

骑是会骑了，可如何在骑到地方后停稳并且下车，又成了问题。

我姥姥的体型配上那对儿小脚，站直了有点儿像画图的圆规，总给人一种头重脚轻的感觉。因为体型和小脚的缘故，姥姥不可能像拥有一双大脚的人那样右脚从前或从后潇潇洒洒迈下车,而是必须早有准备,瞅准了,左脚像锥子一样一下扎牢在地上。起初这个动作也完成得惊心动魄。远远的,我姥姥骑车而来,我姥爷的眼睛便跟着她,两手是马上要接到接力棒的样子,最后,牢牢把一辆自行车和一个人接到手。

那时候,姥姥家在新城南门外护城河边,做临时工的篷布厂在我姥爷上班的巧报公社以南,也就是如今的昭乌达路国检体检中心斜对面。当年呼市没多少人,路况也不好。我虽然一直没去过篷布厂,但因为路不好走,总感觉那地方离家挺远。

我姥姥和我姥爷每天早上一起出门,但我姥爷不可能天天跟到篷布厂去帮助我姥姥下车,所以又苦练多日,我姥姥终于可以不用别人帮忙就能一脚戳到地上,当然有时因为车速控制得不好,得在下车后惯性地往前"蹬蹬蹬"小跑几步。

印象中,过去的马路修到内蒙古大学东南角好像就没了,再往南走,除路东的农牧学院(现在的内蒙古农业大学)和路西的师范学院(现在的内蒙古师范大学),似乎再少有人烟。真不知当年为了生活,我姥姥是如何凭着她那双三寸金莲,无数次骑车往返于那条尘土飞扬又无限荒寂的南北路上。

1983年夏天,护城河边那排我爷爷和我爸盖起的房子,被呼市二轻局占了用于盖职工宿舍楼,姥姥家拿着补偿的钱回村,重新批上宅基地盖新房。盖房和入住新房前,我家前院的旧房成了姥姥家,姥姥家所有有用的东西都用汽车拉到我家大院里,其中就有那辆自行车。

  1997年，为了不再当租房客，我们拿出所有积蓄在当时还算城郊接合部的城南买了一套商品房。和姥姥说起楼房的位置，姥姥急忙问周边环境以及开发商的情况，然后不无惊讶地说，我们的房子就盖在她当年做临时工的篷布厂院子里。

打坐腔

父母从小喜欢唱戏，家就成了村里的业余俱乐部。

我家有很多乐器，扬琴、笛子、二胡、三弦、梆子、四块瓦，还有成套的锣鼓镲。这些东西我爸都很精通，而且无师自通。我爸还会写唱词，会改曲调，能统筹一切，可以说是我们村打坐腔的领军人物。

打坐腔很随意，人们啥时候想红火红火，互相招呼一声，夏天在院儿里唱，冬天在屋里唱。远远近近的人听见了都聚过来，你唱，他唱，一唱就好几个小时。那时我还不知道这种很随意的民间表演形式叫打坐腔，但知道开唱前好听的曲子是牌子曲。后来我还知道"你拉胡胡（二胡和四胡）我哨枚（吹笛子）、咱俩逗一段二流水"，说的就是演奏牌子曲。

早先打坐腔，基本就是《挂红灯》《方四姐》《五哥放羊》《打金钱》等传统剧目，偶尔有人唱几嗓子《割莜麦》。我那时不懂唱腔美，只感觉唱的人如果一直就那么"嘶喽喽喽"下去，指不定那口气就上不来了。

我家打坐腔有时规格很高,任粉珍、邱文杰、刘全、宋振莲、吴焕春等都在我家唱过。可能你有所怀疑,这些呼市二人台大腕儿怎么会上你家打坐腔?但是这是真的。任粉珍一度是我的老师,我和她学唱二人台。其他人是我们桥靠村业余剧团的指导老师,常来常往,打个坐腔很平常。我和任粉珍老师学唱的第一首歌是《大红公鸡咯咯叫》,这个学会了接着学《走西口》。呼市民间歌剧团排演歌剧《洪湖赤卫队》后,我还学会了《洪湖水浪打浪》和《小曲好唱口难开》。每次坐腔打起来,其他人唱戏,我就唱这两首歌。我妈和我爸会唱很多二人台传统剧目,打坐腔时经常唱他俩从小搭档表演的《卖菜》。

过去电力供应远远满足不了人们的生活需求,隔三岔五就停电,所以蜡烛家家必备。后来有人发明了臭嘎石灯,我家也做了一个。这个灯由两部分组成,一个拳头粗的小圆铁桶里面放上臭嘎石,倒上水,把针头状的另一个铁桶套上去,里面化学反应产生的乙炔气从顶端的针眼儿向外泄露,划根火柴上去一点,"噗"一声就着了。臭嘎石遇水生成的可燃气体有一股难闻的臭大蒜味,但点着后贼亮,放到院子里亮如白昼,非常适合打坐腔。

桥靠村整体拆迁后,每年正月初二晚上,我们一大家子都会聚到和华园小区大爷家,先吃烧卖,后打坐腔。我八十多岁的大爷仍然一嗓子说唱到底,绝不输给年轻人。还有我能唱莲花落的大娘,能唱《夸河套》的二大娘,喜欢跳舞的三大娘,能拉能吹的大姐夫,唱到跑调了还在自我陶醉的大哥,反正,满地又唱又舞的一大家子，让过年的喜庆达到了前所未有的高度。

　　现在呼市依然很流行打坐腔，几乎每个公园都有。我常就近去牧机所公交站牌儿那儿看戏，那里每天下午都有，晋剧和二人台一替一天唱，两拨人都很受欢迎。我喜欢二人台，尤其喜欢听两个女人唱《水刮西包头》《走西口》和《偷红鞋》。他们有时也唱山曲，新编的词，能博得大家一笑。

　　我还喜欢在网上看土右旗二人台坐腔第五代传承人郭威老先生的《害娃娃》，原生态口语化的唱词，经他声情并茂、抑扬顿挫一唱，是阳春白雪根本就不可能具备的一种美。不信看看身怀有孕的老婆和他要酸东西吃时，他是怎么答复的："黏老婆不要给我瞎圪塌，你听哥哥把话话一句一句对你说，四月的天哪有酸溜溜酸葡萄酸杏干干山里红，杏干片片哪能到了你的小口口中，你明明知道这四月天，这么多的酸的你叫哥哥哪里寻？"这样唱了还不算，又加一句："就把那山西老陈醋喝上两碗哇！"这才是民间艺术，生活气息浓，地气足。当然，坐腔艺术有让人感到遗憾的事儿，就是现在已经很难听到蒙古语汉语糅进同一段小戏的"风搅雪"了。

　　星期天我喜欢到公园去听。有时听到心痒痒嗓子痒痒就故意走开，离坐腔摊子远点儿，低声跟着哼唱，算过过坐腔瘾。

扁　担

　　我弟弟忽然说想买一根扁担。

　　怀旧还是收藏？

　　都不是。是从大青山上往山下担垃圾。

　　弟弟环保意识很强，休息日经常提上口袋上山捡垃圾。可山上的垃圾越捡越多，如果用扁担的话，每次就能多往下担些。我说早知道有用，当初就该把咱们家的老扁担保存下来。

　　过去，家里有根榆木扁担。那扁担很少用，因为自己院儿里早打了洋井，用不着去三队饲养院对面儿的水井去担水，顶多我们偶尔从毛驴车上抢到两桶喂猪的酒糊糊，我爸才扛上扁担出去往回担一担。要是只抢到一桶，就用不着扁担了。

　　一年的大部分时间，扁担总是靠窗台立在糊着窗花的窗根儿底，因为淋上雨扁担钩子就会生锈。和扁担立在一起的，还有打扫院子用的铁簸箕和大扫帚。

　　我刚记事的时候，桥靠村有洋井的人家还不多，只要水瓮里的水快舀完了，那家的主人就得拿起扁担挑起桶去街上担水。在我们村，担水是男人们的事，我几乎没见过有女人干这营生。那时村里一共有几个水井我没印象，感觉最少应该有三个，起码每个生产队得有一个。除供应没洋井的人家吃喝洗涮外，各个生产队还有牛、马、骡子和驴，这些牲口每天傍晚得由饲养员赶到井边的水槽去饮。我们三队那个饮马槽是用大青石凿成的，厚墩墩躺在井边儿，除了给牲口当碗，我们也常去水槽里撩着耍水。

每天阳婆落以前饮牲口的时候，是水井边最忙的时候。不用管先来后到，乡里乡亲，谁着急就谁先打水。从井里往出拔水的人把扁担架在一对儿空桶上，一旁闲叨啦的人也把扁担架在一对儿空桶上，万不能放到地上。那会儿的地都是土地，怕把土带到水里。喝水的牲口对担水的人视而不见，喝饱了，用不着饲养员管，自己就甩着尾巴溜达回饲养院了。

我爱看人们担水，就像看戏台上卖碗的王成和卖菜的刘青，先摆个架势，那担子一颠上肩，跟着那锣鼓点儿，哎呀，脚底像踩着弹簧，一颠一颠就飘走了。

用扁担担水看着挺简单，但第一次干这营生的，都因不得要领，像喝多了酒的醉汉，被扁担两头的两桶水拽得前后左右摇摆不定，简直就是失控了。有一回，我们看新手担水，他两手紧挨，死死攥着肩头上那两把宽的一节扁担，身体直挺挺僵硬着，结果那两桶水先是上下点头不平衡，接着是前后左右瞎摇摆，弄得担水人走一步退两步。等我们嘻嘻哈哈跟到他家，桶里的水没剩多少，他的鞋和裤脚全湿了。

我一直想试试担水，可每回拿起扁担一比画，个太低，根本担不起来，只好踮起脚尖儿担着一对儿空铁桶丁零当啷玩儿一玩儿。后来长高了，真在院儿里试了一回。我虽然知道自己力气小，只担了两个小半桶，但那狼狈相和上面那位是一模一样。

村里那些扁担一开始除了担水，有时也担队里分的山药、萝卜、麦子等。后来家家都有了洋井，生产队的牛车、马车、驴车、骡子车也逐渐被手扶拖拉机和四轮车取代，水井不见了，扁担就被弃置了。

扁担的重出江湖是村里通了自来水以后。因为不用压也不用担，还不安水表不收水费，大伙儿用起来就随心所欲不节约了。村里没有下水是个问题。自己的院子都硬化了，还盖了很多出租房，污水没处倒，只能重新拾起扁担，一担一担担到街上泼掉。我家不用这样做，院子里很早就挖了渗水井，那根老榆木扁担就一直处于闲置状态，最后的结局应该是锯断当了烧火柴。

我弟弟没买上扁担，每个周末照例去大青山里捡垃圾。有回在东乌素图沟，他用一根捡来的木棍充当扁担，一次就担出800个饮料瓶、286个易拉罐和35个玻璃啤酒瓶。他是一名保护环境的"山野清道夫"。

打打杀杀的童年

村剧团从呼市民间歌剧团弄回一大堆人家不要的道具,其中大刀和步枪最多。这些东西每年正月里唱戏用一回,平常就放在我家南房里。

放在南房里的这些刀枪棍棒特别忙,成天被我们一帮小孩儿提溜出来玩儿打仗。那会儿没电视,也没录音机,收音机不是家家有,放露天电影一年也就那么有数的几回,关键我们作业还很少。每天吃过晚饭,尤其是礼拜天,大家不约而同聚集到巷子里,商量玩儿什么。

一般是少数服从多数,要么玩儿打仗,要么玩儿电报藏迷迷。最奇葩的一次,是一致同意晚上到村边那块儿离家最近的黄瓜地里去偷黄瓜。偷黄瓜很刺激,也能闹上吃的,但我觉得还是打仗有意思,不用为了一口吃的吓得心惊胆战。

玩儿打仗一般都是自由组合,分成人数差不多的两伙,互为敌人。军装就不说了,没那条件,起码头上得有顶军帽吧。好在那年头家里大人都时兴戴军帽,所以这也就不成问题。实在没有的，找块儿手绢，把四个角各绾一个小疙瘩，就成了别具一格的四角帽。这个四角帽本来是给很小的小孩儿戴的，可爱又防风，我们玩儿打仗戴上假装游击队。

那会儿的孩子不管是城里的，还是村儿里的，都喜欢八个一伙十个一群玩儿打仗。打仗就得有武器，我敢说全呼市我们的"装备"最精良，没有之一。那大刀是三合板做的，刷了银粉，把儿上的羊眼圈儿里还拴着红绸子。步枪是木头的，刷了油漆，上边儿有枪栓、有刺刀，也有背带，看上去和真的一模一样。盒子枪也是木头的，染成黑色，腰里一别，把头发用唾沫分在两边，裤腿子挽成一高一低，一看就是个汉奸。

我不喜欢背着大刀去爬墙头，也不爱端着枪趴在柴火垛上用嘴噼噼啪啪没完没了射击，就爱握着我爸给做的那杆红缨枪去站岗放哨。男孩儿就不一样了，有时后腰上别把大刀，手里再端杆步枪，爬墙入地，辗转腾挪，要是不小心中弹了，就得翻着白眼儿打个挺，摔倒装死。这个游戏结束后，我们滚得浑身上下都是土，不小心还会把衣服挂个口子。有的家长发现孩子衣服挂烂了，轻的骂一顿，重的背上欠欠儿捣一拳，或屁股上踢一脚。后来我们学精了，再有挂烂裤子上衣的，先悄悄找块膏药从里边儿粘上，躲过眼前再说。

我们玩儿打仗基本模仿电影里的一些场景，像《小兵张嘎》《鸡毛信》《三进山城》《两个小八路》《红色娘子军》《渡江侦察记》《奇袭白虎团》等，都模仿过。用柳树或杨树枝编个圈圈戴头上,再来个集体匍匐前进,真还有点儿赴汤蹈火的意思。看完《智取威虎山》,我们把大人的纱巾或头巾披在身上,假装战士们滑雪时那白披风。至于作战中的掩体,那可就多了,灰堆、炭堆、石头堆、猪圈、羊圈,反正是蹲下、趴下能挡住就行。我记得还给敌对那一伙的俘虏戴过用绳子绾成的手铐,就差坐老虎凳、灌辣椒水了。

打仗这个游戏最适合夏天玩儿,冬天冷得拿不住枪,我们就盼着早下雪,下雪就能打雪仗了。

一夜大雪过后,全村的小孩儿倾巢出动,大街上、巷子里,一个个雪圪蛋在呼喊声中飞来飞去。起先还是七个一伙、八个一队小范围打,后来因为雪圪蛋不长眼打乱了,就成了规模浩大的混战。有时不小心命中路过大人的后脖颈,肯定招来一顿臭骂。但等他骂得解了气离开,我们接着混战,依然打得天昏地暗。

打雪仗本来是个安全的游戏,如果遇上一个心眼儿不好的,就会变得稍有血腥味。有一次,我们十多个人在我家巷子里打雪仗,不知是谁在一个雪圪蛋里包了块鸡蛋大的石头,这个有暗器的雪圪蛋飞到一个男孩儿头上时,血立刻流了出来。当时我吓得以为那个孩子的脑袋肯定被砸了个大窟窿,手上攥着的雪忘了扔,化成的雪水全流到棉鞋上了。后来,扔石头雪弹那个小孩儿的家长领上中弹的男孩儿去大队诊疗所清洗包扎,看他头上戴着个白箍回了家,我们重整旗鼓,重新开战。那时的人真够皮实,也没谁怕伤了脑袋留下后遗症,或者留个疤痕不好看,似乎打的和伤的都没什么不应该，玩儿嘛，总是要付出代价的。

打打杀杀的童年在游戏中不知不觉就过去了，那些陪伴我们多年的"大刀、步枪、机关枪"，在剧团彻底不排戏的时候，因为堆着占地方，全被当成烧火柴加到灶火里，化成蒸煮三餐的熊熊火焰。令人惊喜的是，桥靠村整体拆迁时，竟然在大东房里发现了一杆当年的道具步枪。我弟弟说他玩儿打仗时那些枪已经烧完了，他们的武器是村边菜地里的土坷垃。

腾格勒

我一直奇怪，弟弟为什么会给一只流浪到我家就不愿再走的波斯猫起这么个名字。

当然，我一直没问过；有些事，知道行，不知道也可以。人要学会活得简单，无关紧要的可以不弄那么清楚。就像腾格勒不想逮耗子，就坚决不逮耗子；况且有些耗子是吃过耗子药的，弄不好会白白搭上自己的一条猫命。

游侠一样的腾格勒刚来我家时给人的印象极其不好，像几百年没洗脸，鼻头是黑的，爪子是黑的，眼睛被眼屎糊得睁不大，本该白白的长毛，掉了的和没掉的沾在一起，一条一片拖挂在身上，如披了件烂皮袄，反正是一副邋遢相。

因为寄人屋檐下，腾格勒满眼都是不得理，见人走来就闭眼缩脖子，一副准备挨打的可怜相。

打不可能，但我妈说，这猫来历不明，怕身上带着病菌，坚决不能留，得撵走。

撵我走？门儿都没有！

我觉得当时腾格勒心里就这么想，况且有奋起反抗的架势加以佐证。比如每回你手里的笤帚刚扬起露出轰赶的意思，腾格勒便一反常态，双眼凶光毕露，嗓子里呼噜呼噜，四爪抠地，屁股后撤，好像随时都会扑上前跟你拼命。

几次轰赶都以腾格勒捍卫居住权胜利而告终。我妈不死心，让我再想个办法。我还真想出来一个，就是把它装进麻袋，用汽车拉到城外的野地里扔掉。我当时没敢让我妈上手，自己戴上我爸骑摩托车用的有脸罩的头盔，手上是长到胳肢窝的羊皮手套，扣猫用的是长方形竹编啤酒筐。行动那天，各种怕和各种尖叫后，我总算把猫扣住装到了麻袋里。但你很难想到，扔猫的汽车还没回来，腾格勒已经卧在我家西房的木头长板凳上闭目养神了。

好吧，猫来福，认了！

人和猫从此都释然，彼此不再戒备。

用心相处久了我发现，腾格勒其实聪明又老练，从不偷吃我家案板上的鱼和肉，但总能神出鬼没地弄回整条炸好的鲤鱼或整块儿烧好的猪肉。鱼要放在院儿里的猫食盘里吃，等你发现时，已经是一副玲珑完美的鱼骨架了。腾格勒吃东西很挑剔，很少吃生食，就是烧猪肉也只吃瘦的那一层。我弟弟喂猫讲究，喂鱼罐头、肉罐头，如果是米饭，一定得用汤菜拌好才往出端。到了热天脱毛时，他还时常用专门的刷子、剪子给猫修剪清理。腾格勒很喜欢被人抚爱，或者挠挠脖子，或者捋捋脊梁，任你揉弄，就那样躺在夏天的荫凉里或春秋的暖阳下，眯着眼，松散着筋骨和皮毛，一副享受的样子。

我家院儿大房多，腾格勒不缺睡觉的地方。有时在东房里，有时在西房里，天气好的时候就睡在房檐下的门垫儿上，偶尔会溜进屋上炕在地毯上舒舒服服卧一会儿。有时我早晨起得早，一推门，发现肉乎乎的腾格勒还靠在门上睡着。

腾格勒非常善解人意，有时会主动担当门卫和保镖的责任。比如冬天天黑得早，我们出院儿里取东西或上厕所会害怕，这时候，不用你招呼，腾格勒一准儿跳下窗台，你走到哪儿它就跟到哪儿，最后把你护送回屋。

游侠一样的腾格勒是1988年游荡来我家的，到2004年桥靠村整体拆迁，跨度16年。如果按照猫咪年龄的换算法，假设腾格勒来时是只出生两年的猫，也就是相当于人类的24岁，那么，换算到2004年，不管你相信不相信，腾格勒已是耄耋之年了。

我最后一次见腾格勒是2004年夏天的一个午后。拆迁的废墟上，我正坐在临时搭起的帐篷口喝茶，腾格勒跳下东房的断墙，无精打采地走过来。我赶紧取下挂在杏树上的食品袋，掏出中午吃剩的炸鸡和香肠，但腾格勒一口没吃，围着帐篷转了转，跳过那堵断墙走了……

小卖部

1993年，打着呼市乳品厂劳动服务公司的旗号，我们在兴安南路黄金团对面桥靠村村口开了个小卖部。旁边是现在依然存在的太阳神酒店。

小卖部由两部分组成。前面是当时最上道的铁皮房，摆上柜台、货架和冰柜，成了井然有序的小小营业厅。营业厅背后是与之相通的活动板房。板房里有床，有电视机，有锅灶，有桌椅板凳，后来把洗衣机也搬来了。

麻雀虽小，五脏俱全。针线拉锁、火柴蜡烛、花生大豆、糖茶烟酒、酸奶雪糕冰激凌、馒头面包速冻水饺、鞋垫袜子、毛巾手套、洗发水儿抹脸油……冬天还卖过橘子、苹果，但因没经验不会保存，扔的比卖的还多。一毛的山丹牌273毛线和盒装团绒忽然成为抢手货时，小卖部就开始兼营毛线。卖毛线挣了点儿钱，遇上自己喜欢的颜色就留二斤。直到现在，结婚时陪嫁的樟木皮箱里还存着流行绿、莱阳粉、银灰、奶白、枣红等各种颜色的毛线，差不多有二十斤。

开小卖部的时候,呼市别说大超市,小超市都不太多,只要用心经营,根本赔不了钱。

20世纪90年代开铺子提货很麻烦。批发部有国营的,有集体的,也有个人的。比较而言,还是喜欢去个体户那里提货,他们的价钱有时候可以商量,国营和集体的就不行。记忆犹新的是提火炬。这是当时雪糕家族的顶级产品,只有呼市乳品厂一家生产,每天给冷饮批发部分配的货也不多,个体户想多提点儿根本不行,每人每天只给5个。我二舅开小卖部比我们早,跟批发部都混熟了,他每次能提10个,有时还能替我们再提5个。卖出5个火炬可以挣一块钱,能买两个豆沙面包。

那年头,货物一旦提回来,卖了卖不了都是自己的,根本不像现在,快过期了商家给你调货,实在卖不了,还给你退货。关键是现在根本用不着出去提货,都是送货上门,有时为了和对手竞争,供货商还会偷偷给些赠品,让你不好意思不卖他们的产品。

我一直认为我们做买卖发不了财是因为心始终变不黑。

过年卖的那种可以提上去拜年的粉塑料盒子蛋糕,本来都是腊月里存下的货,一正月因为反反复复拿回来搬出去,忽冷忽热,早就折腾变质了,底部全是硬币一样大的黑霉点子。趁没人,店主把盒上的捆绳解开,把那些黑霉点子一个一个用指甲抠掉,顾客啥时候买,都被告知是新鲜的、刚送到的。不仅如此,他还提起底部透明磨砂的盒子让你看,确认底下没起绿毛。

其实那些卖出去的蛋糕很多都成了拜年的道具,你提到他家,他提到另一家，提来提去，最后接盘的有时也闹不机密坏蛋糕到底是谁送的。但我觉得，做买卖一定要心存感激，感激每一个来照顾你生意的顾客；而感激的方式就是货真价实、童叟无欺。

开过小卖部的都知道，不管生意好赖，每过一阵子总会多多少少出现些变质和过期的商品。我们的处理方式是统统扔掉。有一次，我在规整柜台里的货物时，发现有些儿童康康饼和袋装壳花生过期了，怕扔掉被孩子们捡去吃，就在路边点了堆火扔进去烧。康康饼是膨化食品，瞬间就烧没了，可花生有壳，烧得慢。不一会儿过来个扫街的老汉，看见火里有花生，扒拉出来就吃。我吓得赶紧告诉他花生是坏的，不能吃。他说没事，吃不死人，走时还装了点儿。从那以后，再有过期食品，能烧的我用火炉子烧，不能烧的，像面包、馒头、熏鸡蛋之类，就弄碎了再扔。

有一阵子，全国时兴送礼就送"中华鳖精"，电视广告吹得神乎其神，补这又补那，好像谁喝了都会容光焕发、长生不老。因为不明就里，我们也跟风去进货。二十多块钱一盒子，回来能卖四十多块，利润高，还出手快，只要来了要买东西去送礼的主，我们肯定顺嘴首推红彤彤画有中华鳖的中华鳖精礼品盒。但好景不长，电视里开始打假了，说中华鳖精里根本没有中华鳖的踪影，就一个王八壳子，熬了一锅又一锅，一熬就是半年八个月。后来听说著名长跑教练马俊仁承认，他挂名生产的中华鳖精里也没有中华鳖。得此教训，我们再进货就不跟着广告走了。

当年还有个太空酒，姜文做广告，每天夹在热播电视剧中间。

姜文在飞来飞去的太空酒瓶中，像帕瓦罗蒂一样，扯开嗓子唱"太空酒我心中的酒"，模拟成太空的蓝色背景却配着让人头疼的古怪音乐。最烦人的是每天在那古怪音乐中来一句："距太空酒登陆还有某某天。"这个酒最终因酒瓶设计翻车和其他不为人知的原因，高调上市、短命而去。有了中华鳖精的经验，太空酒我们只是出于好奇进了一箱货，价格还没记住就消失不见了。

开小卖部不太累，但很熬人，而且无冬无夏，没年没节，偶尔想关次门，不是怕错过一个亿的收入，就是怕老顾客被别家拉走。到孩子快要上小学时，我有了关门大吉的心思。

没承想，1997年自治区五十周年大庆前夕，有关部门要整顿市容市貌，我们几家小卖部正好在人家的整顿范围之内。通知发下没几天，看看必拆无疑，大家开始处理东西。记得是五一前后，我们相继开起来的一溜饭馆儿、小卖部，没几天就被一堵高墙取代。墙里成了桥靠村一处垃圾遍地的死角，墙外是车水马龙的兴安南路。

瓜子花生糖

　　瓜子花生糖，这五个字是三样好吃的，现在却没几个人稀罕，但过去是宝，和新衣服、小鞭炮、橘子、苹果、大鱼大肉一样，是六零后们对过大年的盼头。

　　先说瓜子。我童年时期，村里每个农家院儿，除养着鸡、鸭、猪、狗、羊，每年春天，还要种上几十株葵花，打下瓜子过大年吃。国庆后瓜子拾掇好，如果大人不放话，只能偷偷去凉房抓几粒生吃，想炒一碗，得家里来了重要客人，才能跟着沾光。有些瓜子不受限制，是可以随便吃的，如吃西瓜吐出的西瓜子，吃大瓜、葫芦掏出的大瓜子、葫芦子，只要晒干了，不用请示，啥时候都可以炒着吃。后来还时兴过吃哈密瓜瓜子儿，虽然小得有点儿捏不住，但嗑出的也是仁儿啊。我家院儿里的葵花因为肥水好，每年收成都不赖，总是满满儿一大铁筛子。这些瓜子不能随便吃，得存着，到腊月底用大铁锅炒熟，正月里来了拜年的亲朋好友，一盘一盘端上桌待客。小孩儿们会吃，嘴里含块儿水果糖，也误不住咯叭咯叭嗑瓜子儿。多人一起嗑瓜子儿时，唇齿间响声清脆，快慢有节奏,此起彼伏,是过年不能缺少的一种好听的声音。丰子恺总结说中国人有三种博士资格,一是拿筷子吃饭,一是吹媒纸吃水烟,一是嗑瓜子。直到现在,待客依然少不了一盘瓜子。

五十岁以上的呼和浩特人,都有过在电影院门口买瓜子儿的经历,一毛一小杯,两毛一大杯。卖瓜子儿的老乡光脚穿双家做布鞋蹲在地上,面前半口袋现炒瓜子,两个玻璃杯,一把毛票,就是整个买卖。后来老乡学精了,先是把广口杯换成直筒杯,接着又把直筒杯换成自制的薄纸壳杯,继而生出了多赚钱的鬼点子,把纸杯靠近底部那一节架空,表面看杯子很深,实际有三分之一是假象。虽然最后在一排卖瓜子老汉中选了最面善的一个,但我买到衣兜里的瓜子儿同样没有想象的多。

有年冬天,我爸从厂里驮回两桶葵花子,是厂里五七队用机器炒熟的。我那时咋也想不通,机器怎么能把瓜子儿炒熟,感觉非常神秘。直到改革开放后,在东瓦窑货栈亲眼看见滚筒炒瓜子儿时谜底才被彻底揭开。那两桶瓜子儿我家留一桶,另一桶我和我姐用木棍儿舁上送到住在大队院儿里的二大爷家。那年春节,我们两家的瓜子都是从来没有过的充足。

再说花生。过去可不是家家都能吃上,除非产地有亲戚朋友。计划经济时期,花生还没被计划到并不遥远的呼和浩特来,所以有钱也找不见卖的。我姥爷曾在自家院儿里试种过花生,秋天挖出来一看,壳里的花生仁儿因为不服水土,长得比葵花子大不了多少,基本就是一包水。后来,葵花子儿和壳花生终于被安排到粮站里，可以凭粮本儿按供应量购买了。虽然只是春节增加的特供，但此后院儿里种葵花的人家就不多了。

我家一直不缺花生，老家河北的张叔叔给，我爸出差也往回买，家里正月里总是满地花生瓜子儿皮，一扫一簸箕。过年来拜年串门儿的人都能吃上，有的小孩儿稀罕还偷偷抓点儿装到衣兜里出去炫耀。

炒花生得有耐性，不能着急，火太大壳煳了，仁儿却还生着，吃起来不香。我后来发明了沙炒法和盐炒法，一下午能炒一大盆。

那时花生米依然稀缺，过年请人来家吃饭，要是桌上有油炸花生米，盘子肯定第一个空。20世纪80年代初，我爸去山东出差，顺便买了一小麻袋花生米，大概有50斤，我又研究出干炒五香花生米和水煮五香花生米两种新吃法。后来市场放开，花生米随处可见，但人们吃不腻，到现在都家家必备。

现在说糖。这是小孩儿最喜欢的东西，胜过瓜子儿花生大豆黑豆。

那会儿不多的零花钱，除买冰棍儿外，基本都用于买糖。小孩儿买糖不舍得买牛奶糖和酥糖，一个贵一个不耐吃，只买那种论块儿卖的水果糖。如果舍不得一次让它化完吃掉，中途可以吐到糖纸上包起来。倘若只有一两分钱，进城买糖拿不出手，只能和走街串巷的提篮小卖买熬糖片儿吃，一分给一个大大的菱形片儿。

大人把白糖放到铁锅里用温火炒，炒成微微泛黄的糖疙瘩，泡水给小孩儿喝，可以起到下火的作用。这种糖水有股特殊的焦糖香，比纯粹的白糖水好喝。把糖疙瘩含嘴里当水果糖也很解馋。我妈有一回一下炒了一大搪瓷盆子白糖疙瘩，我可算吃过瘾了。

糖对小孩儿的吸引力非常大，可以治愈一切不开心。不高兴了，挨打挨骂了，受委屈了，揭开大柜拿两块儿糖，瞬间眉开眼笑。过去小孩儿多的人家，正月里来了拜年的，端上一盘瓜子花生糖，出去送客的工夫，盘里的东西被几个孩子抢光，下次只能提前警告。

兜里有几块儿糖的小孩儿会到处显摆，一见人多就掏出来数数，赢得一片羡慕声。我兜里经常有我爸出差从外地买回来的高级糖果，但从不炫耀。有时为了能多吃几天，我会把一块儿糖敲成好几块儿。吃完糖的糖纸也有用，弄平夹在书里当画看，很多城市的名字我都是从糖纸上知道的。

如今，改革开放四十多年，国家昌盛，人民富裕，别说瓜子花生糖，比这高级的进口坚果和进口巧克力，小孩子都不拿正眼去看。

旧时年滋味

不管日子过得松还是紧，腊月里家家都会倾其所有，尽其所能，为即将到来的年做足物质上的准备。大人们杀猪、宰羊、生豆芽、换豆腐、压粉条、炸油糕、炖肉、切馅儿、炒瓜子儿，还要拆洗被褥、刷房子、买年画、画窗花儿、写对子、糊灯笼。小孩儿也不闲着，成天跟在大人屁股后头，帮着拉风箱、倒泔水，做点儿力所能及的事情，吃起来也理直气壮。

在农村，腊月里杀猪是头等大事。我家一年不落地喂出一口膘肥体壮的年猪。等年猪杀好，我妈就开始忙了。把五花肉切成半砖头一样大的方块儿准备烧制，把后鞧上的瘦肉切成肉馅儿准备炸丸子，前肩全部做成一碗一碗诱人的红烧肉。做这些活儿的同时，我妈还得抽空给左邻右舍画几张窗花，帮忙裁剪一下衣裤。不光这些，自己一大家子九口人的新衣服新鞋也排队等着要做。累了，我妈就坐在炕上喝几口砖茶水歇歇，然后接着做。哪像现在，只要兜里有钱，上街转一圈儿就啥都解决了。

整个腊月里，一盆又一盆起面，在呼塌呼塌有节奏的风箱声中变成点上红点儿的白馍馍、豆馅儿馍馍、枣花馍馍。正月里来了客人馏着吃，看戏回来在炉子上烤着吃，那香味现在都忘不掉。

小年儿一过，家家户户年货准备得差不多了，就张罗着打扫家。过去打扫家非常彻底，翻箱倒柜不说，只要能搬动的，一股脑儿扔到院子里，连炕席都不放过。感觉最大、最麻烦的工程是糊窗户纸。我们姐妹几个负责把旧窗户纸扯掉，把窗框刮铲干净，我妈开始糊。每扇窗户的中间是窗花，四角的小格子用各色彩纸糊，其他窗格有些为好看，也得一个一个用各色彩纸糊，剩下的全部用白麻纸糊。我家里外屋窗户十几个，虽然糊得时候有些发愁，但人多力量大，不到中午就把这个大工程做完了。

要换的新窗花，会画的人家自己画，不会的人家找画匠画，或者跟来村里卖窗花的人买几张。买也不贵，纯手工画成，一张是一张的花样儿，才卖一两毛钱。也有个别人家不贴手绘窗花，贴剪纸窗花。我觉得剪纸窗花颜色单调，还是贴在窑洞那半圆的窗户上好看，平房贴手绘窗花和五颜六色的彩纸更有味道。桥靠村有多少人会画窗花我不清楚，后营子我家的左邻右舍，窗花基本我妈给画。

我家有个专门放广告色和各种毛笔的多格小木头箱子，打开看，颜料的色彩和画笔的规格非常齐全。腊月里这个小箱子很忙，一会儿被我爸搬去画唱戏用的布景，一会儿又被我妈搬来画窗花。过去我妈还给我姥姥家画过炕上铺的大油布，用的也是这个箱子里的颜料。

其实我妈没专门学过这个手艺，只是悟性高，色彩搭配能力强，模仿力和动手能力更是强中之强。我妈的裁缝手艺和理发手艺，是别人干活时她在边儿上看，看着看着就看会的。我妈画的窗花人们都喜欢，上面有鲜艳的牡丹花，有叶子碎纷纷的菊花，有娉婷的喇叭花，有点缀在绿叶丛中的兰花。为了让窗花有灵气、有香气，我妈总会在各色花朵间信手画上一两只飞舞的蝴蝶，有时也画蜻蜓和蜜蜂。为了变花样，我妈还把很多种花都"插"到一个有高高提梁的花篮里，还要在提梁上画个飘逸的蝴蝶结。窗花上的花篮是倾斜的，像天女手中散花用的那个。有时我故意把我家的门使劲拉开再猛地关上，窗户纸顿时里外一呼塌，我感觉花篮里的花儿一下就撒了一窗台。你说这样的窗花贴起来能不好看吗？尤其到了年三十，房檐下挂起大红灯笼、七色大字，院儿里各处贴上大红对子，还垒起个大炭旺火，这些东西和窗花互相一衬，年的气氛就更浓烈了。

我最爱看我妈画牡丹花。手拿一只扁笔，笔尖上根据需要依次蘸上好几种深深浅浅的颜料。画的时候，笔头在白纸上有轻有重，一拧一拧，转圆圈儿，一圈儿比一圈儿大，最后还要用细毛笔点上黄色花蕊。如此反复，好几朵牡丹花就开在纸上了。我妈的另一个绝活儿是画兰花的叶子。看上去画笔由下而上一甩，很随意，可画完看，那些被我称为韭菜的叶子好像长在地里，正被风吹得倒向一边儿。

请来帮忙的人用白土子水刷墙和仰尘，最后把炕板子也粉刷一新。1980年搬到安了双层玻璃的新房里居住后，过年打扫家就省事多了。粉刷的活儿雇人做，自己只负责跟在匠人后头一遍又一遍洗涮。

计划经济时期，除了家做的年货，白糖、水果、花生、豆腐、卷烟等都凭票证排队购买。有一年，鼓楼路西的糖业烟酒门市部不知为什么，竟然把购买供应烟的大部队请到了商店外头。那时的人单纯，不抱怨，也不吵闹，跺着脚在寒风里一排就是几个钟头，最终买上那几盒凤凰烟、牡丹烟。

我爸因为上班，基本没和我们一块儿打扫过家，但写对子非他莫属。我爸写一手漂亮的毛笔字，每年不光给自己家写，也得帮忙给左邻右舍写。写完对子就糊灯笼，糊完灯笼就准备垒旺火用的劈柴和大炭。年前最后一项大工程是找个地方洗澡。起初去呼市乳品厂职工浴室洗，后来去内蒙古医院职工浴室洗，前者因为我们是家属，后者因为有亲戚在那里上班。

一切准备停当，就到了除夕夜。换上新衣服的小孩儿们手提点有蜡烛的小灯笼，房前屋后跑来跑去，我爸说那叫跑大年。熬年的高潮是点旺火、放炮、接财神。旺火着红的时候，爷爷会出来和我们一起烤。爷爷边烤边提醒我们，要前后左右、手心手背都烤到，那样才能消灾祛病、"旺气冲天"。

点起旺火接财神时，大人们提前叮嘱我们不许说"呛"，怕把财神爷给惹恼；接完财神到初一天亮前不许洗手，不许扫地，不许收拾桌子，初五前不许扫院倒垃圾，怕洗掉福气，扫掉财气。

其实这一切都为讨个好彩头，以图在新的一年里全家都健健康康、平平安安，日子越过越红火。

过去大年下，村里人习惯初一到初五早晨煮饺子，饺子就要出锅时，得放一挂鞭炮。初五俗称"破五"，除夕以来的禁忌就此打破，剪子针线也能动了。

初八游八仙，逛庙会，看红火，哪儿热闹去哪儿。游八仙始于明朝，据说游走一遭不仅看了红火热闹，还可以去百病。隔天就是初十，相传这天老鼠娶亲，人们为了讨好鼠爷吃莜面，以求新年能交上好运。正月十五闹元宵，二月二龙抬头，先吃元宵，后吃饺子，给年画个圆圆的句号。

现在生活好了，买东西不用排队不用走后门儿，年夜饭都可以订购，那忙忙碌碌、滋味浓厚的"家做年"成了纸上的回忆。

墙上流年

友人知道我喜好，送来一本传统风格的新挂历。我蹬上板凳，把原先挂在客厅墙上的旧挂历摘下来，把新的挂上去。

旧挂历是启功先生的书法作品，得小心包裹好收藏起来。往起卷挂历的时候，我又想到了年画。那些流年深处曾经扮靓过居室、生活以及童年的年画，是留在黑白底片上的记忆，也是闲时滋润回忆的一点儿养分。过年了，糊有窗花的平房房檐下，挂着点上蜡烛的各种各样的灯笼；推开门，一盘火炕，一张四方炕桌，一个火炉，一个大红躺柜，还有刚刚粉刷过的雪白的墙壁上这儿一张那儿一张的年画。已经换上新衣服的孩子们，像一群快乐的小鸟，从这家飞到那家，有糖吃，有瓜子嗑，更有年画看。

年画属于中国画范畴，始于古代的"门神"画，为民间艺术之一。有研究者说，年画的历史非常悠久，起源于汉代，发展于唐宋，清代进入鼎盛期，光绪年间被正式称为年画。中华人民共和国成立后，作为一种装饰家居、寓意美好的艺术样式，每一张贴在墙上的年画，都充分展现出全国各族人民热爱祖国和建设祖国的理想与激情，以及对幸福生活和美好未来的向往与追求。年画的题材包罗万象，历史故事、神话传说、戏曲人物、演义小说、时代风貌……可以说应有尽有。年画除了装饰点缀美好生活外，从某种程度来说，还是道德教育和信仰传承的载体与工具；在过去，也是一种看图识字的大众读物。年画有地域性，代表一种地域文化，反映一处乡风乡俗，比如内蒙古反映在年画上最多的就是草原风情。

过年贴年画和贴对子一样重要，我家除了张挂保存多年的卷轴四扇屏，年年腊月还要去鼓楼新华书店买几张新年画。四扇屏挂在外屋正对家门的后墙上，一幅是《贵妃醉酒》，一幅是《打渔杀家》，其他两幅是什么，我不记得了。后来还时兴过像年画一样的年历，也贴在墙上，画面大多是电影明星。等普及了挂历，老百姓的生活便多了些内容和色彩。

时间在马蹄表的嘀嗒声和鸡毛蒜皮的琐碎中，周而复始地迎来太阳，又迎来月亮。墙上的月份牌儿撕掉一张，时间就过去一天；挂历每翻过一页，时间就过去一个月；旧年画揭下来贴一张新的，说明整整一年又过去了。旧时的年画一般在腊月二十九晚上没人来串门儿的时候才能贴，早了孩子们不干，怕被人早早看去，没了那种年三十才可以揭晓的新鲜和神秘。

老院子里的旧时光中，爷爷和大爷住在后院儿，屋子不大，只有炕上那面白墙能贴年画。那面墙上打我记事起，一直到拆掉老房子盖新房，贴的永远是那张取下过无数次的《三打祝家庄》。

以我当时那点薄得透明的文化底子,既不懂年画上穿着长袍骑马打仗是咋回事,也不知道那是《水浒传》里的故事情节,可那像九宫格一样布局的小格子画面上,那些形象各异、神态逼真的人物,我常看常新,百看不厌。后来,那张老年画渐渐泛黄了,发脆了,摁图钉的地方也千疮百孔了。拆房时那张年画还在墙上,后来混到拆倒的泥皮土坯里,做了新房的房心土。

　　社会总在发展和进步,生活总在改善和提高。土坯房变成砖瓦房,砖瓦房又变成高高低低的楼房,年画从最初的手工绘制,到新时期的彩印,直至如今被其他装饰品取代而基本退出生活,成为收藏界的新宠。

爆米花

我上小学时的某年，村里来了个加工爆米花的老头儿，大人们说他是河北侉子。

侉子挑着一副担子，前面挑着他的铺盖卷儿、板凳、柴炭和接爆米花用的无底长口袋，后面是那个架在火上的神奇的"粮食放大器"。

那时，人们的生活虽已开始渐渐好转，但面对那"惊天一爆"的诱惑，有些家庭还是无法满足小孩儿想要解解馋的要求。有时，孩子们虽然从凉房里翻腾出几个头年留下做种子的老玉米，但最后还是因为拿不出两毛钱加工费而作罢。我家还行，只要听见加工爆米花的响声，孩子们就跟爷爷要两毛钱，端着大米、小米去排队加工。为了让加工出来的爆米花好吃一点儿，孩子们总不忘从作业本上撕块纸，包点儿糖精去。

我一开始总想不明白，那个河北人为什么不把口袋底儿缝上，免得人们老是担心爆好的米啊豆啊会随着那瞬间的强大气流一冲飞天。后来试着从前面的口子往出倒东西，结果不是被那个黑乎乎的大肚轮胎口兜住，就是被用来走热气儿的铁丝网挂住不少，才知道口袋没底儿的合理性。这个合理性也有出意外的时候。有一次，不知是谁突发奇想，本来人家把口袋底儿松松垮垮稍微往回一折就正好，但那人怕他们家的爆米花不听话跑了，便把口袋底子小心翼翼地折了又折，感觉还不保险，又把手里的搪瓷盆子压在上面。结果，等黑脸黑手的师傅把"粮食放大器"从火上移到口袋里，用铁棍儿撬动压力阀的一瞬间，那个搪瓷盆儿便随着一声巨响飞到天上，又当啷啷摔回地上，爆米花成了天女散花，大人娃娃笑得前仰后合。

加工爆米花的河北人后来租住在三哥新盖的南房里。没有床，他把铺盖摊在地上。院儿是土地，他因地制宜刨个小坑种了把小葱，吃饭时端着碗坐在他的葱地边儿上，我们呢，围在葱地边儿上蹲着看他吃饭。他吃一口白米饭或白水煮面条，吃一口酱油拌黄豆芽，再咬一截生葱，那葱嚼得"咔嚓咔嚓"响，馋得我们直咽口水。后来和他惯了，我们就盼着天快点黑，他快点收工回来。那样，我们就可以去那个黑乎乎的破口袋中寻宝、捡漏。有酥香的黑豆、黄豆，有珍珠般的小米花、大米花，偶尔还有红润肥胖的咧嘴儿蚕豆。这些东西吃起来，远比花两毛钱爆好的一面盆儿香。

大多数时间，河北人挑着担子到附近街巷做买卖。那时是马车、平房时代，噪音少，又没有高楼大厦阻挡，每天凭耳朵就可以准确无误地判定他所在的位置，有时听出在新城南街一号大院，有时听出在林学院家属区。听到响声来自村西头的内蒙古医院附近时，就基本可以准备端着盆子去排队了。

有一天下午，我放学回来正在院子里和几个小孩儿疯跑，忽然听到大队前面传来一声盼望已久的爆响，赶紧端上早已预备好的玉米和糖精，和姐姐出发了。当然，我们没忘跟爷爷要上两毛钱。

那天，加工爆米花的人特别多，一长溜盆子很壮观地排在那里。边儿上除了打打闹闹的孩子，还聚着不少收工回来的大人，他们在东拉西扯地唠着家常。大家都很自觉，按先后顺序一点一点往前挪动那些盛着大豆、玉米、小米、黄豆的花花绿绿的盆子。有些自己没东西可加工的孩子这时显得尤为积极，不是帮着给盆子排队，就是帮着小伙伴从那个老长老长的无底口袋中往外抖落加工好的东西，为的是能得到一把美味的零食。也有调皮起哄的男娃娃，他们趁着刚爆完的一瞬间突然跑上去，在一团白气中抢上两把爆米花后嬉笑而去。有时被抢的孩子气得脸通红，跟着的大人一边安慰自己的孩子，一边抓一些分发给身边那些小馋鬼。

那天轮到给我们爆时，天色已经暗了下来。

终于加工好了，我和姐姐护着冒尖儿的爆米花盆子，从猪场边儿的大树下经过大队院子往家走。一路上，我不停地就着秋风往嘴里塞爆米花，结果灌了一肚子冷风，回去没多久胃里就开始翻江倒海，连走路都得绕开那盆曾经感觉总也吃不够的梦中零食。我妈说这叫"一顿吃伤，十顿不香"。确实，那以后的很长一段时间，对于爆米花，我都一不能看，二不能闻，听见那几个字都想吐。

　　成年后，我到呼市乳品厂参加工作。厂里有个五七队，专门生产爆米花制品，有和上糖稀后压成的方糕，有裹了红绿糖粉后装在各色玻璃纸中的米花卷儿，好吃又好看，卖得还便宜，方糕才两毛钱一块。有时近水楼台弄个批发价，能省百分之五十的银子。

　　有一天车间停电，我闲着无聊，忽然想去看看五七队是如何加工爆米花的。真是不看不知道，一看真好笑。那个爆米花车间是个里外屋，与人们住房的不同之处是中间的墙上多出个大窟窿。外屋的设备和当年河北人用的一模一样，只是那个轮胎加破布的口袋被里屋的那间小房子代替了。坐在小板凳上的工人师傅毫不费力地转动着手里的摇把，压力够了，便把"粮食放大器"从火上移到墙上的窟窿口，只见她脚一踩、手一提，砰的一声，白白胖胖的爆米花就喷散到隔壁小屋里。加工一锅爆米花用的时间大概五六分钟，不一会儿里屋便堆起一座白花花的米花儿山。

城壕沿儿

绥远城护城河又叫城壕，习惯上，我们把南护城河一带称作城壕沿儿。那时我家住在内蒙古医院东南上的桥靠村，姥姥和二姑他们住在内蒙古医院北墙外的城壕沿儿。

20世纪六七十年代，城壕沿儿地广人稀，整个内蒙古医院北墙外沿河一带，只稀稀拉拉住着数得着的几户人家。他们都是桥靠村的村民，多数借医院北墙做了自家院子的南墙。后来所有空地上盖起房子，从东到西连成了一排。我姥姥家是从西数第三家，大门朝北开，一出门走几步就下河了。第一家开的是西门，门外种着玉米和豆角，再往西是长着臭黄蒿的空地。如果顺着医院的红墙继续走个百八十米，就上了那条直通鼓楼的马路，也就是现在的昭乌达路。满都海公园十字路口靠南，原先有一座石板桥，史籍上称来薰桥，是绥远城的南吊桥。那时我们只要一跑过石板桥，就算进城了。以桥为界，桥东的小河可以说是我们的天堂，桥西（现在的满都海公园）因草茂、树高、水深、人少不敢涉足。

那时的运输工具主要是马车，我总喜欢站在吊桥东面的河水中，看那些马车拉着生产队的蔬菜从桥上过去进城,听着钉了马掌的马蹄从石板桥上走过时那音乐般的嗒嗒声,真是开心极了。

我小的时候,护城河里的水还算丰沛,从春到秋总是那么静静地流着。清澈的河水里有小鱼也有小蝌蚪,偶尔还可以踩到小河蚌、碰上野鸭子。河水的两边长着齐膝深的水草,各种野花次第开放,蝴蝶和蜻蜓载着我们童年的梦漫天飞舞。也有很多柳树,但歪歪斜斜不成行列。不过,每当晨雾缭绕或长长的柳丝在微风中摇摆时,那种好看会让你觉得,不规不矩的生长其实很美。

从村里到城壕沿儿姥姥家,一过小工厂就是高低不平、有些弯曲的田间小路。那条路的大概位置基本就是现在三十五中门前这条路。

一天,二舅推着独轮车来接我和姐姐上姥姥家去吃油炸糕。那种车很有意思,轱辘两边儿的车箱大概只有一铁锹宽,没有抓的地方不说,还后高前低,可能是为了方便卸掉车上的东西,没想到卸起人来更方便。

二舅接上我俩,推着独轮车一过小工厂,上了那条弯曲颠簸的小路。他叮嘱我们说,千万不要往前探身子看,小心颠出去。姐姐长我两岁,估计她料到了被颠出去的后果,所以极老实地躺在车箱里一动不动。我小,出于好奇,越不让看越想看,结果在我一欠屁股还没来得及看见什么的时候,已经一头杵到了车轱辘前。后来有没有再坐车我忘了,只记得满嘴流血号了一路。那年我最多4岁,关于城壕沿儿的记忆也是从那一天开始的。

城壕沿儿的河滩上长着如绿毡子一样的小草，草根相互纠缠，拽都拽不开。于是人们就地取材，铲了草坯来垒墙。这种墙不怕风吹雨淋，特别结实。我姥姥家的西院墙和厕所墙都是用这种草坯砌成的。

因为有水，城壕沿儿的蚊子特别多，而且个大毒性强。我的血不可口，蚊子很少理我。表弟就惨了，整个夏天他都生活在蚊子的阴影中，浑身上下疙瘩连着包，成天痒得抓来挠去，两个手背肿成大窝头。他的姥姥看他可怜，经常用嘴给他往出吸毒液。

虽然蚊子不待见我，但城壕沿儿的马蜂和我有仇。我三天两头挨蜇，有一次一只蜂用力过猛，把它的刀和肠肚都留在我手上，姥姥说它一会儿就会死。治疗蜂毒姥姥有土方法，就是从河边的死水湾处抓一把又黑又臭的污泥糊到我手上，随着水分的蒸发，肉皮里的蜂毒被吸到臭泥里，最后和泥壳一并剥离，洗干净的手不红不肿不疼了。姥爷还带着我们烧过房檐下和西墙拐角处的蜂窝，院子里的马蜂终于少了。

我的整个童年差不多是在城壕沿儿姥姥家度过的。那时还没有电视机，一吃完黑夜饭，住在那里的人们就都来到房后面高低不平的土路上，每家燃起一堆草熏蚊子。大人们互相走来走去唠家常，我们小孩儿不是下河就是上树，有时候也偷偷拿上姥爷的布鞋扣蝙蝠，但从来没有扣到过。最热闹的要数冬天，白白的冰面上，有穿冰鞋的，有坐冰车的，有双脚打出溜的，玩儿得不亦乐乎。除了吃饭睡觉，没人回家。

20世纪70年代末，护城河没水了。于是来了推土机，轰隆隆把河道从东往西推了一遍，接着修成两边砌着大青石的一人深的水道，还在离二姑家很近的地方架了一座小铁桥。桥南是新建成的呼市第三十五中学，桥北是现在的乌兰察布路。水道里的新水不知是从哪儿来的，反正冬天仍可以下去滑冰。

　　1979—1983年，我在新落成的呼市第三十五中学读初中和高中。每天下午的活动课，不是去姥姥家或二姑家打闹吃喝，就是和同学结伴到桥北那个供销社去闲逛。那时的桥下好像又没水了，但城壕沿儿的西边依然保持着原来的居住格局，依然属于桥靠所有。1983年我快要高考时，经过多次谈判，几家单位以现金补偿的方式拥有了内蒙古医院北墙外从东到西的土地使用权，原住户全部回桥靠村重批宅基地盖房居住，现在乌兰西巷内蒙古二轻局家属楼就盖在我姥姥家院子里。再后来，这一带又相继盖起二层商业房，修了街心花园，建起了加油站，整个城壕沿儿从此荡然无存。

葡萄架

我家曾经有架白葡萄。

那架特别好吃的葡萄什么时候栽的我不清楚,但为了让葡萄藤能给我们多结些葡萄,我爸所下的辛苦,我一吃葡萄就想起来了。

种葡萄比种什么都费劲啊!

秋天怎么剪条、怎么松绑下架、怎么埋盖就不说了,单说春天。寒冬过后,虽然草长出来了,树也发芽了,但风依然挺硬,还有接二连三的倒春寒,所以不管怎么着急,葡萄是绝对不能"出土"的。

有一天,我爸觉得是时候了,就跳到半米多深的葡萄池子里,一层一层揭掉冬天盖在盘龙一样的葡萄藤上的那些御寒物,低下头仔细查看,冲着那些大豆大小且毛茸茸的芽骨朵儿满意地拍拍手,像给它们加油鼓劲。接着,我爸开始检查葡萄架。摇摇这根柱子,晃晃那根柱子,有松动的地方就拿铁丝绑牢,直到整个架子达到四平八稳的程度。

我问:"为啥还不把葡萄藤搭到架上?"

"刚取了盖的,先得缓缓,怕感冒。"我爸说。

我本来想笑,心说哄谁了,葡萄又不是人,还能感冒?可一看我爸那脸,没敢。

后来长大了才知道,和人冷天出门前得晾晾汗一样,葡萄藤捂了整整一冬天,要是揭开就上架,着了倒春寒的冻,闹不好连叶子都长不出来,更别提结葡萄了。

其实葡萄藤上架仅仅是个开始,接着还得清理葡萄池子,得绑条、浇水、上大粪。我就怕我爸掏厕所,一掏满院臭不说,还会引来成群结队的苍蝇。可一想到浇了大粪的葡萄比不浇大粪的好吃,臭味儿好像一下没了。

到现在我也闹不清楚,为什么绑葡萄藤年年都要用红布条,是为好看,还是有啥讲究。今年春天我爸在一楼小院儿绑葡萄藤时,我跟我妈又翻箱倒柜没少给找见红绳儿、红布条。等我爸绑完,我发现那些红条儿远看像细小的红灯笼,特别喜庆。更喜庆的是,时隔三十多年我爸再种葡萄,本来抱着玩儿的心态,却出乎意料硕果累累。所以我妈说:那二年可下辛苦来,年年也结不多,你看这,第一年就结这么多,可是种好啦。

想想也是,三十多年前的那架葡萄赶上老天爷不下雨,我们就得轮班儿压洋井浇。但葡萄池子太大,累死也达不到我爸要浇就浇透的要求。后来呼市地下水位下降,我们就不停地往深打井,但打井的速度永远赶不上地下水位下降的速度。看着叶子发软的葡萄架，我爸只好求助厂里的司机。当一大奶罐水顺着碗口粗的水管汩汩流到葡萄池子里，我们终于松了一口气，知道八月十五能吃上葡萄了。

那架葡萄很有意思，不管秋天、春天怎么剪条，年年不多不少，就结那一铁筛子，根本不可能够我们五个孩子放开肚子吃，摘葡萄只能等到中秋这天。晚上供月时，要拣最大的嘟噜摆，摆完端回家就可以随便吃了。十五过后剩下的，吃时由我妈给分，每次一人一串儿。全部吃完后，我们的目光就从铁筛子转移到葡萄架上。找吧，踩上板凳，登上梯子，这儿扒拉扒拉，那儿扒拉扒拉，忽然扒拉出深藏在叶子里的一小串，简直高兴死了。后来，那架任性的葡萄终因投入大产出小，也有我们要盖新房的因素，被我爸砍掉了。

那会儿，我二姑家住在内蒙古医院北墙外的城壕沿儿，院子里也有一架葡萄。那架葡萄因为能喝上医院家属院的自来水，除了冬天下架、春天上架，再就用不着操心了。每年葡萄熟了的时候，二姑都会剪些给我们送来。那葡萄也够奇葩，同样长在一串儿上，却有红有绿。红的是黑红，长圆形，皮薄，核小，像在糖水里泡过一样甜。绿的就不行了，很小，长不大。即便有长大的，看上去也有点儿红，一吃却酸得人睁不开眼。后来房子被开发商占用，二姑回村里盖了新房，没有再种葡萄。

其实，那个年代村儿里种葡萄的人家很多，除了自己吃，产量大的还会在八月十五前后给找上门来的新、旧两城小商贩供应一些。我家房后头，也就是我们习惯叫后底院儿的蔺家院内，东西各有一架白葡萄，葡萄的主人是两个老汉。那两架葡萄都比我们家的大好几倍，而且都四面儿搭架。可能人家会修剪，或者是品种的原因，那两架葡萄年年都结得很多。他们的葡萄一部分分给儿女家，一部分自己提个篮子提杆秤出去卖。

我家的葡萄砍掉后，八月十五供月就去种葡萄的老九家买。老九是个队长，因为长得凶，我一直挺怕他，去他家买葡萄时也不敢说想要哪串，五块钱三斤，他给我称哪串他说了算。他家是红葡萄，虽然挺甜，但不如我们家的白葡萄好吃。到20世纪90年代，老九家的葡萄砍了，村里好多人家因为要盖房出租，也把葡萄砍了。我印象当中就只剩了"老财迷"家那一架。南营子路边"老财迷"家的葡萄也是红的，价钱公道，但品质在老九家之下，不甚甜，皮还厚。因为"老财迷"总是笑眯眯的，他那总是围个小围裙的干净利落的老伴儿也总笑眯眯的，我去他家买葡萄就敢在架上挑，挑对哪串让他剪哪串，也算吃上了手指葡萄。

后来，市场上逐渐出现了天南地北的各种葡萄，"老财迷"2003年拆迁前还在八月十五前后用自行车驮上葡萄出来卖，但我再没买过。

农村大炕

其实大炕的记忆并不遥远，我家1979年盖新房时，五间大正房里除了赶时髦的铁架子单、双人床，依然盘有两铺大炕。照例的席子、炕毡外，新房大炕上多了原来没有的地毯，说明生活水平提高了。

有道是家暖一盘炕，可我觉得这个暖，不单单是说炕的温度，还有那些被安顿在炕上的日子，以及日子里的亲情、友情、邻里之情。当然这是说冬天的炕，那夏天呢？冬暖夏凉啊！那种天然的凉，比睡凉席舒服多了。

炕还是一道风景，是画匠们的天地。去年在清水河一户人家的窑洞里，我见到了熟悉的炕围子。过去姥姥家不光有炕围子，炕上还铺着我妈给画的油布。我妈说姥姥家的炕围子上贴过一个从画儿上剪下来的小娃娃，姥爷抱着我姐姐和那个娃娃比个，笑着对刚刚几个月大的姐姐说："哎呀，你啥时候能长到和她一般高。"

过去，一家人吃饭、睡觉都在一铺大炕上；孩子们写作业、互相打闹也在炕上；过年过节来了走亲戚的客人，挤一挤都住在炕上。冬天有人来串门儿，进屋冷得直跺脚，主人就说赶紧脱鞋上炕，快到炕上温一温。意思是炕上暖和。大年初二就更不用说了，女婿进门，脱鞋上炕，边嗑瓜子边喝茶，等待女人们把酒肉端上桌。

最有情调的大炕，上边儿应该放着或长或方的荞麦皮斯林布靠枕，紧挨靠枕卧着一只呼噜呼噜念经的黄猫或花狸猫。炕上还应该有针线笸箩、烟叶儿笸箩，有扫炕笤帚，夏天还有苍蝇拍子。最有意思的是猫扑着线圪蛋或毛线团儿满炕玩儿，一不小心扑到地上，猫也跟着鱼贯而下。

冬天的农村大炕作用可不小，腊月里蒸馒头起面，用瓦缸生绿豆芽，用瓷盆生黄豆芽，办事宴放糕的糕瓮，全放在炕头上。我最爱吃事宴上从糕瓮里拽出来的拖油糕，因为吸收了炕头上柴炭传递的温热，以及瓮外老羊皮袄的保暖，还有长时间的捂，嚼起来比现炸糕更柔韧筋道，也更具风味。

炕有时也是孩子们的战场，打打杀杀中不是搬倒了铺盖窝垛，就是把枕头扔到了地上。彼时如果大人不在家，把枕头捡回炕上，把铺盖窝垛胡乱垛起，就蒙混过关了。要是大人在，那就完啦，领头的肯定要被拉住打一顿，然后连大带小全部轰下炕，边骂边让都滚得远远儿的。有的人家孩子打闹开没深浅，又跑又蹦高，结果就把炕板子给跳塌了。那就不单单是打骂孩子了，还得赶紧和泥换炕板子，否则没法生火做饭不说，炕上有个窟窿，晚上连觉都睡不成。

有一年暑假，我们去东郊大厂圐圙村大爷家住着玩儿。白天满村儿跑，不是去高粱地里打霉霉吃，就是去白塔机场附近坐等飞机起落。有时也去知青点儿找在村里下乡的金枝姐姐，但一次也没找见，因为我们去的时候，人家还没收工呢。晚上也不消停，六七个孩子一个挨一个从炕头往后排开，拉灯了还不睡，叽叽咕咕嘻嘻哈哈说闹个不停。好不容易快睡着了，怎么屋里下雨了？一拉灯，原来最小的那个正冲天拧开水龙头喷射，自己却睡得啥也不知道。

大爷大娘脾气好，总由着我们，反正是一帮闲人。有一天我们想染红指甲了，就把院子里的海娜花连根拔起，用剪子剪成段，又加了点儿白矾用擀面杖捣碎。手心里攥一团，五个指甲盖也都敷上，再用葵花叶子把拳头包牢。睡觉的时候手要老老实实放在木头炕沿上，不能乱动，怕流出来的汤汁弄脏被褥。一夜过后，用清水洗干净，手心和指甲已经变成好看的橘红色。

最有意思的事情发生在护城河边我姥姥家的大炕上。那会儿我们都爱住姥姥家，有时候人多实在挤不下，又谁都不想走，姥姥就用板凳、锅盖、案板、搓板、洗衣盆、炭箱子等一切可用之物，在地上给搭个高低不平的地铺，有时睡到半夜塌方了还得起来重搭。那时家用电器真的是除了电灯就是手电，再没有第三种。有天吃过晚饭没事干，大人孩子都挤在炕上以睡当坐，躺在被窝里东拉西扯闲叨拉。早早拉灭灯睡不着，我们就想着法子玩儿。

玩儿什么？逮个虱子放到手电筒的玻璃上，对着仰尘照，奇迹就出现了。本来比芝麻还小的虱子，一下就变得有碗那么大，蹄蹄爪爪满仰尘爬，爬得人浑身直起鸡皮疙瘩。虱子爬来爬去，我们笑来笑去，手电跟着抖来抖去，就把虱子抖丢了。睡在炕头上的姥爷给拉着灯，众人满炕找虱子，找见继续玩儿。

农村一盘热炕有时堪比灵丹妙药。小孩儿着凉肚子疼，大人就说快去炕头上趴一趴，直趴到肚里的冷气咕噜咕噜转，最后嘟嘟嘟一连串排出去，肚子不疼了，又变得活蹦乱跳了。伤风感冒了也是，喝个去痛片，捂严实在热炕上睡一觉，出身汗，病就去了一多半。农村人多干苦重的营生，晚上要不睡热炕，就解不了乏，第二天身上就不舒服。

过去农村都有把会爬或刚会走的孩子拴在炕上的习惯。不拴不行啊，干活时没人看，一眨眼孩子就爬到炕沿边儿，"嗵"一声掉下地，连惊吓带疼痛，哭得死去活来。相比那些被拴的孩子，我们可幸福多了。有爷爷和大爷看着，满炕爬的爬、走的走、跑的跑，饭熟了，全家围炕桌而坐。吃饱喝足，爷爷往他的铺盖卷儿上一躺，二郎腿一翘，呼噜连天。我们就围着爷爷滚来滚去，偶尔还会爬到爷爷身上，轻轻拽拽爷爷的胡子，往开扳扳爷爷的眼皮。爷爷从来不生气，只是睁开眼睛看看，把胡子捋顺，把眼睛闭上，咂巴咂巴嘴，继续翘起二郎腿呼呼大睡。

20世纪70年代后期，我妈在呼市郊区桥靠小学当老师，我们姐儿几个在桥靠小学上学。每天放学后，老师们不能和学生一起离校，得留下判作业。夏天天长无所谓，我们回家先写作业，写完出去玩儿，一直玩儿到我妈回来，帮着拉风箱做饭。可冬天天短，也冷得没处玩儿，我妈就隔三岔五让我们捏煮鱼子消磨时间，最主要的是捏好了她回来做饭能省点儿事。那时没有厨房，更没有操作台，做饭时面盆子案板往炕上一放就行。我到现在都觉得奇怪，为什么一捏煮鱼子我们就干仗，武器就是手里的莜面。那已经捏成的莜面鱼鱼或没有捏成的莜面团儿，被我们扔过来打过去，飞得满炕都是。约摸着我妈我爸我爷爷都快回来了，就赶紧收敛，老老实实干活，不一会儿就捏下满满两大盖帘儿。等猪肉酸菜汤莜面鱼鱼煮熟端上炕桌，你一碗他一碗，各个吃得红光满面，绝口不提用莜面打仗的事儿。

旺　火

过春节点旺火，是以内蒙古、山西、河北等地为主的一种历史悠久的风俗习惯。虽然近些年因为污染问题不少地方开始适当限制或严禁点旺火，但城市周边源于祖祖辈辈的旺火情结，大的是不垒了，小的或纯劈柴的总得在三十儿晚上点一个，以图日子过得红火安康。

桥靠村整体拆迁前，我家院子里年年都要垒个大旺火。我们家的旺火一开始和别人家一样，是大年三十下午垒起来，夜里十二点点着，等着旺了，开始响炮接神。从姐姐结婚后第二年开始，我们家年年要点两个旺火，三十儿晚上一个，初一晚上一个，真可谓旺上加旺。初一晚上点旺火时也放礼花和鞭炮，烤旺火更不能少。这一天，孩子们天一擦黑就盼着快点儿吃饭，快点儿到夜里十二点，盼着姥爷领他们到院儿里点旺火、响炮。

从前的旺火是三十儿下午后院儿的三大爷过来给垒，所用的劈柴和炭是我爸一入冬就开始一点儿一点儿选拔好的。劈柴是把结实的圆木或木板锯成一尺来长的段，再劈得粗细一致，捆成碗口粗的捆就行了。炭要打成一头大一头小的扁状，大的那头最好还是平面。这些炭块儿得有大有小，因为旺火是圆的，得由下而上一层一层往回收，最后收成圆锥形。

不知从哪年开始，三大爷把垒旺火的重任交给了他的儿子，也就是我们的三哥。

三哥和三大爷一样，都是慢工出细活。他先用砖在已经被土填平的大铁锅上摆出风口，把劈柴捆立在锅中央，把引火的软柴摆到每一个风口里，手掂量着每一块儿炭。每一层都是炭块儿平的、大的那头朝外，小的那头朝里，紧紧围着劈柴捆，错落有致，由下而上，垒到封顶。这时候，我爸把黄纸剪成的网子往旺火上一盖，用炭块儿压住，或用柴火棍儿插住，跟三哥回屋抽烟喝茶去了。

我家的旺火架子是个大铁炉子，迎街门的那一面，要贴上大红竖联"旺气冲天"。有一年村里人送来一卷裁好的红纸，请我爸抽空给他家写对子。写对子那天，我们替我爸往展弄那些卷过的红纸条时，发现有一条上用铅笔写了几个字，细看，前两个是"王气"，然后一个顿号，最后是个"天"字。原来是提醒我爸记得写"旺气冲天"。那以后，我们总爱把"旺气冲天"调侃成"王气一点儿天"。

点旺火可不比点炉子，当软柴引着旺火芯儿里的劈柴，为了让炭快点儿熊熊燃烧，我们就用三合板、硬纸片或者铁簸箕，一起对着那几个风口使劲扇。除了扇风，适当的时候，还得给炭上浇点机油或柴油助燃，但万万不能浇汽油。

和接神响炮时不能说"呛"一样，点旺火被烟熏得咳嗽流眼泪也不能说"呛"，因为大人告诉我们，说"呛"就等于是说财神爷把你给"呛着啦"，那他老人家还能接到家来？除此，点旺火时也不能说"点不着""着得不旺"。等旺火着旺，一家人就围着旺火烤，烤身体的健康，烤日子的兴旺，烤事业的发达。

每年三十儿晚上接过神，大人们因为一腊月的忙碌，此时感觉累了，都和衣而卧，早早休息。孩子们可不，精神着呢！一大帮围着旺火边玩儿边捡瞎捻儿炮。如果大门不锁，还跑东跑西串门子，到处烤旺火。我家大门开始也不锁，后来村里流动人口多了，为了安全，接过神休息时就得锁大门。我妈和我爸休息前，年年不忘嘱咐我们，天亮前不能洗手，也不能扫地，因为那是对所接之神的大不敬。

我爷爷和我大爷都在世的时候，初一早上，天不亮就得把大门打开，住在桥靠养兔场的大爷要回来吃饺子。有时煮饺子水还没烧开，拜年的人已经坐在桌边喝上茶了。

年一个接一个如期而至，我们一个接一个成家，一个接一个有了孩子。高家大院里的又一代小女孩儿围着旺火捡炮筒子和瞎捻儿炮的劲头，一点儿不比我们当年差。她们也有过自己做礼花的想法，但被我们大人严厉制止了，因为我弟弟当年用瞎捻儿炮做礼花爆炸的场景差点儿把我吓死。

如今过年禁放烟花爆竹，也不允许点旺火。安全第一，这也是没办法的事。

冬　储

　　一过国庆，不管城里还是郊区，也不管队里分、单位分还是市场上买，随便你走进哪户人家，家家都在热火朝天忙着进行冬储，为即将到来的漫漫冬季和青黄不接的早春时节做生活上的准备。那时都是大家庭，人口多，冬储特别有规模。白菜论车，土豆、萝卜论麻袋，大葱论捆，秋菠菜论筐，香菜、大蒜论辫子，腌个下饭的咸菜都是大坛大缸大瓮。只有这样，整个冬天才会过得踏实，过得心中有数。冬储结束，冬天来了，做一锅大烩菜，一人端一碗吃，绝对分餐制。碗是现在少见的大蓝边儿碗，能盛下两大勺头烩菜。

　　因为"窖一窖，吃半年"，所以冬储样样马虎不得。首先是白菜，先打虚叶、去烂帮、削泥根儿，再翻来覆去摆拉开晾晒，让外面的叶子发蔫儿、收缩，以利于长久储存。这么前后翻腾上个十天半月，等树叶落尽土地上冻的时候，就可以放心地让它们下窖了。土豆因为怕着了风发麻，拉回来得立刻分拣。大的、好的下窖，被锹铲坏的留在上边儿先吃，小的磨山药粉子过年压粉条用，或者煮熟了给年猪贴膘。青萝卜、辣辣换得把丑的、有毛病的挑出来，搭配着腌咸菜用，没毛病的埋到菜窖里，冬天挖出来既可当水果吃，也能拌凉菜用。黄萝卜得把底子切掉，防止它吸上窖里的水汽再长出叶子耗费营养。菠菜好办，找个太阳晒不着的墙根儿摊开阴着，那可是冬天里唯一的绿色，过年调豆芽绝对不能少。还有大葱，得绾成小把放到房顶上。最省心的是那十几斤重的大个儿圆白菜，弄回来不用管，直接堆到窖里，连架子都不用上，腊月里准备年下拌饺子馅儿用的菜蛋蛋时，下窖抱出来，把老帮子老叶儿一砍，就可以剁了。有好单位的，还会给职工从河北往回拉些红薯。那时我爸在呼市乳品厂上班，我们家的菜窖里差不多年年有一二百斤红薯，冬天切成块儿熬小米粥喝，我每次至少能喝三大碗。

早先，内蒙古医院南墙外都是桥靠的菜地。20世纪80年代我高中毕业后回村参加劳动，干得最多的农活儿就是把那片菜地里的大白菜抱到来拉菜的车上。桥靠村是呼和浩特大白菜主产区之一，离城近，白菜的品质还好，每年除分给社员的，还有一部分交到蔬菜公司，剩下的很快就被新城区一些单位从地里拉走，给职工搞了福利。对于曾经的冬储，桥靠是做过贡献的。

呼市种植大白菜的历史非常悠久，早在元代已有种植。过去的白菜多为半包心型，人们称其为长白菜。有人说中华人民共和国成立后呼市最早种植大白菜的人是桥靠村的王面换，种的是青包头。连品种都说得如此确切，看来是一件真实的事情。

人民公社时期的桥靠大队一共有三个生产队，每年秋风乍起分大白菜时，根本用不着自己操心，每个队都有统计员和专管分菜的人负责。每一个品种的白菜砍倒，先按好赖分开，然后搭配着分给各户。我上小学时是队里的马车拉上挨家挨户送，后来是手扶拖拉机送，再后来是小四轮儿送。

　　和我们只隔着一条马路的城里人，冬储可比我们辛苦多了。那时没有菜市场，白菜都垛在大街上卖。南门外内蒙古医院对面的朝阳商店到鼓楼十字路口这条街，没有道牙子的马路两边，到处是成垛的白菜和拥挤着买白菜的人。赶上变天郊区的菜没能及时送到城里，就有人怕买不到。这样想的人多了，便出现排长队等待的现象。好不容易买到手，如果借不上排子车，就得一个人看着，其他人用自行车或两条胳膊两条腿一点儿一点儿往回倒腾。冬储季节，站在新城鼓楼十字路口四面儿望，车水马龙，人来人往，一吸鼻子，不是死葱烂气，就是菜水子气。

　　品种繁多的长白菜，在饮食界各有各的领域：含叶绿素多的青麻叶，包心紧密，易于运输，耐储藏，口感柔嫩，最适合做烩菜；舒心青口白品质上乘，颜色外洁白、里嫩黄，适合腌渍酸菜。以前的窖藏大白菜可是菜中之王，真是有千般的好处。它可生可熟，可冷可热，可腌可拌，可熘可涮，可炒可烩，可汤可菜，可素可肉，可糖醋可酸辣，可自用可待客，离了它，日子简直就没法过似的。

　　从前的白菜好吃耐放，还是因为施用农家肥。现在的速生品种太嫩，有时买颗白菜回来，还没顾上吃，已从里到外烂得一塌糊涂。过去呢，老品种只要冬天勤翻，注意通风和菜窖里的温度，到来年四五月份，虽然菜地里和市场上要啥没啥，但足量的冬储保管让你还能吃上烧猪肉干粉条烩土豆白菜。尽管那时的白菜已脱帮脱得瘦了身，长期的贮存也使它退去最初水嫩相，有的甚至当肚炸开长长的口子钻出了花薹，可做熟了，有一种说不出的柔韧，吃起来反倒觉得比刚入窖的时候还可口有滋味。

很多年前买房的时候，开发商非常善解人意，凉房里都给配备了菜窖。搬家时正赶上一年一度的冬储，热情高涨地跑到离家很近的东瓦窑货栈，买回一大袋子武川土豆、一百多斤青口、两捆毕克齐大葱、二十斤黄萝卜、二十斤心里美，还有十几个大红薯。除了葱，全部窖到窖里。整个冬天，我嫌冷只下过一两次菜窖，春节后天热了下去一看，土豆冻了，白菜烂了，萝卜糠了，红薯也成坨儿了。此后再没冬储过。

如今，桥靠村原来种白菜、萝卜的地方齐刷刷长起高楼，村子没有了，菜窖没有了，带有高科技色彩的现代化设施农业使得一年四季鲜菜不断，冬储已成过往。

清　明

春分一过，下个节气就是清明。

按史书记载，我国传统的清明节大约始于周代，起初只是一个关乎农事的重要节气。后来，由于清明和寒食的日子非常接近，寒食是民间禁火扫墓的日子，人们就把清明和寒食合二为一了。这样，寒食既成了清明的别称，又成了清明的一个习俗。清明从此就拥有了节日和节气的双重身份。

魏晋南北朝以来，我国各地与清明相关的文化活动渐渐丰富起来，除了祭祖扫墓，还有禁火、踏青、插柳、拔河、荡秋千、蒸寒燕等一系列习俗，这其中，以表示孝道的祭扫为重。清明祭扫之举，不仅包含着心灵的慰藉和人生的启示，而且表达了人与人之间那种难以割舍的血脉之亲。每年清明节，父亲和弟弟都要到大青山前坡，为长眠在那里的祖辈们上坟，拔一拔坟墓周围的杂草，往坟头添几块石头，以示追想和怀念。

我在桥靠小学念书时，每年清明节，学校都要组织我们去给人民公园的烈士纪念碑敬献花圈，祭奠英灵，表达哀思。仪式结束后学校会留出自由活动时间，让我们这些好不容易才进趟城的"村儿汉"看看狗熊、猴子、鹦鹉，看看报春的桃花、杏花，看看公园北门外中山路上那来来往往的马车和汽车。

那时的交通工具就是两条腿，一路走来，还要游园玩耍，不带干粮是不行的。对现在的孩子来说，选定要带的干粮实在难，因为家长买回的小食品太多了。最省心的就是啥也不带，把钱往兜里一揣，饿了进快餐店，吃喝一盘端。我们的年代，最上档次的不外乎是个煮鸡蛋，有的人家碰巧没有存货，还得先跟左邻右舍借上，等自家的鸡下了再还给人家。

小时候盼着过清明，除能借机免费逛公园儿，最主要的是清明一过，不管风有多大，终于能得到家长的恩准，一身臃肿的棉袄棉裤可以脱掉了。尽管换上的绒衣绒裤也是肥裆肥腿，但一下感觉身轻如燕，跑起来嗖嗖的，特别利索。

我们这些六零、七零后的童年，一到清明头几天，家长就开始起面，张罗着捏些应节应景的寒燕儿。我是看着我妈捏寒燕儿长大的。说来真奇怪，就那么一把剪刀、一把梳子、一个锥子，不一会儿工夫，在她魔术般的一揉、一搓、一捏、一剪、一压、一推、一扎后，案板上那一堆小面疙瘩，全变成了栩栩如生的寒燕儿。虽然叫寒燕儿，但除了形态各异的燕子，还有兔子、金鱼儿、石榴、葡萄，甚至毛毛虫。捏好的寒燕儿上锅蒸熟，花红柳绿地描画描画，就成了民间艺术品。

寒燕儿又叫"子推燕"，据民间传说，它的历史可追溯到春秋时期，最初，是为了纪念"割股奉君"而"不言禄"、后葬身于逼他下山受封的大火中的介子推。从此每到寒食节，人们只吃提前准备好的"子推燕"而忌生火做热饭，以示对他的缅怀和纪念。

各家各户的寒燕儿蒸好，特意留出几个给孩子们把玩，剩下的都要趁软和扎到事先准备好的带圪针的树枝上，再由大人小心翼翼地端举着，踩上板凳，牢牢绑到钉在柁上的大洋钉子上。也有人家把寒燕儿一个一个隔长不短地串到柔韧的嫩柳枝上，吊在仰尘中央或斜插到墙上的镜子旁边，以便供人观赏。再有图省事的，干脆用线把寒燕儿串成串儿，一抬手挂一个可挂的地方，就算完成任务。

寒燕儿都安顿好，孩子们可就忙活开了。过大年跑着参观年画儿和挂历，这回跑着参观寒燕儿。进东家出西家，那一树一树、一枝一枝、一串一串的寒燕儿，在孩子们开门关门跑进跑出时，总要跟着他们带来的风，轻轻巧巧地弹跳着、摇摆着；那燕子活了，小鸟活了，小兔、金鱼儿也活了，飘飘欲飞。

梅子比我大两岁，她的妈妈也清明捏寒燕儿、七月十五捏面人儿，样样都在行。1976年唐山大地震的第二天，人们都吵吵说这家房顶上的电灯泡晃过，那家柜子上的瓶子"咯噔咯噔"响过，梅子却说，他们正睡着觉，仰尘上挂着的寒燕儿被摇下来好几个，有一个正好掉到她脸上，黑灯瞎火差点儿让吓死。她家的寒燕儿我去看过不止一次，扎得满满一大枝子，少说也有百十来个。那天要是整枝子掉下来，被寒燕儿身上那些坚硬的面尖儿一扎，后果肯定很严重。

有农谚说:"清明前后,点瓜种豆。"在呼和浩特近郊,一切农事在现代化以前,作为节气的清明就是竖立在农忙和农闲之间的标杆。即便自家院子里种玉米、种葵花、种八瓣儿梅和用来染红指甲的海娜花,也是在这个时期开始张罗下种。

清明过后,那些寒燕儿慢慢都干透了,虽然一开始舍不得吃,但经不住诱惑,最终一个一个都飞到我们肚里了。

作为传承,捏寒燕儿的手艺我已学到手,早几年孩子小的时候,每逢清明都要给她蒸盼望春来早的寒燕儿。现在抽屉里保存的,有的都快二十年了。

泡泡糖

记不得哪一年，反正是我小学时候的事儿，忽然有一天，一个叫泡泡糖的东西闯入我们的生活。这个糖不光甜，嚼着嚼着还能吹出大白泡泡。

泡泡糖刚入口的时候，是酥散的一堆，你嚼呀嚼，随着糖分的减少，嘴里剩下的那块东西越来越筋道，就可以吹泡泡玩儿了。

最早的泡泡糖是上海一家糖果厂生产的，一块儿有一厘米宽、七八厘米长，腊质包装纸上印着个吹大泡泡的小姑娘头像，非常吸引人。由于是计划经济时期，当时的呼和浩特市面儿上根本见不到泡泡糖，谁要有一块，立马变成王者，被前呼后拥。有时在众人羡慕的眼光里，泡泡糖的主人小心剥开糖纸，掰一段放到嘴里，极夸张地大嚼起来。不一会儿，便吹出接二连三的泡泡。有时，马屁精们适时的溜须拍马，也能得到人家从牙缝里揪出来的一丁点儿早已淡寡无味的泡泡糖，连同那人的口水，一起隆重地塞到自己嘴里。

"世上无难事，只怕有心人。"这个当时在上海卖一分五厘钱一块的泡泡糖既然那么不容易得到，我们就得想方设法弄一个代替品出来过嘴瘾。关键的时候，真是能人辈出，也不知是谁的专利，居然有了好几种制作泡泡糖的土办法。一种是把医用白胶布泡在滚烫的开水中，片刻后用小刀快速刮取上面那层橡胶。一种是把和好的一小块白面放到冷水中反复搓洗，直至洗出面筋。还有一种是将麦子放到嘴里嚼，嚼出面筋。这三种方法我都试过。第一种原材料不好弄，制作难度大，吹出的泡泡不理想；第二种洗面太单调，不好玩儿。最有意思的是嚼麦子。

几个人坐在巷子里的烂木头堆上，一字排开，每人嘴里含一把干麦子，很用功地嚼过来嚼过去，边嚼边往地上吐淀粉。不知浪费了多少唾沫，反正每人脚下一摊白，看着挺恶心。直嚼到腮帮子发麻，嘴里终于含上一块带麸子皮儿的滑溜溜的东西。这东西就是一块面筋，它跟用白面洗出来的"泡泡糖"一样，超级筋道，也超级滑溜，特不好操作，劲儿小了吹不起泡泡，劲儿大了便脱口而出掉到地上，前功尽弃。

买来的泡泡糖可以反复使用。不吹时，拿一块薄塑料布包起来揣在兜里，有时心情好还会借给别人吹一会儿，算是对资源的充分利用。土制的泡泡糖不行，赶上天气热，没等用第二次就馊了。我们曾经试着不吹时把它泡在冷水中，好是好，可总不能整天端着个碗去上学吧。其实我跟着他们做泡泡糖只是图个新鲜好玩儿，因为这东西没时兴几天我爸就去上海出差，回来时给我们买了一大盒子，整整100块儿。

那段时间，我也过上了被人前呼后拥的日子。当然我总是不负众望，很大气地把一块儿泡泡糖掰成小段分给他们。几个从我这里得不到泡泡糖的小孩儿，竟然发动大人上我们家来串门儿。我妈又总是那么善解人意，在人家磨磨蹭蹭的告辞声中，揭开大红柜，从里面那个漂亮的竹篮子里取一块泡泡糖，送给那个早已笑成一朵花儿的孩子，为这个我还生过气。

有一阵子，除了吃饭睡觉，我们没明没夜地吹，直吹得舌头生疮，嘴唇皴裂，食不甘味。大人的责骂我们假装没听见，可嘴唇上的火烧火燎真的不好受，老想舔，却越舔越厉害，简直恶性循环。那时我们的"吹功"都相当了得，什么超大泡、泡中泡，都张嘴就来。

后来，呼市的国营商店终于开始出售泡泡糖，这东西一夜之间就变得不稀罕了。

钩榆钱儿

巷子里,离我家院门三四米处,长着一棵又高又壮的榆树,紧挨树干的矮墙下,是一个"内容丰富"的灰粪堆。榆树之所以繁茂,大概得益于灰粪堆无意流失的肥力。

春风把一冬的寒冷吹散,天气一天比一天暖和,眼见得那榆树枝变软、变绿,又长出暗红色的小豆豆。没几天,豆豆膨胀成大朵大朵的榆钱儿,像糖葫芦一样,在树上串了一串儿又一串儿。我们一帮七大八小的男女娃娃早等不及了,一窝蜂跃上灰粪堆和那堵破墙,个个仰面朝天,望着满树的榆钱儿吞咽口水。

我姥姥说,"三年困难时期",很多地方树上的榆钱儿捋光,地里的野菜挖光,人们还是饿,最后把榆树叶吃了,把榆树皮也剥了。榆树没死,算是命大。我们吃榆钱儿不是因为饿,而是因为没零食。而且榆钱儿能当零食就那么几天,错过了得再等一年。

过去,村里的榆树都很高大,基本都长过房顶,想吃榆钱儿就得想办法。曾经有南营子的大男孩儿在车库门口钩榆钱儿。人家那钩子才带劲呢,举到树上,瞅准榆钱儿稠密的一大枝,先钩住，再朝一个方向拧，一圈儿接一圈儿，直拧到那树枝"咔吧"一声断裂，手里的钩子朝下使劲一拽，一大枝榆钱儿就到手了。人家分给我们这些围观者每人一小枝，虽然吃着也香，但感觉还是自己亲手钩一枝更过瘾。我从小怕虫子，榆钱儿不敢捋下来就吃，总得一朵一朵扒拉开看，确定没有那种红头绿身的小虫子才敢往嘴里塞，所以总吃不出其他小孩儿大把唵的感觉。

村里小工厂走东门的时候，门口也有一棵大榆树。有一回别人钩榆钱儿，我们去捡漏，正在人家扔掉不要的树枝上摘那稀稀落落的榆钱儿吃，忽然从西来了一队解放军，吓得我们站那儿不敢动，以为是来管我们的。后来才知道，那是村东头营房里的战士进城回来了，真是虚惊一场。

现在榆钱儿有，但缺钩子。自己做吧，分头去找长杆子和铁钩子。那个年代，别说铁钩子，有点儿烂铁丝早卖破烂儿换了酱油钱。木杆子也没有合适的，不是太粗抱不动，就是太细吃不上劲儿。生产队倒是有竹竿，可那是公物，未经许可谁也不敢去拿。一个性急的说，干脆打个麻麻架，直接爬到树上去折算了。可那棵榆树又高又粗，他脱了鞋，手心里吐了唾沫，折腾了半天也没爬上去。只能再打钩子的主意了。

我们决定分头去找可以绑榆钱儿钩子的材料。木棍儿、锹把、笤帚把、火钩子、细铁丝、扎口绳儿、烂布条，不大一会儿，这些东西就集中到树底下了。我们把各种棍子用铁丝和烂布条一根一根接起来，把火钩子绑到这个组合杆子的最上头，虽然立起来有些腰软肚硬、摇头晃脑,但长度足够。

  一伙人有些兴奋,扶着这个五花大绑而成的榆钱儿钩子,在树底下晃悠了好半天,总算钩住一大枝榆钱儿。大家一起使劲儿,朝一个方向拧,感觉差不多了,往下一拽,傻眼了。因为捆得太松,榆钱儿没钩下来,带火钩子的上半截儿杆子却吊在了树上。

  嘻哈过后,又一番谋划,七手八脚用鞋和笤帚疙瘩把树上那半截打下来,开始重绑。这回吸取教训,找了把老虎钳子,使劲往紧摽,一个结实的榆钱儿钩子终于绑成。不一会儿,围拢在灰粪堆旁的我们,吃到了亲手钩下来的串串榆钱儿。

节气大雪

这个节气对南方似乎没什么意义，但塞北农村，老乡们感觉只有大雪将至，冬天才会到来。大雪到，杀猪又宰羊，年年如此。

我家早年也养猪喂羊，也是大雪和小雪这两个节气之间的某一天，找村里的杀猪匠来把猪杀倒。过几天，再找人把羊也杀了。为什么偏要这个时候杀猪宰羊？因为过去没有冰箱、冰柜，杀早了天不上冻容易坏。为什么不等到过年时再杀？老辈儿人说，天太冷了，猪、羊就不好好吃食，会掉膘。我觉得还有一个原因，就是早杀能开开心心早吃肉，而且避免了春暖花开肉还没吃完需要赶趁的焦虑。

新城南门外护城河边儿的姥姥家，是我们寒假唯一的去处。先是大小雪之间杀猪那天集体吃一顿杀猪菜，然后各回各家，边上学边盼着快点儿放假。假期一到，呼啦啦都去住姥姥家、奶奶家了。那时作业少，我们假期除了吃就是玩儿。在冻成溜冰场的护城河里滑冰，用的是姥爷给钉的木头冰车车。那个冰车车是双轨道，没有专门的冰锥，只能用捅火炉子的炉锥代替。滑冰车车讲究技术。技术好的可以盘腿坐在上面优哉游哉地滑，可以一个冰锥扎住冰面自由转圈儿。转够了，手上一使劲儿，屁股底下的冰车车就朝"车主"想去的地方剑一般射了出去。技术不好的，怕这样滑失去重心一头朝前杵下去，只能双膝跪在上面滑。这个滑法掌握不好的话，会把脚上的棉鞋拖在冰面上变成冰鞋。技术更高的人，滑的是单轨冰车，就是像独轮车那样的冰车。有一天，我们从凉房里翻腾出一双黑色牛皮冰鞋，姥姥说那是我三姨滑冰时穿的。我们提着冰鞋兴冲冲跑到护城河里，可谁穿上冰鞋也站不起来，更别说滑了。

赶上下雪，我们就在护城河的冰面上打雪仗，每天玩儿得昏天黑地。过去穿的都是家做黑条绒面儿棉鞋，几乎天天玩儿个浸水湿。姥姥家有个大铁盆，晚上吃过饭，我们把脚挤在一大盆热水里舒舒服服边玩儿边洗。等我们洗完擦干脚，一个挨一个钻到炕上的被窝里，小脚的姥姥就将我们的棉鞋围住火炉摆一圈儿。有时鞋湿得太厉害，姥姥干脆摁到那盆洗脚水里洗了，把灶上的锅拔掉，用炭铲子把灶膛里的余火和灰扒拉到灶火门子和锅嗓子处，再把攥净水的棉鞋一只挨一只立在灶坑里。一觉睡到大天亮，洗过的棉鞋已被姥姥发明的那个天然烘干箱彻底烘干了。

还有一个好玩儿的东西，是杀猪的副产品——猪尿泡。我们吹鼓当皮球，众人踢着玩儿。杀猪煺下的猪毛也能卖钱。二三分一斤，卖了去内蒙古医院对面儿的朝阳商店买杏干儿或水果糖分着吃。

猪身上割下来的胰腺，姥姥会弄碎掺上碱面儿和其他我不知道的东西，放到锅里隔水炖，炖到一定时候，放凉，用手捏成一个一个白桃子，上面用胭脂染出红尖儿，慢慢阴干，一家给发一个，这就是乡间的猪胰子。猪胰子泡沫丰富且细腻滑爽，用它洗手，不仅去污力强，而且能治愈手上的冻伤和皲裂，有护肤、润肤的神奇功效，是我们冬天专用的洗手皂。

大雪过后，直到下一个节气冬至，虽然还没放假，但每天一放学，我们就相跟着去姥姥家住。此时的日子可以说是油乎乎的。姥姥给炒煮熟的猪心、猪肝、猪肺，还要煮猪头、猪蹄、猪尾巴。我最爱吃猪血灌肠，直到现在还爱吃，只是再也吃不到姥姥做的了。

灌肠要用洗干净的猪大肠做肠衣，里边儿灌的猪血要事先用一把干苇叶抓上几十上百个来回，一是为了去猪毛，二是为了把凝固的血给抓开。兑过水的猪血里还得加一定比例的荞面，加一碗切碎的猪板油，加调料、葱花。所有配料放进去，拿个舀饭大勺子进去搅，搅和匀为止。灌灌肠时得用漏斗，且不能灌太满，否则锅一开就会膨胀爆炸。

灌肠一根一根灌好，用工地线扎口，转着圈儿摆到笼里，小火慢蒸，不一会儿就满屋香味了。灌肠出笼，趁热切成厚片儿，调一碗香油蒜醋做蘸料，一蘸一吃，越吃越香。有时，姥姥会给我们在大铁锅里煎灌肠当早饭。我们吃完跳下炕，穿衣戴帽，相跟着从城壕沿儿往东再往南，经过内蒙古人民医院东墙，再经过村里小工厂，穿村去村南头的桥靠小学上学。直到现在我都觉得，这世上最美味可口高大上的早点，就是我姥姥那碗煎灌肠。

当然我们也回自己家吃肉。我用炉子里烧红的火钩子给猪头、猪蹄燎毛，"刺啦刺啦"冒白烟，虽然有点儿呛，但好玩儿。燎过毛的猪头得掰成两半儿洗净了才能下锅煮，否则太大，连锅盖也盖不住。我爷爷是个好木匠，成天和木头打交道，却知道猪头骨骼的构造。我见爷爷把一根绳子系在腰间，坐到铺了麻袋的地上。猪头夹在两腿间，猪嘴朝上，把上下牙掰开，一头套入腰上的绳圈儿，一头套入脚上的绳圈儿，脚往前蹬，腰往后撤，猪头的筋骨皮肉被拉开撕裂，分成两半。泡一晚上，第二天正好是冬至节气，煮猪头吃。

冬至不吃肉，冻掉脚趾头。

何止是冬至，小雪过后大雪伊始就不停地在吃肉，早吃出了肥厚底子。任冬天怎么冷，我们一根眉毛也冻不掉。

办事宴

我小时候，村里谁家有了红白事宴，亲戚朋友都要答礼坐席，有时间的，还得提前过去帮忙做营生。劈柴打炭烧火，掏灰压水洗菜，蒸馒头做粉条，借桌椅板凳搭帐篷，帮忙的可是顶上大用了。

现在办事宴有代东团，一站半舞台，亮个相基本就没事了。过去可不这样，很多事情是代东在那儿代替东家安顿。谁负责保管东西，谁负责记账，谁负责烧茶炉，谁负责摆放自行车，谁负责洗碗盘，谁负责下夜看猫，谁负责五明头蒸糕，谁负责天黑叫人捏糕、天亮叫人吃糕，谁负责端盘子，都要白纸黑字写下来，贴在人人能看见的正房窗玻璃上。我感觉骑着自行车满村叫人吃糕那个差事最不好干，得知道该叫谁、谁好叫。个别爱摆谱的，不叫个两三回，肯定不穿鞋下地。

按乡俗，过去的事宴饭最少要吃三顿。头天晚上喝面，第二天早起吃糕喝汤就黄豆芽，中午那顿，大盘肉大盘菜还有烧酒，主食是瓮里的拖油糕加馏馒头。事宴上的馒头很讲究，都是圆的，得叫馍馍，不能上平常吃的刀切馒头。我记忆中，六人桌的年代，席面上最早应该是六个盘，后来发展成八个盘，到十人桌，就有了四拼八样的凉菜，普通大烩菜变成加了肉丸子木耳的精烩菜，里面的土豆、豆腐都过了油。过去席面上必须有的是扒肉条、丸子和调绿豆芽，最后上大烩菜，吃没了可以喊端盘子的让再给添点儿，直到吃饱。其他还有啥菜，记不大清楚了。

过去家家用小炕桌，一桌坐六个人，谓之坐席。那会儿都在家里办事宴，人多地方小，即使院儿里搭了帐篷，一回也坐不下，总得吃两三拨。这时候就能看出代东到底有没有能耐，会不会做出不让人挑理的安排了。我就见过事宴上有人翻桌子，理由是他的资格可以坐头拨，而且还是跟重要人物坐一桌，结果代东大意，把他安排吃第二拨，这就恼了，闷头喝过几盅酒，一把掀翻桌子，油乎乎的扒肉条摔得满地，旁边的小孩儿被吓得都瞪大了眼睛。有一年国庆，一个舅舅结婚，我没坐上头拨，也没坐上第二拨，看桌上的人各个吃得嘴角流油，我肚里饿着、心里气着，最后恼恨恨地跑回自己家，吃了个冷馒头。

农村办喜事一般赶在腊月里或正月里，为的是东西能放住，尤其年前办了事宴，剩下的馍呀肉呀够一正月吃。我家远亲近邻不少，赶上结婚季，就得把人分成几拨，各自带上礼钱去答礼吃糕。最多一次，一天有四个答礼的地方。

我大哥结婚的时候，六人桌已经发展成十人桌。桌子是从桥靠招待所食堂里借的，地上摆没问题，炕上放就只能把桌面架在炕桌上，虽然看着有点儿不伦不类，但毕竟比小炕桌要气派些。桌上还有两个红纸包，人坐齐了打开，一个里面包着拆掉盒儿的香烟，一个里面包着糖和瓜子。这也是那个年代开的先河之举。

过去收入少、物价低，人们不攀比浪费，礼钱都在可以承受的范围之内。还有一种只记账不拿钱的，叫内收。有一年腊月，我爷爷的一个徒弟娶媳妇，我和妹妹拿了3块还是5块去答礼，坐的居然是头拨。我高中同学毕业没几年就结婚，我们20块的礼钱，等同于现在1000块的交情。

旧时，人们手头家具少，那会儿没有租赁公司，更没有一次性餐具，一旦要办事宴，就得撒开人马满村儿借。筷子、盘、碗、桌子、板凳、条盘，啥都得借。为好识别，各家各户的各种家具上都有用油漆做的记号，我家盘底子上就用油漆画过小圈圈。后来不知是谁瞄上了我们学校的桌凳。平常还好，整个寒假，我们的桌子、凳子时不时就被拉走了。还回来时，桌子上油腻腻不说，有时上面还挂着大烩菜里的粉条，我的桌子上居然还出现过一大片儿扒肉条。

农村办事宴非常有人情味。过去都是一家一家去答礼，一旦有生病的、坐月子的出不了门儿，坐过席的人回来时，东家总要给拿点儿东西，一块豆腐、一坨粉条、十来个糕，如果是至亲，还会再给拿一块烧猪肉。

答礼吃糕是一次盛大的交流。多时不见的亲戚朋友因为事宴聚在一起，互相问询问询，叨啦叨啦，身体如何，收成咋样，饥荒打完没，媳妇儿定下没，反正是家长里短、鸡毛蒜皮，话匣子打开就没个完。

　　如今条件更好，坐席都在酒店，家里不炸糕不熬汤，想去帮忙都没得帮。喜事更是灯笼火把又跳又唱，却吵得人说话靠吼、找人靠喊，一中午嗓子干得全靠喝水润。

　　我现在越来越不爱参加事宴了。

在桥靠租房

决定要结婚的时候，和其他很多年轻人一样，我们没有房子，只好去当租房客。最先去东瓦窑看房。那是一间正房，租金不算贵，但因前任租客在那个房子里使用高压锅炖肉操作不当，炸得四面墙都是油汤，飞起的锅盖还把顶棚弄个大窟窿。那样的房子我肯定相不中。

接下来的日子，我们一边让南方木匠在桥靠招待所那间我爷爷曾经劳动多年的木匠房里打家具，一边到处找房子。家具打好，婚期也临近了，大哥帮我们在南营子问下一间大正房，月租70块，是我工资的一大半。去看的时候，我有点儿不满意小厨房里那个油渍麻花的大锅台。房东大嫂笑着说，那没事儿，不喜欢可以拆掉呀。就冲这，我们决定租了。租下的房子和我妈家在一条街上，嗑把瓜子儿的工夫，我就可以回趟娘家。

我们租下的房子离呼市煤气公司那俩绿罐子很近，每天都要去拉撒好几回的公共厕所，在十来级台阶上，和绿罐子在同一个水平面上，这让我很没有安全感。其实那块地原来是桥靠村二队的菜地，后来被煤气公司占去。我在桥靠小学念书的时候，为抄近路，时常穿行那块地。

桥靠村是典型的城中村，周边高校林立，流动人口多，和我们一样需要租间房子结婚的人不少。村里出租房生意特别好，家家院儿里能盖房的地方都盖了，全村大概只有我们高家大院儿是由主人独享的个人空间。我的房东也不例外，除留出一个供大家出入的门洞外，不大的院子里盖得满满当当。这个院子里一共有两套正房，房东一家四口住东边的里外间，外带一个和正房连在一起的小东房，西边的一大间带个小厨房，我们租住。除此，还有两间东房、两间南房、一间西房供出租。

东房很有意思，两个小单间儿里住着两对儿，都是一方已有家庭的假鸳鸯。一进大门住着的那对儿，据说是男的去女的村旁修公路，女的在工地给工人做饭，一来二去，两人就好上了。他们租的那间房子不大，夏天做饭就在门口的炉子上，成天不是烩菜就是煮面条，很少吃肉。年轻善谈的那对儿，被男方家人发现后找来，连房租都没给就跑掉了。天热的时候，东房里还住过两个小伙子，合伙卖水果。有一天他俩一早出去卖草莓，到中午也没卖出多少，但有一部分已经开始流汤变质了。我吃完饭准备去上班儿，经过门洞时，他俩正在里边用笊篱洗草莓，大盆里的水，比胭脂还红。见我看，他俩笑着让我吃草莓。和我预见的一样，那一平板儿车洗过的草莓，最后还是倒掉了。

南房住着两户人家，一家在新城南街路西的自由市场里卖猪肉，一家在桥靠村村口卖菜。卖菜的两口子男的叫玉珍，女的也叫玉珍。他们虽然干着粗活，但脾性里都有玉的成分，说话慢悠悠，成天笑眯眯。

卖肉那家的男人爱喝一口，有一天喝多了在家睡着，尿憋醒起身方便，结果把北当成南，摇摇晃晃走到我住的这一边，往我家开着的房门后头一站，以门为墙，裤带一解就尿开了。我那时正怀孕在家休养，以为他尿完就走，没想到他又把我家当成他家，眯眼儿提着裤子晃进来，就势躺到门口的转角沙发上。我有些不知所措，赶紧跑去他家叫他媳妇。他媳妇又好气又好笑，连拉带拖才把他弄回去，却不懂得给我把门后那一摊尿处理处理。我也没法说，只能挺着个肚子，一盆一盆倒水冲洗。

我住的那几年，西房先后住过两家，都是带着小孩儿的年轻夫妇，也都是从农村出来的，一家打工，一家卖菜。院子里最热闹的时候是晚上，人和三轮车都回来了，高兴和不高兴也都回来了。女人们丢开一切，忙着在院儿里的水龙头上接水做饭，男人们点支烟，忙着交流一天的见闻，几个小不点儿里里外外来回乱窜。房东一家呢，大人孩子都很和善，只要家里有人，谁都可以门不敲随便出入，而且见吃吃见喝喝，像回自己家一样。尤其是房东大嫂，谁要急着出去，就把孩子给她留下，不管你走多长时间，孩子肯定饿不着也渴不着。院子里也有吵吵闹闹的时候。比如买卖不顺心啦，孩子不听话啦，和家人外人有矛盾啦，烟火人间，这都是很正常的事情。

后来，为了挣买房的钱，我们在村东头兴安南路，当时的武警黄金十一支队对面，开了一爿生意不错的小店，整天忙着进货卖货，根本顾不上回去和院儿里的人们笑谈，也顾不上回去打扫家、擦玻璃，窗台上的几盆花儿也陆续死掉了。后来为省事，一家三口干脆住到店里。再后来，退掉房子，我们以店为家。

1997年内蒙古自治区四十周年大庆前夕，为了市容市貌，商店必须拆除，我们开始减价赔本儿大处理。这次租住在商店不远处的叔伯二姐家，六个月后，新房钥匙到手，我们的租房客生涯到此结束。

盖房与搬家

父母不止一次说过,在他们几岁的时候,人还坐在炕上吃饭,房顶就被土匪掀了,过了一段颠沛流离的日子。小小年纪,无家可归的苦难经历,实在刻骨铭心。

不久,全国解放了,共产党为人民撑腰做主,流散四方的老老少少相继归来,收拾残砖断瓦,起房盖屋,重建家园,过上虽不富裕,但很安宁的新生活。我家后院的五间正房,就是爷爷在被土匪毁掉的房屋旧址上重新盖起来的。限于条件,整个建筑为土木结构,无论高度,还是深度,都和现在的相差甚远,不过也算是当年村里最好的房子了。

新盖起的房子共五间,被分为四部分。最东边那间有门窗、无玻璃,用来堆放农具和杂物,也是后来我们小孩儿玩儿捉迷藏的首选之地。屋里杂物垛上有个大笸箩,里面放着生火用的刨花。不知谁家的鸡经常背叛主人,从窗洞钻进去,在笸箩里刨几爪子卧下,做完贡献,起身抖抖翅膀,又从没玻璃的窗洞钻出来,跳到院子里,一路咯咯,趾高气扬,扭着屁股走了。有一回我在刨花里发现了七八个鸡蛋，差点儿高兴死。

  紧挨这间房子的小屋，一门宽的过道边，棋盘炕连着锅台，靠北墙摆一节小柜，冬天还要垒个取暖的泥炉子，炉子上有烧水用的籴壶。这屋住着爷爷和大爷，标配是两个铺盖卷儿加两个夜壶。记忆当中，这个小屋每天晚上都挤满村里的老汉，他们一个挨一个盘腿坐在炕上，抽着旱烟袋，聊武松打虎、逼上梁山、鲁智深倒拔垂杨柳等历史故事，有时也评说墙上九宫格一样的年画《三打祝家庄》。过去穷，好的年画一过正月十五就取下来，卷好放到柜子里，下一个大年拿出来继续贴。《三打祝家庄》就是这样，因为反复贴了多年，图钉把年画的四个角都扎成了筛子底儿。那会儿，我几乎天天趴在炕沿儿上听爷爷他们说故事，不散场绝不回前院儿睡觉。爷爷这屋的西面，稍微大一点的那间，住着爷爷的哥哥，我们叫大爷爷。我长大才知道，爷爷和大爷爷没有血缘关系，大爷爷的母亲是我爷爷的奶妈，奶着奶着，不知道为什么，亲妈不要了，便做了奶妈的儿子。大爷爷和大奶奶不是真正的夫妻，而是搭伙过日子的那种，但我们从来没把她当外人看。

  五间房最西面的一大间是伙房，里面有大锅灶和大炕，打我记事起，它就是放杂物的凉房。凉房里放过最值钱的东西是一辆28型自行车，后来被贼偷走了。因为院子大，偶尔会有拉煤的骆驼车三五结伴进来打尖儿，大奶奶给他们烧水热饭，能挣几个零花钱，还能收获几簸箕可以当柴烧的骆驼粪。三哥开回锡林商场的130汽车也停在这里，车厢成了我们一帮小孩儿的大舞台。这个院子里还擀过羊毛毡，很多人趴在木架子上，用光脚像擀面条一样擀，边擀边往上浇水。

小时候，我们五个孩子和父母住前院儿的正房，因为盖得稍晚，无论外观还是内里，都比后院儿的房子好。起先我们一家七口住在东边有顺山炕的大屋，地上有一个双揭盖儿大红柜，柜上有中堂，写字台上有听评书的收音机，挨墙的上海牌缝纫机是家做年代的功臣，改旧、做新、缝缝补补，全靠它。地是红砖墁，油布满炕铺，玻璃亮，窗花美，门头上还有郊区人民广播站的小喇叭播新闻、唱大戏。后来赶时髦，也为了住着方便，与西面的小屋打通成里外间，我和爷爷睡外屋的火炕。因为地方小，单揭盖儿的红柜只能与我和爷爷共处一炕。那时候没有客厅，也没有沙发、茶几，有人来串门儿，直接坐在炕沿儿上，亲戚来了就脱鞋上炕，长辈一定让在炕头上，这是规矩。逢年过节招待亲朋好友吃饭，也是脱鞋上炕，围桌而坐，推杯换盏，其乐融融。

在我眼里，前院儿房子唯一的不足就是那纸糊的仰尘。每年腊月用白土子水粉刷时，沉甸甸往下坠，真担心哪一刷子刷不好捅个窟窿，整个呼嗒嗒掉下来，那可咋办？记忆最深刻的是电。因为供电不足和电线老化，好像随时都有停电的可能。尤其每年大年三十儿，一晚上不知道要停多少回。我甚至觉得，那会儿大队供销社卖得最快的东西，就是六根一包的洋蜡。吃水呢，靠洋井。打洋井全凭人力。十几个人，一边拉动可以使管子上下运动的绳索，一边喊着号子鼓劲儿，"铿锵有力"四个字用到这儿正合适。

挣工资的年代,我爸厂子月月按时开支,偶尔还给搞点儿福利。爷爷是村里的木匠,年底分红,平时如有急用,可从会计那儿预支钱。队里按人口分粮分菜分引火柴,加上粗细搭配的供应粮,隔段时间就能吃顿饺子改善改善。我妈照顾一家人生活的同时,年年能喂出两口二百来斤重的大肥猪,一口秋天卖给供销社,换钱贴补家用,一口腊月里杀了吃肉。虽然计划经济时期有些生活用品买不到或买不起,钱不敢随便花,但和父母小时候相比,我们的童年生活绝对是芝麻开花。

1979年,家里有了300块存款,当年那可是一笔不小的财富,大人们开始商量拆旧房、盖新房的事了。拆旧房的时候,我做了一件至今都很后悔的事,就是把仰尘里拆出的"约"拿给我妈看,结果我妈断定没用,一把塞到灶火里给烧了。我从鸡下蛋那屋翻腾出一个我爸小时候玩儿过的空竹,因为不认识递给我妈,也被付之一炬。那可是用竹子做成的空竹啊。

烧掉的"约"其实就是契约。小时候常听老人们说谁谁谁家把"约"藏在仰尘里,始终好奇,不知道方言里这个"约"到底是个什么东西。后来我问爷爷,爷爷说,就是一些互相买卖房屋、土地等财物的凭据,上面有买卖双方和担保人摁的手印儿。我家的院落一亩大,爷爷分三次购得,具体买谁家的,各买多少,花了多少银圆,担保人是谁,仰尘里那三张"约"上写得清清楚楚。可仰尘好好的,我再好奇,也不能捅破仰尘去找。但我始终惦记着这事儿。开始拆房那天,我迫不及待跳上爷爷的小炕,噼里啪啦,又捅又撕,在靠近窗户的地方,三张写满漂亮毛笔字的白麻纸,随多年集聚的尘土,一起劈头盖脸倾泻而下。可惜我那时有好奇心却认识不到其文化价值,更没有保护意识,眼睁睁看着我妈一把火给烧了。

这次盖房,我爸设计图纸,当了一辈子木匠的爷爷领着他的徒弟们做木工活。那时谁家有活干都互相攒忙,也不讲究吃喝,有啥吃啥,吃饱为止。攒忙是谁有工夫谁来。清理渣土,挖地基,和泥脱土坯,拉砖拉石头拉白灰,拉土拉沙拉水泥,人多力量大,很快就把准备工作做好了。

盖新房,从清水摇沙开始,石砌根基,垒墙立架,上梁压栈,抹泥盖瓦,五间四脚落地的大正房,不日就走下图纸立在院子里。1980年夏天,房子晾好,装修完毕,我们喜气洋洋开始搬家。新房宽敞,旧家搬过来的东西,除了铺盖,能看见的大件儿是两个红柜、一个写字台和一台缝纫机。炕席底下压着没用完的布票、肉票、粮票、线票、棉花票,抽屉里有粮本、副食本。这些东西在当年都很重要,缺了哪一种,都会直接影响生活。20世纪80年代初时兴的家具是立柜、五斗橱、高低柜、书柜、单人沙发,我们也割了一套,摆在窗明几净的新房里。最特别的,是土暖气替代了旧家的铁炉子;因为那会儿煤炭已敞开供应,再不用按月拿着煤本儿到炭场子排队购买,烧起来也不用精打细算了。搬入新家的第一个除夕夜,城里几个要好的女同学来我家玩儿,红红火火谁也不想走，一直待到半夜点了旺火、接了财神，趴在炕上睡到天亮才各自离去。现在，只要我们有机会见面，第一话题，肯定是回忆当年在我家熬夜的情景。

1980年，因为内部居住功能性与外部审美性的高度统一，我家的新房被内蒙古建筑设计院评为民用住宅样板工程。这之后的很多年，呼和浩特乃至内蒙古多地农村从批宅基地规格到房屋内外结构，都以我家这五间全松木插飞、上下双层玻璃的瓦房为蓝本。1981年，我爸去上海出差，拿着报社记者陪同设计院人员来我家参观考评时给拍摄的全家福底版去放大，看着照片上家里的布局摆设，上海人不无惊讶地说，真没想到，内蒙古的农村竟然会有这么好的住宅。这张照片被刊登在当年的《内蒙古画报》上。

随着社会经济的不断发展和生活水平的逐年提高，人们对居住环境的要求升级，由最初的遮风挡雨上升到不仅看着亮堂、美观，住着更要舒适、舒心。搬入新家后，先是我爸涨工资，接着我姐毕业参加工作，到我也挣钱了，队里的工分提高了，我们陆陆续续添置了很多改革开放前没有，或者说买不起也买不到的东西。录音机、电视机、录像机、电子琴、石英钟、沙发、地毯、冰箱、冰柜、电镀椅、电饭锅、煤气灶、洗衣机、摩托车、传呼机、大哥大……从北京拉回的那套质量非常好的折叠饭桌、茶几、坐凳，因为承载着一段美好生活的记忆，始终没舍得淘汰。

改革开放，经济发展，风调雨顺，国泰民安，人民幸福指数不断提高。再不用因地下水位下降洋井压不出水而发愁，因为村里给家家户户通上了自来水。瓮里有余粮，心里不慌张，桥靠村致富路 92 号我们高家大院儿，为生活更有品位，开始搞庭院建设了。盖起大东房，盖起小东房，盖起花棚，堆起假山，修起花墙、鱼池、葡萄池、月亮门儿，搭配种下各种乔木、灌木。春来花开似锦，秋至红叶如霞，一架啤酒花绵延出年复一年的夏日清凉，一场冬雪是四季轮回的表达。1988 年拆掉前院儿空闲的正房盖西房时，房子已经是钢筋混凝土结构了。

顺着外跨楼梯上到平展展的西房顶上，可居高临下，一览村容村貌。我家院儿里房子多，却没像其他人家一样把多余的租出去增加收入。我们姐弟五个在这花园般的院落里慢慢长大，上学，毕业，工作，出嫁，娶妻，生子。我们的孩子，同样在这里嬉戏玩耍。他们在大炭堆上立起"水泊梁山"的大旗，在西房顶上摆下花花草草的盛宴，曾挤在一辆自行车上表演车技，曾相跟着到巷子口的烧卖馆儿去吃烧卖。小侄女长到能满院儿跑的时候，有着 400 多年历史的桥靠村，因为城市发展的需要，整体拆迁已迫在眉睫。也就是说，我们又要搬家了。种种原因，这次拆迁，我们没有得到应得的安置房，虽有想法，也坚持过，但一切释然。住惯独门独户平房大院的父母，似乎不太愿意接受他们想象中闹哄哄的单元楼，便去北二环外我姥姥的娘家毫沁营村，挑选了一套刚刚落成的小二楼。这套房子紧邻 110 国道，院儿里能停汽车，院儿外可以开垦出一大片菜地。我爸称其为别墅。

就在我们一边装修新房，一边做着搬家准备的时候，非典袭来，一切暂停。

　　与第一次搬家相比，这次家底儿明显厚了很多。大到冰箱冰柜，小到杯盘碗盏、桌椅板凳、火锅烤箱，光墙上摘下的字画和相框，就装了好几大箱子。东、西房里的物品更多得无从下手。我们在脑子里一遍遍筛选择优，斟酌取舍。面对大家的愁容，我说："知足吧，过去穷，咱们想搬都没东西可搬，更别说扔掉不要了。"穷的时候，有的人家兄弟因为一块木板、一只水桶、一个饭碗、一条麻袋分配不公平能大吵一架，甚至大打出手。我还见过因为一件衣服打官司的。过去人们挣的钱少，物资匮乏，买啥都得凭票证，只有过大年时才有新衣服穿。孩子多的，老大穿了老二穿，老三穿了老四穿，最后烂到实在没法缝补了，也要拆成布片儿，打衬子做鞋用。最有意思的是办事宴时，谁家都得满村转着借碗筷、借桌凳，所以那时的盘碗底部基本都有用各种油漆标画的各种记号，方便还的时候挑拣。过去临近中秋节，我家的铸铁铛子就忙开了，才下东家锅头，又被西家端走，可得转弯些日子才能荣归。至于隔着墙头借个咸盐碱面儿醋酱油，更是常有的事。现在呢，什么都有，唯独缺少那种有借有还的邻里情。

　　我们边打包边筛选。卖掉的，送人的，搬走的，弃之不要的……一车接一车往新房拉，却感觉不到东西在减少。忙忙碌碌，到了2004年6月，紫槐就要开花的时候，承载着我家四代人情感的桥靠村致富路92号，在大型机械的轰鸣声中瞬间变成一片废墟。再多不舍，也只能相忘于江湖。如今虽时过境迁，但我总能梦见孩子们在花前逮蜜蜂、扣蝴蝶，在树上摘樱桃摘杏儿，在葡萄架下喂小狗喝奶、喂小兔吃萝卜，有时还能梦见我爷爷坐在炕上喝酒、我大爷推着自行车回来吃饺子。

楼上楼下，电灯电话，一日三餐，煎炒烹炸，电视看腻了，还有录像放。与平房大院儿相比，小别墅不仅有了客厅、厨房、餐厅、卧室、储物间，二楼还有大晒台；冬天也不用为上厕所发愁了。和我们同时搬来的蒙古族一家，夏天也会在小院儿里种各种蔬菜，我家没有的品种，收获时他们总要送一些过来。天气好的时候，左邻右舍会聚在一起，聊聊家长里短。

美中不足的是新家离城远，小区配套建设迟缓，再加当时还没有修快速路、高架桥，公交本只有34路一趟，打车就更别说了，无论出行购物，还是访亲会友，诸多不便逐渐显现出来。因为离得远，那时还没有私家车的我们无法像以前那样，一到周末，骑辆自行车就能拖家带口回桥靠大院儿团聚。渐渐觉得，我们在别墅的每一次相聚，都好似久别重逢。这样住了几年，父母决定，要再次搬家，重返市区。

主意打定，看房、选房、买房、装修，不过一年时间，就进入了搬家环节。新房选在居华园，这片儿地过去我们叫大圪垯，是桥靠村的果园，我爸说人不亲土亲，住在这里比任何地方都踏实。

搬家在即，楼上楼下堆积如山的东西，绕不开的断舍离，又要考验大家了。我爸念旧，当初不该从桥靠搬来的煤油炉、电热器、压水暖壶等已经被时代淘汰的东西，在这儿白白占了几年地方，这次依然坚持要搬回城里。最难搬的还是石桌、石凳、石花墩，都是好几个人才能抬上车的大家伙。

这次是单元房，再大的空间也没法儿和平房大院及小二楼比，很多东西只能选择放弃。因为要换家具，原先的写字台、立柜、皮沙发、榻榻米等就不打算搬走了。有个20世纪80年代特时髦的老式电镀大衣架，原本也在淘汰之列，拉东西时始终没往车上装。我爸实在看不下去，便背着我们用自行车驮回城里。事后给我们描述当时的情景说，本来想横躺在后架上驮，但太宽，不安全，还影响交通；纵着绑呢，又太长，拐弯时能扫倒一大片，越发危险。结果就顶天立地，竖着捆绑在后架上，转圈儿的挂钩也没闲着，挂满各种小东西。我爸说他骑着自行车一进市区，交警看见就目瞪口呆了。好在最后安全到家。新家添置全套红木家具后，这个大衣架虽然显得有些另类，也没什么用处，但至今仍摆在父母的卧室里。

回顾三次搬家，不管是从前院儿搬到后院儿，还是从市区搬往郊区，抑或从郊区重返市区，这事搁过去，连想都不敢想。父母常提醒我们说：这一切，都是托共产党的福；没有共产党的正确领导，哪有我们今天的幸福和安宁！

山药土豆马铃薯

土豆,学名马铃薯,呼市人爱叫山药,用此地话说,就是"三丫"、黄"三丫"、红"三丫"、"三丫"蛋。

山药土豆马铃薯,其实是一回事儿。

山药听起来有点儿土,可它确实是个洋玩意儿。追根溯源的话,可就早啦。那是大约距今7000年前,一支印第安部落迫于生计,迁徙到高寒的安第斯山脉,以狩猎和采集为生。采集的过程中,他们发现了野生马铃薯。但那时候的马铃薯毒性非常强,弄不好没填饱肚子就先要了人的命。为了果腹,经过人类长达几千年的"驯化",野生马铃薯的毒性越来越低,成为餐桌上的主要成员。17世纪的明朝,马铃薯跋山涉水来到中国。这之后,万变不离土豆的各色菜肴,被煎炒烹炸出来,它们或雅得令人赏心悦目,或俗得叫人越吃越爱。作为呼市人,谁敢说没有土豆情结?反正我有。

要说这山药,可真是个宝贝疙瘩。计划经济时期,粮食不够吃,山药可替代,熬到稀粥里,拧到炒面里,权当主食。也可用礤床儿擦碎，和到莜面里充数。小时候最爱吃我妈用和了山药丝的莜面擀出来的金棍儿条条。上笼蒸熟，弄上半碗炝了扎蒙蒙花儿的山药丝子，拌点儿油炸辣椒，倒点儿醋，如果季节对，有点儿香菜、黄瓜、水萝卜，准定吃得弯不下腰。在擦成丝儿的山药里拌干莜面上笼蒸熟，用胡油葱花炒一下的莜面丸丸，同样让人不识饥饱。现如今，土豆最大的用处还是当蔬菜，凉拌、素炒、猪肉烩、羊肉炖，调莜面少了山药，简直寡得没吃头。用土豆加工成的薯条、薯片、薯塔，更是大人、小孩儿磨牙的好东西。

想我小时候，有的人家吃饱饭都是问题，娃娃们除了几颗奢侈的炒豆子，再无其他零食可见。如果硬要说有，那就是顶天立地的两种粗俗食品，一是干咸菜，一是干山药。

做干山药有季节性，得过起大年，虽然还冷，但土默川上已有了春风。把菜窖里冬天着冻发软的山药取上来，洗干净煮熟，剥皮后放在大铁筛子里，搬到凉房顶上，连冻带吹带晒。起码得一个多月，香甜干爽的干山药才能吹成。彼时，放学回来饿了，登梯子上房，抓几个揣到衣兜里，踩着梯子下来。两手各握一个干山药，相互磕打磕打，把上边儿的灰土磕掉，"咔嚓"一口，酥得满地是渣子。

那时候日子苦，不管是饭锅里的山药，还是装在兜里的干山药，遇见发麻的，顶多嚼几口咸菜去去麻，继续吃。没人知道那种麻的感觉来自毒性极大的龙葵素，也没见有人因为吃麻山药而中毒。因为没有大门，我家房顶上的干山药有时会被附近的小孩儿偷偷拿几个，但我们从不把这当回事儿，一点儿果腹的土零食，伸手要也得给。

与出生在20世纪40年代的我妈比，不管吃什么，我们的童年总没有挨过饿。拿土豆来说，每年秋收季，村里按人头给社员分，我爸所在的呼市乳品厂还分，好几麻袋山药放到菜窖里，一直能吃到来年六七月。我妈小时候，山药皮都很金贵。有一天，一个讨吃要饭的估计是大半天没要上可吃的东西，转悠到新城南门外护城河边我姥姥家时，扒在窗户上往里一眈，眈见锅台上有一小堆山药皮。他就冲屋里的我姥姥喊："大嫂，把锅台上那点儿山药皮打发了我哇……"姥姥一听，随手把一块儿烂搌布扔到土豆皮上，对那人说："我还喂猪了！"姥姥在世时，每当我们聊起这件事儿，她总是仰起头哈哈大笑。

姥姥给我们讲过一个土豆的故事，是我妈小时候的事儿。

"农业社初期，社员集体出工去地里劳动，半下午饿了，趁社长不在，偷偷跑到山药地里挖了些山药，在地畔挖了坑，坑里用柴草点了火，想等火烧差不多了把土豆埋进去焖熟吃。真不巧，火点着没多大工夫，有人远远瞭见社长向这边走来。众人赶紧把土豆扒拉到坑里，几锹土下去，火灭了，烟没了。

"姥姥一直惦记着那些土豆。傍晚收工时，她故意磨蹭着走在最后头，等人都瞭不见了，才拐着一双金莲小脚，返回去找到埋土豆的地方。虽然那些烟熏土埋过的土豆再也无法熟透，但姥姥家晚上的稀粥锅里，还是多了些可以用勺头捞起来的稠东西。

"现如今,谁还把土豆当成一回事,谁还在开春后把窖里的土豆取出来掰芽。对年轻人来说,长了芽的土豆就有毒了,不能吃了。我们那时候,上一年的山药蛋,经过一次次掰芽,水分流失严重,最后都成了皱皱巴巴的软团子,拿在手里削皮像做手工剜花,就那也照吃不误。新土豆呢,不到国庆节根本吃不上。"

要说把土豆吃到极致,还得是乌盟人。新鲜土豆就不说了,单说那硬邦邦的冻土豆,我们认为该扔掉,在人家眼里却是宝。

小时候去后院儿五嫂家串门儿,常见她从凉房端回一脸盆能打死人的冻山药蛋,用瓢舀上冷水倒进去,往外激冰。激出冰壳,剥掉,换水继续泡,直到山药蛋彻底变软。五嫂取来两块案板,中间夹上几个土豆,两手使劲儿摁压,往外挤水,直到压成脱水状的扁片子。都压好后,摆到笼里,放到热锅上,拉风箱往熟蒸。这个过程中,我总能闻到一股股略带甜味的香气。蒸熟稍微凉一凉,就上五嫂腌制的烂腌菜、芥菜丝儿,非常可口。五嫂说在她老家,赶上饥荒年月,出去放羊的人带几个这样的蒸土豆,就是干粮。

一直以为乌盟人是怕浪费才把冻土豆想法子吃下肚,其实不然。小区门房换人了,是一对儿乌盟夫妇,我去取报纸书信,发现他们隔三岔五就蒸一回冻山药吃。细问才知道,虽然离开老家多年,但总也忘不了这个吃法,夏天冰箱里都有冻土豆。他们说,过去在老家,天气一上冻,人们就把一筐头一筐头的山药倒到院子里让冻着。冻好了,先泡,后压,再蒸,既当干粮又当饭。一些头年起山药时，遗漏在地里的山药，第二年春天刨出来，依然是抢手货。即便刨出来没及时捡净被风干了，但拿回家洗净晾干磨成面，做出的黑鱼子比用新鲜山药做得还筋道、好吃。更绝的是，现在条件好了，他们把蒸熟的冻山药切成片儿，和肉呀菜呀一块儿下锅炒，据说口感和味道都非常好。我脑子里忽然冒出个问题：最后这个吃法，到底算雅吃，还是俗吃？

关于土豆的吃法，放眼饭桌，真正是雅便雅到大雅，俗便俗到大俗，但不管大雅还是大俗，好吃才是硬道理。一碟点缀着青红椒丝的白净清爽酸辣土豆丝儿，摆在星级酒店转桌上，算是雅吃。一盘放足调料，炒到一塌糊涂的家常土豆丝，端上自家炕桌，算是俗吃。下辛苦做一锅红润可口嗞啦响的干锅土豆虾，是雅吃。炖一锅烂糊排骨土豆酸菜粉，肯定是俗吃。煎个精致的西班牙土豆鸡蛋饼，是雅吃。蒸一笼个大如拳的油乎乎山药包子，是俗吃。在大饭店里，点个被安置在细白瓷盘正中央的沙葱土豆泥，是雅吃。个人捣一碗调莜面的土豆泥，一定是俗吃。据说武川的高级厨师用山药蛋精心煲制出一道色、香、形、味俱全的素食鲍鱼，那绝对是雅吃。和林羊肉炖土豆，虽然有肉，但想想它出现在饭桌上的频率，还是俗吃。拿个烤箱里包着锡箔纸烤熟的土豆，翘起兰花指蘸上椒盐面儿，是雅吃。熬一锅土豆小米稀粥，拧炒面、就摊花，是俗得不能再俗的吃法。

后山主产区现在有个叫"费乌瑞特"的土豆，对土地、气温要求高，产量却很低，堪称土豆中的王。这个品种也是洋玩意儿，来自荷兰，淀粉含量高，用呼市方言说就是吃起来"真沙"。早先交通不便，后山地区冬天很难吃到菜，包饺子烙馅儿饼只能用土豆拌馅儿，非常好吃。去乌兰花，当地朋友请我在街上吃饭，顿顿不离土豆。早晨羊杂碎里有土豆，羊血包子里有土豆，中午炖羊肉、炖笨鸡有土豆，晚上简单吃碗面，臊子里熬的还是土豆。细细想来，一年三百六十五天，呼市人筷子头挨不上土豆的日子，真还找不出几个。

摊花儿

我们这茬人就是吃摊花儿长大的。

那些年每到冬天,村子里家家户户连续几天都在热火朝天摊摊花儿,一摊就是一大瓮两大瓮。早晨吃,下午当干粮吃,晚上如果熬稀粥、熬糊糊,主食必定还是摊花儿。

那时是计划经济时期,粮站按人头供应的白面非常少,家家户户以玉米面为主,蒸窝窝、贴锅贴、熬糊糊、换钢丝面,大人孩子最爱吃的,却是多少有点儿油花的玉米面摊花儿。纯玉米面做的摊花儿并不怎么好吃,口感有些粗涩,因为筋度差,整体很容易碎。如果掺入一定比例的白面或小米面,就不一样了。

摊花儿是起面东西,得先把原材料调成稠稀适当的糊糊,盖住放到热炕头上起。起到冒泡,兑好碱,放几颗糖精搅匀,就可以摊了。

摊摊花儿妙就妙在这个"摊"字上,很像一场艺术表演。且看我妈,手里的勺子不紧不慢地在那一大盆面糊糊里漫不经心地搅来搅去,真像一个画家在调和颜料。等锅头上鏊子的温度上来了，我妈舀一勺面糊糊，手腕顺势上下一颤，把拖拉在勺头外面的糊糊颤下去，再顺势往刷了胡麻油的鏊子里一倒。欻啦、欻啦几响后，中间一个，外面一圈儿，鏊子里就摊出一大朵冒着小泡泡的黄梅花。摊满就盖上盖子，风箱呢，不能老拉，因为摊花儿要的是匀火，如果火太大太猛，下面已经煳得冒烟了，上面还生着。判断生熟凭的是经验。约莫的时间，鏊子里的响声，锅盖缝隙里飘散出来的气味，都是判断生熟的依据。一旦断定摊花儿熟了，我妈把锅盖揭起来立到后锅台上，用铲子把圆圆的摊花儿一个一个铲起来，一个一个对折成半圆，再一个挨一个斜斜地码到盖帘儿上或者笼屉里。

每次我妈摊摊花儿时，我都守在跟前，帮着加加炭、拉拉风箱，摆摆摞摞烙好的摊花，偶尔也承担起把晾凉的摊花儿端到凉房里的重任。劳动换取的福利就是能吃上鏊子里随时滴嗒下的扣子摊花。这个东西只有指甲盖儿大小，趁热吃才香。

摊摊花比蒸馒头麻烦，我妈每次都是一摊一下午，放凉后冻到大瓮里，能吃个半月二十天。这也是夏天不做摊花的原因。做少不值当，做多放不住。

我最爱吃炉盘子上的烤摊花儿，热乎乎泛着油香；翻腾好的话，还能烤出诱人的酥脆感。有时在外面疯跑疯玩儿饿了，面对一个黄澄澄的烤摊花儿，我的表现简直就是饿虎扑食。

掺有白面或小米面的摊花儿，冻过后再上笼馏一下，吃起来细腻筋道非常可口，算是粗粮细作。有的人家白面紧缺，就直接用纯玉米面做，因为没有韧性，一冻一馏，就碎成一大堆了。

冻摊花带着冰碴直接吃，更是别具风味。小孩子火力旺，饿了去凉房拿一个，连啃带咬吃下肚，真有点儿现在吃雪糕的意思。我们还啃过冻糕、冻馒头，尤其那个冻豆馅儿馍馍，啃得通体白牙印子，最后把中间的豆馅儿含在嘴里，像吃小豆冰棍儿一样，让它慢慢儿化。

很多同龄人因为当年玉米面吃得太多伤了胃，现在一看见摊花、窝头肚里就泛酸水。我因当年吃得少，而且一般是粗粮细吃，如窝头要用胡油炒过拌白糖吃，摊花里面白面比例大，蒸发糕加牛奶、红枣等，没有吃伤。

2009年考上文研班在内大南校区上学，三年里我的早点基本雷打不动一碗豆腐粉汤加一个玉米面摊花儿，别看不值几个钱，却吃得顺口又舒服。有时为了周末在家也能吃上玉米面摊花儿，我就提早准备个大一点儿的食品袋儿，早餐时多打几个，从食堂提到八楼教室，上完课再装到书包里背着去挤公交车回家。

前几天在一家中式快餐店吃饭，和我坐在一个长条桌上的两个人，吃的是鸡蛋汤加玉米面摊花儿。我们边吃边聊，聊过去的冬天，聊把肠子都吃黄的玉米面时代，聊至今吃不够的玉米面摊花儿。

压粉条

这几年没少吃后山朋友家压的细粉、宽粉、片儿粉,也用他们送来的粉面做过粉皮、凉粉儿,却始终没敢试过压粉条,怕压不成,白白糟蹋了那些好粉面。

粉面是淀粉的俗称,在大青山前后特指土豆淀粉。

过去,每年腊月除了给自己家压粉条,我妈有时还被村里人叫去当参谋。那时候没有冰箱冰柜,只能腊月里多压些,冻在凉房里,一正月调豆芽做烩菜炒豆角丝,等过起年天热了,把吃剩的全部从凉房拿到院儿里,风吹日晒变成干粉,再放回凉房里头,整个夏天就有粉条吃了。

压粉条可是个技术活,白矾多了不行,少了也不行;面和得硬了压起来费劲,软了好压但粉条不筋道。有一次看别人家压粉条,面太硬压不动,人站到锅台上压,结果把饸饹床的底子压掉了。

后山地区出粉面,那儿的人都会压粉条。我家院儿里曾短时间住过一户人家,女主人有一次压粉条给我家送来一坨。正好家里有羊头肉，我妈就做了羊头肉炒粉，但那粉条压得不成功，一下锅就成了寸断，黏糊糊的一点儿也不好吃。

小时候就盼着家里早点儿压粉条，炒着吃烩着吃，还惦记调着吃。这调着吃，只有压粉条这天才能吃到。

压粉条和蒸糕一样，是大工程，得全家总动员，有时忙不过来，串门儿的邻居也得上手。正式压粉条这天，提前把粉面从凉房里挖回来醒好，把白矾用铁钵子捣成面儿，把水瓮里的水压满，把一应工具都准备停当，就能开工了。有打芡和粉面的，有捏大长剂子的，有站在板凳上用木制饸饹床子往锅里压的，有拉风箱烧火的，有用笊篱、筷子从锅里往盆里桶里捞的，有从冷水里捞出来往住把的，有负责换捞粉条水的，还有把摆满粉条坨子的筛子或笼端到外面去晾着冻着的。压粉条这天，满地都是人。

我那会儿除了没和过粉面，其他工序都干过，包括最后剩点儿粉面不值当压，得捏成鱼子下到锅里煮，我也干过。

每次粉条压完，我们就迫不及待抓起笊篱把积在盆底、桶底的碎粉都捞到一个小盆里，切点儿生葱，倒点儿酱油醋，再淋点儿胡油或香油，拌点儿炸辣椒，就可以动筷子吃了。

不知是干活累饿了，还是那被水长时间泡过的碎粉口感正合适，反正在我记忆中，这个调碎粉永远吃不够。有时大人见我们没解馋，就拿一坨长粉切成短节儿让我们继续调着吃。但这个现加工的碎粉不挂盐汤，也太筋道，吃起来反而没意思。

好，故事来了。

时间已是 20 世纪 80 年代，我姥姥家从内蒙古人民医院北墙外的城壕沿儿搬回村里，离我家就十来分钟的路程。快过年了，我妈去帮我姥姥压粉条。我约莫着快压完了，就溜达过去，想混着吃几口调碎粉。然后表弟就乐了。他笑着告诉我说，人多碎粉少，调了些长粉，然后让我猜结果。我猜不着。

　　到底怎么回事？

　　一个就指着另一个，笑得前仰后合，止都止不住。笑够了才说：他口太大吃得猛，粉条没咬断就呼噜呼噜整咽了。有一根搭在嗓子眼儿，死活咽不下去，想用手拽出来，结果，把咽到肚里的长粉条全给拽出来了。

　　我不相信，以为是故事，结果他们就带我去看现场。那以后很长一段时间，别说调碎粉，任何粉条我都吃不下了。

糖菜干儿

一直忘不了后院儿大奶奶房檐头下挂着的那些糖菜干儿。

糖菜是大爷爷出去割草拿回来的,一个能有二斤重。大奶奶把上面的毛根儿削掉,用刷子刷洗干净,放到锅里煮。刚煮熟是白的,看不出跟煮熟的白萝卜有啥区别,可切成薄片用线穿起来挂到外面晒两天就不一样了。晒好后,那透明又泛着糖光的糖菜干儿,简直比果脯都好吃。

满嘴没有一颗牙的大奶奶有些小气。她很少拽片糖菜干儿给我们吃,我们馋得实在受不了,就想到自己家堆在窗根儿的那些糖菜皮。

糖菜的学名叫甜菜,原产于欧洲地中海沿岸,1906年引进中国,后由东北引入内蒙古。1802年,世界上第一座甜菜制糖厂在德国诞生。20世纪50年代,内蒙古第一家糖厂在包头建成,随后建成呼和浩特糖厂。

糖菜分糖用、叶用、根用和饲用,桥靠村种的是糖用糖菜。每年秋天,各个生产队把按计划种植的糖菜起出来收拾好,用马车拉上交到呼和浩特糖厂，用于生产大青山牌绵白糖。

拧掉叶子的糖菜从地里起出来后，用刀子一个一个把锥形根部的坑洼和须根削掉，那些削下的泥皮、须根，以及少量断根和没有长成的小糖菜，统称为糖菜皮。糖菜皮不用往哪儿拉，就地扒拉成堆，按户分给社员，弄回家清洗后用锅煮熟喂猪。我们的目标是那些混在糖菜皮里的小糖菜和断掉的大糖菜根儿。虽然这些东西含糖量很低，但煮熟晒成糖菜干儿同样能解一时之馋。

除了从糖菜皮里找小糖菜，有时我们也会在分糖菜皮的时候，趁队里的人不注意，脸红心跳手发抖地往麻袋里塞上一两块儿被铁锹铲烂的大糖菜疙瘩。偶尔也能在收获过的地畔上发现一个被遗漏没起的糖菜，简直如获至宝。

我和我姐用刷子把那些人参一样的小糖菜和大糖菜根儿刷洗得干干净净，像大奶奶那样先煮后切，再用针线串成串儿，吊到房檐头下去晒。晒糖菜干儿的日子，我们总是咽着口水，不停地仰起头用目光推测其干湿程度，偶尔忍不住拽一小片尝尝，嚼在嘴里都舍不得往下咽。虽然我们的糖菜干儿因为含糖量低，看上去有些发瓷发白，不如大奶奶的透明光鲜，但在那个年代，已经是难得的上好零食了。

有一年我们煮糖菜，因为心急火太大，锅里很快就没水了，还发出细碎的吱吱声。我赶紧揭开灶火门子，边用和了水的炭末往住压火，边想这次肯定完蛋了，要煳锅了。一揭锅盖，锅底正冒着焦糖味十足的黄黄的糖泡。赶紧用筷子把那些基本熟了的大小糖菜连夹带扎弄到盆儿里，用勺子去挖锅底的糖泡时，居然拉出了长长的糖丝。那糖丝吃到嘴里，是一种妙不可言的甜。

后来不知为什么，村里忽然不种糖菜了，结果是我们夏天没处撇糖菜缨子喂猪，秋天也没有晒干儿的糖菜了。怎么办？天无绝人胃口之路，我们又发明了胡萝卜干儿。这个原料充足，队里分，我爸厂里也分，真是想晒多少晒多少。虽然吃起来不如糖菜干儿甜，但能给口舌极大的安慰。

烧山药

土默川的六零后，学生时代早点不叫早点，叫干粮，就是头天吃剩的馒头、窝头、烙饼、锅贴子；如果是冬天，还有玉米面摊花和荞面欻饼。

不在家吃，撕张本儿纸，随便一包，或者塞进书包，带到学校吃。下午放学回家，饿了，照样揭起笼盖，找馒头、窝头、锅贴子、烙饼、欻饼、摊花儿吃，这叫搬干粮。没有干粮可搬，又饿得不行，就抓把冷莜面或钢丝面对付，蒸熟的大瓜、山药、红薯也在其列。有时啥也没有，笼里空空，咋办？有办法，夏天生吃从生产队分回的黄瓜、西红柿、牛心菜、柿子椒，冬天就在炉坑里烧几个山药蛋。我家烧山药一般是在晚饭后，一边听我爸我妈和来串门儿的人叨啦芝麻谷子鸡毛蒜皮，一边趴在炕沿儿上等着吃烧山药。

烧山药看起来容易，就是扒拉开炉膛里的热灰，把不大不小的山药蛋扔进去，再用炭铲子铲上灰盖住。有时为熟得快，还得把炉门子扒拉住，连焖带烤，却被说成烧。

我是个急性子，每回山药埋进去没多长时间，就迫不及待用火钩子钩出来捏一捏，感觉不行，再扔进去埋住。如此几次三番，我妈就看不下去了，说我那山药越折腾越熟得慢，闹不好，干脆就成了夹生圪蛋。其实，不用我妈说我也知道，我烧的山药从来没像我姐烧的那样，外皮全是鼓起的干而未煳的燎泡，拿起来，虽然烫得左手右手急倒腾，但感觉出了熟山药那种特有的虚腾腾和软绵绵。我姐趁着烫，快速把沾在外皮上的炉灰磕打掉，两手巧用力，一捏、一挤、一掰，一股白气带着诱人的味道扑鼻而来。

烧山药就得趁烫吃，又沙又绵，尤其那层外皮，似煳未煳，焦香柔韧，简直就是烧山药的精华或灵魂。

很多时候，我姐分给我的半个烧山药满足不了我的胃口，我就往炉坑里的灰上扔俩山药，有时那灰里我姐已经埋上了山药。

我烧山药从来不往住埋，我要让它们离燎盘子近点儿。这还不够，我得坐个小板凳守在火炉旁，不停地用火钩子往下漏热灰和小红炭块儿。我被炉子烤得直冒汗，那俩山药蛋没一会儿也被烤得满身燎泡，偶尔噗一声，一个燎泡炸了，瞬间吹出一缕炉灰，也吹出一股烧山药的香味。

我总觉得，这样认真守着，又想尽办法让炉膛里的温度一再提高，那山药烧熟的时间就会缩短很多。其实根本不是那么回事，每次我急着把看似烧熟的山药钩出来，它们除了烫我手，再无其他表示。我生气，又急着想吃，不管三七二十一，张嘴就咬，结果，只是连灰带皮半生不熟啃下薄薄一层，因为太牙碜，根本不敢使劲儿嚼。好好的山药，作害的只能扔到猪食盆儿里。

我家的火炉子炉灰坑不大，一次烧不了几个山药，而且太费工夫，越着急吃它越不熟。好不容易盼熟了，却因人多只能分到一个或半个，刚够招惹馋虫。后来我们干脆不烧了，改成在炉盘子上炕。

炕山药片儿还多了娱乐性。每人一把小刀，把洗干净的山药蛋切成两三个硬币厚的片儿，转圈儿摆在黑又亮的炉盘子上，根据火大小翻面儿，根据鼓胀的程度和表面颜色、亮度断定生熟。炕山药片儿又省时间又干净，每一片儿都是两面焦黄，口感和味道与烧山药比，反而更胜一筹。

那些自行车

南八里庄美通大桥建成通车后，我毅然舍弃坐了两年多的55路公交车，选择骑自行车去内大南校区上课。骑自行车有两个好处，一是因为不用绕道昭君路节省了一个多小时，二是无意中锻炼了身体，还看了每日街景。

其实，在鼓楼修建立交桥以前，人们出行主要靠自行车。每当上下班高峰期，所有路段、路口车满为患。红灯一亮，各式各样的自行车很听话地站住，有二四、二八，有轻便、加重，有直梁、弯梁，还有少量新式彩车，跟现在汽车堵在一块儿没啥两样。

像汽车从稀罕到普及一样，20世纪六七十年代，谁家想买辆自行车，也得从攒钱开始。不光攒钱，还得想方设法打闹到买自行车的票，二者缺一不可。我就曾为我们家添置自行车立下过汗马功劳。那年秋后分了红，公社给村里分配两辆自行车的计划指标，喇叭里吆喝让全体社员到大队办公室去抓阄。可能我妈根本就没抱什么希望，一抬眼看见我在门口站着，就把我给派去了。没想到，我简直像个啥都能干的万金油，挤在大人堆里，一伸手就抓到个"有"字儿,用现在的流行话说,就是叫人羡慕嫉妒恨。第二天,我爸拿着爷爷给的钱,去市五金机械公司设在中山西路的门市部,把自行车买了回来。过去那种老二八加重自行车身材魁梧、威风凛凛,在那个年代算得上是劳苦功高,人们上班需要它,下地劳动需要它,买粮、分菜、割羊草、推柴火、撒喂猪的糖菜缨子也需要它;一家子出远门走亲戚串朋友,还是靠它。

　　在村里,爷爷用勤劳给我们打下了很好的基础,家里的日子过得风生水起。比如自行车,从数量到质量,在村里一直遥遥领先。从开始的新华牌、永久牌、飞鸽牌,到后来的红旗牌、凤凰牌、飞龙牌;20世纪80年代后期,家里一下拿出2440块钱,找关系从天津拉回来十辆26型斜梁飞鸽彩车。你别小看那两千多块,当年可是个大数目。这十辆自行车为我们出嫁做准备。就像现在聘闺女陪汽车,那时的一辆自行车同样是女方家底殷实的象征。

　　我家众多的自行车里,最值得骄傲的,是那辆现今还收藏在凉房里的锰钢全链盒28飞鸽自行车,那可是当年的奢侈品,约等于现在的奔驰或宝马。这辆飞鸽得来不易,走了极大的后门才弄到手。那是1970年,曾经和我二大爷一起在内蒙古骑兵五师服兵役的顾同志,当时正任着市五金公司的业务科科长。他看我爸真喜欢、真想买、也买得起,就想尽一切办法,硬是从国家调配给全内蒙古的四十个指标中捣鼓出一个。2003年桥靠村整体拆迁在即,我和我妈收拾东西,竟然找到了当年购买这辆自行车的发票和完税证。完税证还显示,这辆"锰钢"因为牌照晚办了123天,居然被税务局罚了1块2毛9分钱滞纳金。罚钱并不重要,重要的是买车已花费172块,再想按计划给车提提档,因为不到月底开支,手头就有点儿紧。我爸想到了暂借。那时的钱含金量大,只和厂里郭大爷借了20来块,就给"锰钢"配置了一整套自磨发电装置。晚上骑车出去时,只要把安在车锁旁边的那个小电瓶往后轱辘上一推,车骑得越快,车前头那个不锈钢车灯发出的光就越亮。有一年正月我们出城去毫沁营村给亲戚们拜年,晚上往回走的时候,天正下着鹅毛大雪。我坐在"锰钢"的大梁上,看飞扬的雪花在那束明亮的灯光里翻来卷去,因为太投入,连冷都忘了。

按记忆推算,买"锰钢"后不久,我爸用它带着我和姐姐、妹妹去公园旁边的体育场看什么比赛,我和妹妹紧挨着坐在大梁上,姐姐坐在后座上。我爸骑车很艰难。他得把我们前头几个都安顿好,才能小心地左脚着地,右脚跨过几个孩子中间的车座坐到座子上,再左脚离地、右脚同时给力,让车子找到平衡后往前走。对小孩儿来说,能安安稳稳地坐在大梁上是个技术活儿,得练就随车摆动的技艺,否则就会在拐弯儿或超车时被闪得漏下去。因为大梁上人的妨碍,我爸不得不挺胸抬头、目视前方,并大幅度地夸着腿和胳膊,几乎就是用脚后跟在蹬车。一路上,我爸不停地提醒我们,又怕捏闸挤了我和妹妹握着车把的手指头,又怕后面的姐姐不小心把脚绞到车轱辘里,等终于到了人声鼎沸、红旗招展的体育场,不知啥原因,人家早就关上门不让进了。我之所以记起这件事,是因为到那儿后我爸把我从自行车上提溜到地上时，由于长时间的神经压迫，我腿麻脚麻站都站不住，只要一动，双脚就像有一万根钢针在脚底上扎。这疼，便给了我难忘的记忆。一辆自行车上载三四个人的情景，那个年代比比皆是。

收拾东西的时候，我还找到两张1965年的自行车完税证。这两辆自行车，一辆是牌照号为291558的"永久"，一辆是牌照号为026850的"新华"，都按规定各自缴纳了2块4毛钱的车船费和6分钱的牌照工本费。我妈说，就是这辆"新华"毁在了那场运动中。简直无巧不成书。在接下来的整理中，竟然找到了我爸1979年11月7日写给他的原单位党总支和政策落实办公室的一份材料的复写底子。这份材料的中心意思就是要为他那惨遭不幸的"新华"讨个说法。材料中我爸这样描述："1967年5月11日午后，我去新华书店。下午三时许，造反者（我爸站在保守派的队伍里）将该书店围住，不让出入。当时亲眼见造反者将我的自行车砸坏拉走，以后至今未曾找回……本人这辆自行车当时有八成新，新华牌，价值140元……"关于补偿，我爸说要么给点钱，要么给解决一张买自行车的"票"。最后呢，和其他很多在运动中有类似遭遇的人家一样，这两个愿望都成了破裂的肥皂泡。

写这份材料时，我爸已从市政公司一队调到呼市乳品厂供销科工作多年，并且拥有一辆挂着蓝色牌照的公用自行车。当年的公用自行车等同于现在单位给跑业务的工作人员配备的汽车，是很牛气的。因为工作需要，我爸得坐火车到全国各地去推销厂里生产的青山牌奶粉和青山牌麦乳精，此时他的公用自行车就归我们所有了。有天下午我准备去上学，看着停在树荫凉里的公用自行车，心说闲着也是闲着，不如让我利用一下，也牛一把。三十五中离我家很近，但一过小工厂，路就变得不适合骑车了。为了当有车人，我只好舍近求远，骑着它从村西头出去上了马路，向北再朝东上乌兰察布路，绕一个大弯才到学校。惨的是，从来靠"11号"走路上学的我，一进校门把车锁到车棚里，就忘了这码事。放学回家，作业写完马上要吃晚饭时，我忽然想起我爸的公用自行车被我忘在学校了。我心里一惊，饭也没敢吃，一口气跑到学校，看见车还在，才把嗵嗵乱跳的心放回肚子里。那以后，我再也不敢骑自行车去上学了。

现在买了私家车的人，没几天就把爱车装饰得称心如意。我们那会儿买了新自行车，也要搞一番装饰。父母的年代，顶多给车梁上缠点儿花花绿绿的塑料条，用碎布头给车座缝个座套，在大梁上安个和车座差不多大小的木头座儿供小孩儿用。到我们装饰自行车，花样可就多了。用毛线织带图案的座套，给车把织把套，车前要配车筐，要把按一下响一下的单盖儿车铃换成按一下响不停的双盖儿转铃，要在前后轮子的辐条上串些五颜六色的塑料珠子。有孩子的，要在后面安个有扶手、有棉垫儿、有脚蹬的小车座儿，并且给后轮儿的两边安上挡网，以防小孩儿把脚伸进飞转的辐条里酿成惨祸。现在人们都喜欢靠在自己的爱车上拍照留念，我家有几张黑白照片，却是人和自行车的合影。

自行车得定期保养。因为家里人多车多，我们就让修车手艺非常精湛的旧城大姐夫每隔一段时间来家一趟,打开场子给每一辆自行车体检。该上油的上油,该换滚珠的换滚珠,该整圈的整圈,该紧螺丝的紧螺丝,场面很有修理厂的气势。

我学骑自行车大概七八岁,直到现在,那种摔倒后皮开肉绽的疼,依然记忆犹新。但那疼是痛并快乐的,有点儿"明知山有虎,偏向虎山行"的意思。学骑车一般是夏天中午大人们歇晌或下午放学后到天黑以前。现在学汽车得找没人的地方,我们学自行车要找一堵墙,那堵墙就是三队饲养院的后墙。每人一辆自行车,左手握着车把的左边,右手撑在墙上,两腿"掏圈儿",脚踩在两边的脚蹬子上。感觉姿势摆好了,右手像撑篙那样一用劲儿,同时两脚一配合,还得在撑完后马上用右胳膊抱住车座,此时自行车已离开墙朝前冲了出去。这个办法比让人扶着学得快,但平衡掌握不好会摔跤。现在学汽车要考科一科二科三科四,我们学自行车先从推车学起,然后是掏圈儿、蹬半圈儿、蹬整圈儿、骑大梁,最后才是坐在车座上骑。我摔得最惨的一跤,就是刚学会上座子骑,因为车大腿短够不着脚蹬子,骑开有点儿像小儿麻痹,结果有一下没找着脚蹬子蹬空,连人带车就给放展,飞出去十几米。虽然没骨折,但最先着地的左膝盖血肉模糊,我疼得差点儿断了气。从此留下后遗症,我一做梦就是从自行车上摔下来,从而吓醒。我已多年不骑自行车,但现在仍然会做这个噩梦。

1992年,18岁的弟弟和我爸商量,想买一辆赛车,和与他同龄的侄子结伴长途骑行。那时的新款赛车一辆将近1000块钱,我八年工龄，年收入不到 1400 元。但我爸非常支持弟弟出去见见世面锻炼锻炼。

赛车买回家，弟弟一边熟悉车子的性能，一边申请办理中国银行长城卡，一边设计路线图并着手准备路上所需的一应物品，还上内蒙古体委开具了介绍信，以方便他俩沿途所到之处盖章使用。

算起来，这辆赛车该是一个分水岭，因为这之后，我家再添置交通工具时，也与时俱进了。从 24 彩车、小轻骑、小摩托车、大包摩托车，一直到日本铃木 AX100，再就是后来的大小捷安特，烧油的、用电的助力车，赶潮流的折叠自行车。

现在，包括那十辆彩车在内，我家的自行车除了送人和被小偷偷走的，剩下的几辆，在讲究低碳的今天，依然服务于我们的生活。就连已经用汽车代步的弟弟，节假日也还是喜欢骑上他那辆曾经上过五台山、进过北京城的赛车，在二环路上跑一圈，那种惬意，是任何现代化交通工具都无法给予的。

端午凉粉儿

端午节前一天，各个生产队都早早割好韭菜、拔好水萝卜，大队喇叭里开始吆喝，让一队、二队、三队的社员们，或者去各自的饲养院院儿里，或者去菜地里分菜。一般是每户一捆韭菜、两把水萝卜。韭菜有二三斤，摘洗干净，切碎，留出半碗调凉粉儿，剩下的全部拌到切好的猪肉馅儿里。水萝卜一把子五个，三四个切丝儿调凉粉儿，剩下的被我们咔嚓咔嚓生吃掉。

做凉粉儿用的是上年自家磨下的山药粉子。这绝对是个技术活，水和山药粉子的比例，白矾加多少，全凭多年的经验和感觉。如果经验不足，那凉粉儿要么软得不筋道，要么硬得不挂盐汤，也有因火大煳锅出现黑渣看着不干净的，有比例不对、节奏不对疙疙瘩瘩不成形的。我曾按照现在提倡的饮食安全理念，不添加白矾做过凉粉儿，但总感觉吃起来不如老法子做出的可口，大概这就是口舌关于食物的记忆。

村里做凉粉儿不叫做，叫杵，杵凉粉儿。这种叫法大概源于做凉粉儿那个动作。

端午这天早上的锅台前,我妈右手拿舀饭的长把子大铁勺,左手端盆儿,盆儿里是加了少许白矾的稀糊状山药粉子,我负责拉风箱。铁锅里的水开了,我妈安顿我,火不能太大,要少加炭,匀匀地拉风箱。我妈用勺子把已经沉淀的粉面糊糊搅匀,开始慢慢儿往锅里的开水中倒,边倒边用勺子不停地在锅里朝一个方向搅动。等粉面糊糊都倒完了,双手握紧勺把子快速而有力地在锅里前后左右不停地杵,直杵得锅里啪啪作响。我停止拉风箱,锅里起先的缕缕白絮,现在已完全变成透明状。我妈又用勺子在锅里来回杵了杵,舀起看看,感觉水量和火候正好,一勺一勺挖到湿过水的高粱秆儿片片和大搪瓷盘儿里,再用铲子沾上冷水按一定厚度摊平,晾到柜顶上。

我的注意力此时已转移到铲子铲过的锅里。那层牢牢糊在锅上的薄薄的凉粉儿,因为余火的热,边缘已被烘烤得收缩翘起,只需拇指和食指捏住一个地方,朝锅心里轻轻一拽,就能扯起一大片。你一片,他一片,等把锅里拽扯干净,都跑到院子里津津有味地吃起来。现在想想,那东西其实淡寡无味毫无吃头,刚一挨嘴就贴在嘴唇上,紧巴巴像贴了唇膜一样,没吃过此物之人,根本想象不出那是一种怎样的体验。说是好吃,实际是好玩儿。

把凉粉儿安顿好,用锅刷子刷洗干净锅,从锅头旁的水瓮里舀三四瓢冷水倒在锅里,盖上木头锅盖,我妈又用开水泼一碗加了酱油的盐水做盐汤,用勺头在灶火里炝点儿胡油葱花倒进去。如果没有炝好的辣椒,就把刚刚炝过葱花的油勺头里再倒上油炝点儿辣椒。我曾做过一件非常傻的事情，就是敌不住炝葱花的香味，用舌头去舔炝过葱花的热油勺子，结果嗞啦一声响，我那可怜的舌头，此后多天一挨热水热饭就钻心疼，简直苦不堪言。

端午凉粉儿的最佳搭档，是猪肉韭菜馅儿起面包子。等拌好馅儿，兑好碱，包子上笼，我这火头军又该上岗了。我姐也不闲着，开始打凉粉儿，就是切凉粉儿。先用刀把凉粉儿划成四方块儿，如果有些温吞，就提个桶，到院子里的洋井那儿压半桶凉水，把划开的凉粉儿一块儿一块儿放进去，片刻后用手一捞，滑溜溜、筋颤颤。切成细长条的凉粉儿，一人一碗，一共九碗，另外的一大盘子，谁还想吃继续调。

十五分钟后，我停止拉风箱，再捂个两三分钟，包子就蒸熟了。我妈揭开笼盖，一股鲜香瞬间冲入每个人的鼻孔。再看那大竹笼里的包子，个个虚腾腾、白胖胖，花儿一样的顶端流溢着黄中透绿的油汁，如玉之沁色般美艳。

爷爷上炕，爸爸妈妈上炕，大爷永远喜欢侧过身子坐在炕沿儿上，我们小孩呢，有在炕桌边儿的，有在地下坐小板凳的，一家人开始享受美食。

一凉一热，一素一荤，还有浇了糖稀的江米黄米二合一凉糕，相框上挂着五彩粽，门上有艾草，这才是传统节日应有的样子。

大瓜子儿

村里人习惯把西葫芦和花瓣儿小南瓜以外一切可蒸、可煮、可熬、可烩的瓜，统统称为大瓜。吃大瓜时把包裹在瓜瓤里的种子用水洗出来晒干，就叫大瓜子儿，可以像葵花子儿、西瓜子儿、葫芦子儿一样，炒熟嗑着吃。

生于20世纪60年代的我们这茬人，包括我们的父母，对大瓜子儿都很有感情。那可是当年为数不多的休闲食品，有的人家还得攒起来，过大年时和葵花子儿一起炒熟招待客人用。

依我之见，现在的大瓜和过去的大瓜真是没法儿比。首先从个头上来说，现在的小多了。其次是颜色，也单调多了。过去那瓜一个最少顶现在三个大，长得又圆又扁，能当板凳坐；吃起来又甜又水，关键是瓜大子儿多啊。因为种的自留种子，瓜的颜色丰富又鲜艳。有黄的，有绿的，有烟灰的，有灰上洒金的，有半黄半绿的，反正几十个大瓜，不管是一个挨一个晒在窗台上、凉房顶上，还是一个摞一个码在房檐上，怎么看都像风景画儿。

大瓜不光长得不一样，瓜里的子儿也有区别。一种是黄颜色的子儿，皮厚，仁儿薄，光溜溜不好嗑。这种瓜子儿炒的时候费火，还不好掌握生熟，总得尝。有时口淡想炒成咸味儿的，它还不挂盐。另一种是白颜色的，情况和黄颜色的正好相反，皮薄仁儿肉，吃起来也比黄的香，还不腻，挂盐效果好。

过去一到秋天，像买大白菜、土豆、萝卜、辣辣换一样，家家还得多少存些大瓜，留着冬天烩菜、熬瓜稀粥、做小米稠粥。从前我家院儿里也种过大瓜，可能是种子退化了，结出的瓜越来越不好吃，用村里话说，就是水菜菜的，不甜。后来就不种了，年年去毫沁营买瓜。毫沁营是沙地，种出的大瓜又甜又面，还耐放，做稠粥吃都不用放白糖。我家人多，做小米大瓜稠粥时，最少得用一个大瓜，这样洗出的大瓜子儿几天就晒满一窗台。我家院儿里年年种葵花，大瓜子儿不用留着过年，攒多了就可以炒一次。

那时我们还吃洋井水，春夏秋三季没事，冬天就得省着用。可洗大瓜子儿得用水，我姥姥就想了个好办法，把瓜瓤放到炕头上的席子底下，等热炕头把瓜瓤彻底"炕"干，撮到铁簸箕里，一揉、一簸，再一炒，就能吃了。

过去每家一个锅台一口锅，有时想炒瓜子吃，唯一的锅不是在烩菜就是在烧水，要不就是蒸着馒头、煮着面条、熬着粥。这时候，炭铲子就发挥作用了。我把大瓜子儿铺在炭铲子上，边拉风箱边在灶火里烤瓜子。这活一般蒸馒头时候干，往开烧水、往熟蒸馒头，最少得半小时或四十分钟。在这段时间里，我能熟烤好几炭铲子瓜子。除大瓜子儿外，我还烤过黄豆、西瓜子、花生米。这些东西烤熟，我只把煳的和残次品吃了解馋，西瓜子儿和大瓜子儿只要嗑出的仁儿完好无缺，就放到一个碗里，留着给爷爷下酒。

有一年，我看见大瓜子儿就反胃，感觉吃进去马上会吐出来。这事还得从大瓜说起。

1980年秋天，我在三十五中上学。那时姥姥家还在内蒙古人民医院北墙外，也就是现在的乌兰西巷，离学校很近。上午的体育课改为活动课，我闲着没事，鬼使神差去了姥姥家。进门一看，本该上学的表弟表妹都在，而且像病了，蔫头耷脑。一问，说去学校就开始吐，吐得没完没了，老师一看不行，就让他俩回家。回家时边走边吐，现在肚里都空了，啥也吐不出来了。

我问早上两人都吃啥了，表妹有气无力地指指碗柜上的铁盘子说吃了点儿麻叶儿。我就从盘里掰下一节麻叶儿吃。过了一会儿，啥事没有，我问还吃啥了，她说还吃了点儿辣椒壳。这个辣椒是柿子椒，秋天长老由绿变红后，生产队一切两半，把辣椒籽取了当种子，把外壳分给社员当菜。辣椒壳可以现吃，也可以撕成小块儿晒干，过大年时泡软用肉炒着吃。新鲜辣椒壳很甜，也是我们当年的零食之一。

按他俩说的，我又吃了一片儿辣椒壳。还是没事。"那你再吃点儿蒸大瓜试试？"我就从笼里拿了块儿大瓜，两口吃下肚。毫沁营的沙地大瓜含糖量高，凉吃比热吃更甜。我一口气吃了好几块儿，照样没事。这一大套吃下来，感觉时间差不多了，我赶紧往学校走。

厄运是放学后降临的。我背着书包往家走，先是浑身冒汗，接着头晕眼花，胃里翻江倒海。我咬着牙走回家，拽开门把书包往炕上一扔，冲到前院儿地里一顿猛吐。嘴根本不够用，俩鼻孔也成了出口，吐得我浑身发软，中午饭都没吃。

后来闹清楚了，毛病出在大瓜上。那个瓜有个地方烂了，我姥姥就把烂的部分用刀挖掉，好的部分蒸熟。隔天我缓过劲儿再去姥姥家，发现窗台上那一溜大瓜全不见了。姥姥说，姥爷看见半个大瓜一连放倒三个娃，怕再出事，就去房后头的护城河边儿挖了个坑，不管烂没烂，把所有大瓜埋了。

那以后的好长时间，我既不能吃大瓜，也不能吃大瓜子儿。

贴对子

过年得挂灯笼，更得贴对子。对子就是春联。

我爸写对子，先买纸买墨，后裁纸、折痕，一切准备停当，就可以写对子了。

一副对子由上联、下联、横批组成，写什么词，取决于将来贴在什么地方。此外还要写一些大小斗方和独立的竖幅，贴在院儿里一切可贴之处。

写对子时我们得打下手，帮着往开晾，晾干往起卷。怕贴时弄错，写上下联的红纸最上面都留一寸多长不往开裁，都是各自成对儿，到时配个合适的横批就可以了。

除大红对子外，家家还要挂"大字"，这也是春联的一种。写大字的纸是各种颜色的虎皮纸，裁成略显长方形，竖着用，一张纸上只写一个字，这可能就是大字的由来。大字四字成联，赤橙黄绿，色彩缤纷。写好晾干，每张底端还得糊上一对儿大字腿，张挂前按计算好的距离，一张一张粘到绳子上；根据房檐的长短，决定用联的多少。

我从小喜欢念大字。一元复始、大地回春、鸟语花香、万象更新、风调雨顺、人寿年丰、自力更生、大展宏图。念着念着，就把童年念成少年，让青春成为回忆。时代不断发展，我家的大字被轻、柔美观又飘逸的绸缎小彩旗所取代，"抬头见喜"四个金字被我爸一劳永逸地刻在漆为红色的木板上。我们的生活变得更加丰富多彩。

大年二十九这天，用扫帚把门框、窗框、墙垛子、楼梯杆儿及院子里犄角旮旯打扫干净，开始贴对子。因为怕弄错上下联的位置，贴对子由我爸来完成，我们跟着打下手：端个浆糊啦，搬个板凳啦，看个高低歪正啦。反正光贴对联儿，就得喜气洋洋忙活整整一上午。吃过午饭，开始挂灯笼、挂大字、垒旺火。旺火垒好，得在架子上贴"旺气冲天"。

俗话说"一年之计在于春"。不管过去的一年有什么高兴事儿、得意事儿，或者碰到什么不如意的事儿，人们总是希望来年会过得更好更顺心，所以在新春到来之际，就借助春联，把所有的愿望和期盼，红红火火、喜喜庆庆，贴得哪里都是。

看我爸写对子，跟我爸贴对子，脑子里便有了一张对子谱。天天出出进进的家门，门头上的横批是"吉星高照"，门两边是"一帆风顺年年好，万事如意步步高"。想想也是，平常人家的平常日子，能过得安安稳稳，顺顺当当，而且小有进步，还有什么不知足呢。

屋里的房梁、隔扇、立柜镜子，大门外邻居家的后墙上，年年都一样，前者贴"抬头见喜"，后者贴"出门见喜"。这两个"喜"字，让生活充满阳光和笑声。院子里的鸡窝、猪圈、羊圈要贴"六畜兴旺"，好让鸡多下蛋猪多长肉，大羊生小羊年年不断。水井和树干上贴"春光无限""政通人和""勤劳致富"，院墙和花墙上是"紫气东来""吉庆有余""五谷丰登"。就连倒垃圾的手推车也要贴上一联，或"除旧迎新"，或"四季平安"。

贴对子是过年的头等大事，各家各户都绝不马虎。听我一个舅舅说，有一年，他的舅舅因为生活总难以改善，过春节时，写了一副打油诗一样的七字联贴在家里，上联是"年年接神年年穷"，下联是"今年不接行不行"，横批是"问财神"。是呀，日子不管过得怎样，家家最不敢得罪的就是想象中的财神爷。

那年下岗后，为了生活，我们在兴安南路当时的黄金团对面开了一家便利店。离过年差不多还有一个月的时候，姥爷给我们送来他亲手写的对子。打开一看，上联是"门市笑纳远方客"，下联是"柜台喜迎城乡宾"，横批姥爷没按套路写"财源广进"之类，却写了意味深长的"童叟无欺"。几年小生意做下来，虽然挣了点儿钱，但收获最多的是朋友和好口碑。

如今，桥靠村拆迁已多年，虽然住楼房每年也贴对子，但还是常常记挂着当年平房大院儿里那些贴在假山上、鱼缸上、花池上、墙上、树上、石凳上、玻璃上、楼梯上、东房西房门窗上大大小小的"福"字和"春"字。"春"是生长和希望，"福"是顺利和如意；能拥有和珍惜这两个字的人，一辈子，都会过得开开心心、平平安安。

我家院门两边贴着"向阳庭院花开早，勤劳人家喜事多"。我爸在普天同庆的春节，也不忘告诫我们，脚踏实地和勤勤恳恳才是拥有快乐生活的保证。

又是一年春节时，坐在单元楼里的我，除了几个大红"福"字，唯一可供贴对子的防盗门两边，就贴"民安国泰逢盛世，风调雨顺颂华年"，横批是"万象更新"！

乡间味道

先来说说堪称刺激味蕾之霸王的酸。这是每个小孩儿的"专利",似乎与成年人无关。

让时间倒退三四十年,现在的兴安南路那一带,被村里人称为村东头,如果再往东走,就叫"东密",意思是比村东头要远得多。清明之后是谷雨,这两个节气一过,倒春寒败北,天渐渐热起来,雨水也慢慢多起来,地里的庄稼和地外的野草都越长越快。没多长时间,一些人家院儿里的杏树上,结出了叫人心痒痒的酸毛杏儿。又过些日子,野地里长出一种长长的绿叶子上有一抹毛笔黑的酸溜溜草。很快,果园的果树上也有了青绿的酸果子。

酸毛杏有院墙挡着,酸果子有大狼狗看着,只有酸溜溜草得来全不费工夫。这种酸草有真有假,真的叶子细而长,假的叶子宽又短,吃过的人一眼就能认出来。此时最盼刮大风,吹下的果子、杏儿哪怕只有指甲盖儿大,也要放到嘴里嚼一嚼。有一回我吃了一粒白砂糖大小的柠檬酸,差点儿酸没半条命。

甜呢,印象最深刻的是甘草,我们叫甜草苗。那时村东头两个沙坑边儿上都长有甜草苗。把羊拉到沙坑底下去吃草，我们放心地在坑里坑外低头踅摸甘草，一旦发现，挖土不止。有时没小铲子，就找个木棍儿挖。挖得越深，得到的甜草苗越长。也不洗，捋捋土放嘴里嚼甜味。还有烧糖菜，是胆大的男孩儿从生产队糖菜地里偷来的，因为心急，烟熏火燎烧到半生不熟就干掉了。秋天嚼玉米秆，像嚼甘蔗一样。这个吃得光明正大，不吃就当柴烧了。

苦，一是杏仁。那年月吃杏少，杏核得攒。这个攒，也包括捡人家扔掉不要的。攒下的杏核先弹着、背着玩儿，等到过年时，小心敲出杏仁，耐着性子泡苦水。不停地用指头沾着尝，直到尝见没有苦味，大人就加盐加调料煮，真是"苦尽甘来"，难得的美味。还有就是苦菜的苦。这个苦，过去是荒年的依靠，是很多老人不愿回忆的历史，现在却成了返璞归真的绿色食品。这两年我爸迷上了挖苦菜，我们迷上了吃苦菜。我比较钟情蘸酱生吃，吃那种清香之苦。

辣麻麻的辣是曾经的小儿科。掘地刨根儿，人参须的长相，下口猛了，虽不及芥末，但偶尔也能辣得人"痛哭流涕"。有时嘴实在闲得无聊，我们也会窜到地里拽把小葱或韭菜。这两种辣越吃越饥肠辘辘不说，吃完满嘴难闻的气味儿，说话就是互相恶心。现在近郊都被城镇化了，成片的辣麻麻已难觅踪影，葱和韭菜也大都成了新农村温室里的产物，不过就是明地上有，现如今不缺零食不饿肚子的小孩儿不会像当年的我们那样稀罕了。

大地上可食之香，有槐花，有玫瑰，有各种蘑菇。小时候后院大奶奶一到端午节，就变戏法儿一样变出些糖玫瑰。把糖玫瑰调到糖稀里浇到凉糕上，吃一口，吸一吸鼻子，心也变得香气宜人。现在超市里售卖的糖玫瑰添加剂越来越多，花瓣儿寥寥无几。所以我学着自己做。材料是从山上绿化带里偷摘的，绝对原生态。做法简单，摘好花瓣，和上白砂糖捣烂，用密封的瓶子避光腌制，起码要放到冬天才可以享用。因为有经验的人说，糖玫瑰藏得越久，香味才越馥郁，越醇厚。

淡这种味道，同样属于没什么零食可吃的我们那一代。名字叫"美美"，但绝对不是这两个字，应该是"霉霉"，长在高粱和黍子苗上，细细长长，是真正的节外生枝。暑假期间，趁它还被外衣包裹着就打下来，虽然淡寡无味，有时赶上老的还一吃一嘴黑，一拉一坨黑，但农村小孩儿没有不喜欢这一口的。

凉糕和粽子

小时候的端午节总是和香香糯糯的凉糕连在一起，至于与这个节日相关的文化内涵，比如纪念投汨罗江而死的屈原，比如祛虫招福的艾草，比如可以带走百病的五色线，比如回娘家"躲午"的出嫁女，不在我们关心的范围之内。

打我记事起，我生活的土默川平原过端午节一直是做凉糕吃，粽子是改革开放后随着市场的活跃才慢慢从南方走到塞外来的。凉糕有江米凉糕，也有黄米凉糕，还有一层江米一层黄米、中间夹上豆馅儿的双色凉糕。我家常做的，是放有红枣的纯江米凉糕，吃的时候撒白糖。最正宗的却是浇糖稀，如果再有点儿上一年腌制好的糖玫瑰，那味道就更绝了。凉糕做起来简单，吃起来痛快，独具北方大盘、大碗、大气的特色。粽子呢，包起来不仅要求技术过硬，吃着也多少有点中规中矩的样子。

早些年端午节快到时，粮站会按人头给每户供应几斤江米用来做凉糕。如果没有江米，用黄米做一样好吃。那时是计划经济，不允许个体经营，拿上副食本儿去糖业烟酒门市部买白糖，吃凉糕必不可少的糖稀不在供应之列，要买到不太容易。赶上有远村儿的农民用自行车驮着铁桶来卖还好，要是没有，就得跑很远很远的路去城外打，特别麻烦。

前天回居华园看望父母，忽然想起这件事，问我妈还记不记得过去端午节吃凉糕的糖稀是从哪儿打来的。我妈说："那还能忘了，和你二嫂、三嫂、五嫂她们相跟着，去西口子那里打的呀。"现在交通便利了，总感觉西口子倒退着往城里走了走，离我们近了许多。可过去，出了旧城往西，一过红旗牛奶厂就到了人烟稀少的荒郊野地，不是为了能在端午节让家人吃上一口糖稀，谁会跑去那个鬼地方。

那时我们家人口多，凉糕做得特别有气势。端午节的头一天，一大盆提前泡好的江米被我妈缓缓倒入灶上的大铁锅后，我很卖力地拉起风箱。水开了，我停止劳动，顺便再添一铲子拌了水的煤末进灶膛压火势。锅里的咕嘟声悠闲自在、不紧不慢，我妈每隔一会儿就得揭开锅盖用勺子抽底子推一推、搅一搅，以免煳锅。也不知在搅第几回的时候，那碗诱人的大红枣被我妈扬手倒入锅内。我耐着性子，在弥漫的枣香里，等待最后一番的文火慢焖。

终于盼到可以出锅了。我站在锅台旁，看我妈熟练地用铲子趁热把"凉糕"均匀地摊在用清水洗过的案板上，又用沾过水的片儿刀把它划成横平竖直的若干小方块儿。我端着泡有胭脂棉的酒盅，在每一个小方块儿正中央点上一朵漂亮的梅花。那白雪印红梅的感觉，看上去真的好喜庆。

凉糕当然得凉着吃,所以别急,给它蒙上一块投过水的笼布防干,等待慢慢冷却。有时嫌时间过得慢,我就跑出去玩儿一会儿分散分散注意力。等转回家时,我妈已经为我们摆好了叉子和碗。迫不及待的我非常潦草地洗下手,抓起叉子铲一块放到碗里,吃着浇了糖稀的凉糕,瞥一眼我妈用绣花线缠出的五彩粽,想着第二天门外的艾叶香、中午的猪肉韭菜馅儿包子和黄瓜香菜水萝卜调凉粉儿,多么有滋有味的端午。

后来,随着改革开放和南北饮食大交融,心灵手巧的我妈与时俱进,割舍掉做了多年的凉糕,选择包竹香四溢的粽子给我们吃。

说起包粽子还有个小故事。那年,为了能够接受更好的教育,我爸找关系把我弟弟从村小学转到工宣队时期他待过的地质局小学,也就是现在的大学路小学。端午那天,弟弟像揣着个宝贝似的,揣回一个城里同学送他的粽子。那是我家迎接的第一个粽子,也是我迄今为止见过最丑、最不像粽子的粽子。怎么形容呢,没棱没角,就是包着粽叶的一个江米棒棒。但不管怎么说,我们还是开眼了。那天,我妈把那个四不像粽子拿在手上仔细研究一番,最后得出结论,那孩子的妈妈估计是第一次包,技术绝对不行。其实后来才知道,并不是人家手艺不行,而是全国各地的粽子包法各不相同,这种长棒形的,据说是宁波一带的包法。

与凉糕相比,粽子拥有的竹叶清香,更吊人胃口。在弟弟享受那个四不像的时候,看我们眼巴巴馋得厉害,我妈便决定学会这个手艺。果然，这之后没几天，她就打听到了包粽子的全过程。那时市场已部分开放，米和枣极容易买到，马莲更是现成的，院子里就长着，上一年秋天我爸割了挂在凉房里，正好可以派上用场。因为已经过了端午，买粽叶虽然颇周折，但最后还是在土产门市部买到了。

我妈虽然从来没有包过粽子，但第一次尝试便完胜。我手艺却很差，始终包得不得要领。粽叶用少了根本包不住，用多了包出的超级粽子一个顶仨。看我干忙不出活，我妈笑着拽掉我手里的粽叶说，去吧去吧，快去往锅里添水，准备煮粽子。

粽子包好，一个挨一个平平码放到锅里，又在上面压上铁篦子，让所有的粽子完完全全浸没到水里，不至于因水少煮不透有夹生的，或者因沸腾而炸包。

经过一晚上焖煮，第二天早晨起来，看着已被我妈捞出泡在凉水桶里的那些棱角分明的粽子，我蹲在院儿里一口气吃了五个。

现在，我们早已都有了自己的家和自己的孩子，端午节却还是惦记着我妈亲手包的粽子。那蜜枣的、红枣的、什锦的，随便咬一口，就会荡漾起满脸的幸福。还有我爸从城外拔回来的艾草，拿一把回家别在门上，心里别提有多暖了。

拜年吃请

有人说，现如今除了给父母、给领导、给有用之人拜年，其他都是走走形式，或者有的连形式都懒得走。其实我觉得未必是那样，只不过现在居住环境的改善和生活节奏的加快，迫使人们不得不省略了很多可拜可不拜的年。比方说去某小区。你开车去了，保安可能不允许业主以外的任何车辆进入，或者让进却找不到停车的地方，或者好不容易摁开楼门进去了，人家家里太干净，换不换拖鞋又很纠结。至于吃请，到饭店虽然得花不少钱，但总有点儿公事公办的意思，只有热热闹闹请到家里才是上待。这和过去穷的时候相比，正好颠了个个儿。

过去城郊范围有限，人们住得近，村里的步行拜年，再远的骑自行车拜年。有一年腊月跟姥姥坐着汽车去毫沁营给老舅们拜年，感觉特别牛气。那会儿真的是民风朴实，根本不用考虑拜年礼物的多少贵贱，拿点儿自己做的吃食都行，只要不空手。

想想还是过去拜年好啊。来的人真心实意，接待的人更是心里一团火，非得拉拽着坐下喝两杯酒吃几块儿肉才让走。那时候人们常说的一句话就是正月里的饭走哪儿吃哪儿。国有企业改制以前，任何一个家属院儿，不管是平房还是楼房，拜年的队伍总是越走人越多。家家都是流水席，圆桌上摆着调豆芽、酱牛肉、油炸花生米，有人来了，一阵高声亮嗓分不清你我他的"过年好"后，男人们坐下抽烟喝酒，女人们边嗑瓜子儿边相互夸赞对方身上新毛衣的花样或新呢子大衣的款式。小孩儿们钻进来跑出去不停歇，偶尔还响个炮，年的气氛是足足的。

农村拜年比城里还红火。初一早上，家家大门洞开，炮屑铺了满地像红毡，余烟缭绕的旺火迎接着刚刚吃过饺子就来拜年的亲朋好友。亲戚们一般都提着点心盒子，而且是以家为单位。跟着的小孩儿如果得了长辈给的压岁钱，高兴得连糖都不吃了。

过去的媳妇初一在婆婆家，初二回娘家。门子大的，初三就得回自己家张罗着请人；如果辈分大，那就又要请人，又要去吃请。二十多年前冬天没有鲜菜供应，家家请人四个主打菜，分别是扒肉条、炖牛肉、浇汁儿丸子、精杂烩，凉菜是调豆芽和酱牛肉，炒菜只有泡发的干豆角丝和干辣椒片儿，后来多了个人造肉。炒木耳算高级菜。黄豆芽就算稀罕物。后来又增加了油炸花生米、糖醋辣辣换和墩子白。再往后，时兴过用梨和黄瓜做的香瓜菜，用雪糕和山楂罐头做的雪山飞红，到午餐肉、香肠、鱼罐头被端上饭桌，改革开放已初见成效了。

现在有电话、手机，请人和吃请都随时联系。我们小时候就大队办公室有个拨号电话，哪怕十万火急的事儿，如果对方没有电话，也是白瞎。所以那时候请人都得提前挨家挨户郑重其事去通知，该请的一个也不能落下，否则会闹出矛盾和落下话把子。除了到家通知，还有一个好办法，就是在这一家吃请时，准备请人的便现场通知，说哪天哪天，咱们原班人马都到我那儿啊！这通知发得让人感觉特别舒服和亲热。年头多了，吃请的时间和地方就约定俗成，初几到谁家，没有特殊情况，每年都一样。

我们也是大户人家。小子们三十、初一在父母家，初一这天得给本家的长辈拜年。闺女们初二回娘家，也得给长辈们拜年。现在多是独生子女，等他们到了我们这岁数，四二一的家庭结构，拜年和吃请，恐怕只是嘴上说说了。